AF399499

Christian Hofbauer ist als Autor, Audio Engineer und Musiker tätig. Der gebürtige Weinheimer stammt aus einer bayrischen Familie und verbrachte viel Zeit bei seinen Großeltern in Bayern. Das ist wohl auch der Grund, weshalb er immer noch einen starken Bezug zur bayrischen Sprache und Kultur pflegt. Als Musiker konnte er bereits vier Deutsche Rock und Pop Preise gewinnen. Doch aufgrund der Corona Pandemie erfüllte sich Christian Hofbauer einen Kindheitstraum und schrieb seine erste Krimikomödie. Hierbei entdeckte er seine wahre Leidenschaft. Seit 2023 tritt der Autor mit Lesungen und Kabaretteinlagen öffentlich auf.

Ihr interessiert euch für eine witzige Lesung oder eine Signierstunde?
Egal ob Kulturbühne, Buchladen, Gaststätte, Privat- oder Firmenveranstaltung. Unser Autor freut sich über jede unverbindliche Anfrage über seine Lese-Agentur:
Eva Pfitzner Leserattenservice GmbH
Eva.Pfitzner@Leserattenservice.de

CHRISTIAN HOFBAUER

DIE INSELCOPS

GESCHREI AUF NORDERNEY

EIN NORDSEE-KRIMI

"Die Inselcops bieten muntere Unterhaltung für Inselkrimifans."
- Jürgen Seibold

Erstausgabe August 2024

Geschrei auf Norderney

ISBN 978-3-98998-511-7
E-Book-ISBN 978-3-98998-374-8

Covergestaltung: ArtC.ore Design / Wildly & Slow Photography
Umschlaggestaltung: ARTC.ore Design
Unter Verwendung von Abbildungen von
shutterstock: © Wow Pho, © mapman, © mapman
Lektorat: Katrin Gönnewig
Satz: dp DIGITAL PUBLISHERS GmbH
Druck und Bindung: Books on Demand GmbH, Norderstedt

Prolog

Norderney 1984

Es war noch früher Morgen, als die ersten Fahrzeuge auf das Gelände des Camps donnerten. Autotüren wurden aufgerissen und kommentarlos zugeschlagen von den zahlreichen Neuankömmlingen.

Für Dirk war dies wie Musik in seinen Ohren. Wenn es nach ihm ginge, könnte es das ganze Jahr über Sommerferien geben. Es waren seiner Meinung nach einfach zu viele verkorkste Gören und Götzen in der Missachtung ihrer Erzeuger herangewachsen. Er musste handeln, um so viele wie möglich auf den rechten Weg zurückzuführen. Auch wenn er seine Mission unter das Kreuz stellte und seine Worte vorerst unter dem Deckmantel des Glaubens verweilten, so waren es doch der Zorn und die Sehnsucht nach Gewalt, die seine Seele wandern ließen. In ihm schlummerten Philosophien und pädagogische Ansätze, die seiner Zeit noch nicht erprobt waren. Trotzdem glaubte der ein Meter neunzig große Hüne, die richtigen Erziehungsregeln für seine Schutzbefohlenen stets in der Hand zu haben. Wenn jemand an seinen Methoden zweifelte oder den richtigen Weg nicht erkannte, dann ließ der Campleiter dies, so oft es ging, die Kinder spüren.

Dirk fand sich selbst als unfehlbar und mit seinem charismatischen Lächeln und den langen, verfilzten, blonden Rastalocken machte er wohl auf dem Handzettel seines

Camps neben seinen lachenden Kollegen Ralf und Barbara einen guten Eindruck auf die ahnungslosen Eltern.

Vielleicht war es jenen aber auch egal, was auf dem Papier gedruckt wurde, und sie wollten einfach nur ihre Brut in den Sommerferien nicht zu Hause haben. Oft waren es die Karrieren, die ihnen wichtiger waren als ihr eigener Nachwuchs.

Patsch ... mit voller Wucht knallte wieder ein Knabe die Tür eines Fahrzeuges zu. Es quietschten die Reifen auf dem sandigen Boden der Einfahrt. Der Fahrer hatte es eilig, seinen Balg wie einen Köter auf der Autobahnraststätte auszusetzen.

Dirk sah den abwesenden, lustlosen Blick seines Neuankömmlings. Hinter dicken, runden Brillengläsern starrten die blauen Augen des Jungen in die trostlose Leere.

Dirk wusste sofort, welche Maßnahme dieses Kerlchen benötigte. Leicht tänzelnd bewegte sich der Hüne mit dem eisigen Lächeln zwischen den Lippen auf den Knaben zu.

Der Junge war sicherlich um die zehn Jahre alt, seine dunklen Haare waren etwas zu lang für die gesellschaftliche Norm, aber noch lange kein Grund, ihn ins Abseits zu stellen. Wenn es an seiner Frisur etwas zu bemängeln gab, dann waren es die fettigen Verklebungen, die auf eine mangelnde Körperhygiene hindeuteten.

Dirk zog ein gelbes Armband aus seiner Jackentasche und präsentierte es strahlend dem Knaben. Freundlich aufgelegt begrüßte er ihn.

Doch der Junge reagierte nicht und es wirkte, als schaute er an ihm vorbei.

Das war ein Verhalten, das Dirk nicht hinnehmen konnte, aber noch musste er es, da nach wie vor fleißig Eltern ihre Kinder auf das Gelände karrten. Aber eine Sache konnte er schon tun und das tat er auch. Mit einem breiten Grinsen steckte er das gelbe Bändchen wieder ein und zog dem Knaben mit einer festen und zügigen Bewegung ein rotes Bändchen ums Handgelenk.

Der Junge schaute ihn mit großen Augen an.

»Du kommst in die rote Gruppe. Ein Ort, in dem du dich ganz wohlfühlen wirst. Siehst du da hinten den freien Platz?«

»Welcher?«, antwortete der Junge lustlos und gereizt. »Etwa der, um den diese schäbigen Holzhütten stehen?«

»Ja genau, dieser Platz«, sagte Dirk und dachte sich, du wirst noch beten, um auch nur einmal in deinem Leben eine Nacht in so einer schäbigen Hütte zu erleben. Mit dir habe ich noch etwas ganz Besonderes vor. Darauf kannst du Gift nehmen. Obwohl die Stimme in seinem Kopf zornig war, blieb sein Tonfall ruhig und freundlich. »Wir versammeln uns immer alle jeden Morgen, Mittag und Abend auf dem großen Platz am Fahnenmast. Jetzt beeil dich, du bist schon spät dran und Barbara hat ein schönes Frühstücksbuffet für alle Neuankömmlinge gezaubert.«

»Paahh, diesen Fraß lange ich nicht an!«, erwiderte der Junge, ohne überhaupt zu wissen, was es gab.

Alles klar, dann wirst du eben nicht essen, dachte Dirk. Er unterdrückte seinen aufsteigenden Zorn und sagte freundlich: »Dann iss halt nichts, eingeteilt habe ich dich bereits.« Seine Stimme schwang um, als er seine Aufforderung beendete. Jegliche Wärme und Freundlichkeit verschwanden und der Campleiter gab sich kühl und reserviert ihm gegenüber. »Schließ dich dann am Platz mit den anderen Kindern zusammen und schau dir an, wo du die nächsten sechs Wochen wohnen wirst.«

Hätte der eingebildete Knabe aufmerksam zugehört, hätte er die eisige Kälte in der Stimme des Campleiters erkennen und noch durch das geöffnete Tor fliehen können.

Es dauerte nicht mehr lange, dann hatte Dirk alle Namen auf seiner Liste abgehakt und das letzte Auto fuhr vom Gelände. Insgesamt waren es fünfundzwanzig Geschöpfe, die laut Dirks Auffassung nur darauf warteten, von ihm, dem Meister höchstpersönlich, mit der entsprechenden Therapie geheilt zu werden.

Er lächelte in freudiger Erwartung, als er das große, schwere Eisentor zuschob und einrasten ließ.

Neben dem Tor war eine kleine Hecke. In diese griff er hinein und zog Tobi heraus. Tobi war sein treuster Begleiter. Andere sahen in Tobi nicht mehr als das, was es war, nämlich einen langen, schweren Stock. An seiner Spitze steckte ein großer, halbmondförmiger Widerhaken. Bei näherer Betrachtung sah man ihn leicht rötlich schimmern.

Dirk streckte den Stock nach oben und löste einen Mechanismus auf dem Tor aus. Nun war es ihm möglich, mit einem gekonnten Griff einen Stacheldraht, der auf einer Schiene lief, über das Tor zu spannen. Nachdem der Draht zu seiner linken Seite eingerastet war, versteckte Dirk Tobi wieder an derselben Stelle im Gebüsch und machte sich auf den Weg zum Campplatz, dem Mittelpunkt seines Schaffens.

Von diesem Punkt aus sah das Ferienlager einladend und idyllisch aus. Der Platz war rund, um ihn herum befanden sich kreisförmig angelegt fünf schöne kleine Holzhütten. Die Stuben waren halbkreisförmig nach Westen, Süden oder Osten ausgerichtet. Vor jeder Hütte ragte ein Fahnenmast hoch in den Himmel. An jedem wehte eine einfarbige Flagge im sanften Lied der Meeresbrise und direkt darunter befand sich ein kleiner beiger Lautsprecher. Die Fahnen vor der Hütte waren grün, gelb, blau, orange und lila. In nördlicher Ausrichtung stand ein großes, längliches Gebäude. Dieses Gebäude hatte ebenfalls einen Fahnenmast direkt vor dem Eingang. Hoch oben wehte das Camplogo im Wind.

Dirk erreichte den Platz und gesellte sich zu seinen Kollegen Barbara und Ralf. Zusammen musterten sie die Neuankömmlinge und beobachteten sie beim Frühstück. Manche waren schon fertig und versuchten untereinander, die ersten Bekanntschaften zu schließen; andere, so wie auch der Junge mit dem roten Bändchen, isolierten sich von der Gruppe und verweilten stur und regungslos abseits im Schatten.

»Saubere Arbeit, Dirk!«, sagte Ralf. »Ich bin begeistert, wie du jedem bei der Ankunft seine Gruppe zugewiesen hast.«

Ralf war Neuling in dem Camp und eigentlich nur auf Barbaras Anraten eingestellt worden. Auch wenn Dirk schon seit seiner Jugendzeit mit dem Herrn enger befreundet war. Mit einem weiteren Betreuer konnten sie dieses Jahr zehn Kinder mehr in ihr wundervolles Lager aufnehmen. Auch wenn Ralf für Dirks Geschmack viel zu freundlich war, so waren seine Gesangseinlagen und das musikalische Geschick mit der alten Westerngitarre am Lagerfeuer doch ein gutes Stilmittel, um den Kindern und Jugendlichen den Anschein eines normalen Sommercamps zu wahren, um im Hintergrund an den wahren Baustellen zu arbeiten. Außerdem brauchten sie jemanden, bei dem sie sich absolut sicher sein konnten, dass er im Falle eines Konfliktes zu ihnen stand.

»Ach ja!«, sagte Dirk. »Es gibt vorab einen Fragebogen und wenn du die Kinder dann zum ersten Mal siehst ... Tja, was soll ich sagen.« Dirk hielt kurz inne, ehe er seinen Satz vollendete. »Mit den Jahren bekommt man ein Gespür dafür und man erkennt ziemlich schnell, was die guten Seelen benötigen.«

»Interessant!«, sagte Ralf und grinste dabei. Ralf war ein großer, schlaksiger Kerl und trotz der krummen Nase und den hervorstehenden Wangenknochen wirkte er auf die Damenwelt attraktiv. Vielleicht war es auch einfach die Tatsache, dass der Herr Gitarre spielte und mit seiner rauen Stimme angenehm singen konnte.

Wie von Geisterhand erwachten die Lautsprecher aus ihrem festen Schlaf, es rauschte und knisterte, ehe eine Melodie alle Aufmerksamkeit auf sich lenkte. Alle Kinder verstummten und lauschten dem mächtigen Instrumentalstück. Es wob den gesamten Campplatz in eine elitäre Atmosphäre.

Nachdem die Melodie verklungen war, herrschte Ruhe und Ordnung auf dem großen Platz. Niemand traute sich, diese Stille zu brechen. Dirk trat auf die Holzplattform vor dem Haupthaus und genoss den Moment der Spannung. Wie ein mächtiger Diktator seines Reiches baute er sich erhaben vor seinem Volk auf. Alle Augen waren auf ihn gerichtet. Auch wenn der Vorbau gerade einmal drei Stufen hoch war, wirkte der Flecken wie eine mächtige Bühne vor der Eingangstür.

Dirk konzentrierte sich, ging dafür noch einmal vollkommen in sich. Er spürte und hörte in diesem Moment der absoluten Ruhe nur seinen eigenen Atem. Nicht mal mehr ein Vögelchen zwitscherte, nachdem diese Melodie seinen ganz eigenen Startschuss gesetzt hatte. Innerlich wusste er, dass die Arbeit wieder begonnen hatte und er mit Barbara, Ralf und Tobi dieses Jahr wieder jede Menge zu tun hatte. Auch

*wenn seine ersten Worte vor versammelter Meute »Herz-
lich willkommen« waren.*

Kapitel 1

Draußen tobte ein schweres Gewitter. Es war auch kein Wunder, denn die letzten Tage waren einfach zu drückend und schwül auf der Norderney gewesen. Das Wetter war trotz des vergangenen Hochsommers für Anfang September noch viel zu warm. Fast schon tropisch.

Wieder pfiff eine Böe über ihr Grundstück. Die Traumfänger und Windspiele in ihrem Garten hatten heute Nacht jede Menge zu tun.

Die Straßenlaterne vor ihrem Schlafzimmerfenster schaukelte im stürmischen Wind und warf die merkwürdigsten Schatten und Abbildungen an ihre Schlafzimmerwände.

Auf einmal wurde es um sie herum taghell, aber nur für einen Augenblick. Kurz darauf folgte ein mächtiger Donnerschlag in der Dunkelheit. Gefühlt der hundertste diese Nacht. An Schlaf war in diesem Augenblick einfach nicht zu denken. Warum musste dieses Unwetter auch gerade in dieser Nacht sein?, fragte sie sich, während sie an ihren Gatten dachte. Warum musste er auch gerade diese Woche mit seinen Kegelfreunden ein Turnier in Wittmund spielen und anschließend in dem Gasthof ein Zimmer beziehen? Klar, auf der einen Seite wusste sie, dass es einfach unmöglich war, mitten in der Nacht vom Festland auf die Insel zu kommen, aber andererseits fragte sie sich, ob dieser Kegelclub wirklich gut für ihn war.

Sie drehte sich auf die Fensterseite, machte es sich gemütlich und beobachtete, wie es immer stärker regnete. Ihre Gedanken blieben jedoch an Ort und Stelle. Sie wusste, dass ihr Gatte nicht mehr viel im Leben hatte, seit er das Leben als Rentner »genoss«. Wenn sie ihm das mit seinen Kegelfreunden vermiesen würde, dann würde er nur noch zurückgezogener und einsamer leben. Das war nun mal der Preis, den sie für den Altersunterschied zahlen mussten.

Irgendetwas polterte. Sie schreckte aus ihren Gedanken auf, zuckte zusammen. Es war wie ein dumpfer Schlag, aber nicht durch die Witterung ausgelöst. Ihr Herz pochte. Sie setzte sich in ihrem Bett auf, als es plötzlich wieder taghell wurde. Der mächtige Donnerschlag folgte im selben Augenblick und ließ die Fensterscheiben vibrieren.

Jetzt war es für sie klar, das Thema Schlaf war erledigt. Sie bemerkte einen ziemlich starken Druck auf ihrer Blase, schlug die Bettdecke zurück und setzte sich auf die Bettkante.

Nachdem sie sich die müden Augen gerieben hatte, streckte sie ihren Hals und schaute einen Augenblick wie in Trance aus dem Fenster.

Es regnete wie aus Eimern. Die Seitenstraße hatte sich wieder in einen kleinen Fluss verwandelt und die Regenmassen strömten eifrig in Richtung Strand.

Sie wunderte sich, dass in den gegenüberliegenden Häusern nirgends ein kleines, schwaches Licht zu erkennen war. War sie etwa die Einzige, die bei diesem Gepolter nicht schlafen konnte?

Es wurde schon wieder taghell, doch diesmal folgten zwei sehr laute Schläge und die Straßenlaternen erloschen alle in derselben Sekunde. Nichts außer dem Plätschern in der Finsternis umgab sie.

Wieder spürte sie ihr Herz bis zum Halse schlagen. Sie erhob sich und machte zwei Schritte nach vorne bis zum Fenstersims. Die Frau streckte ihren Kopf erst nach links und dann nach rechts. Doch das Bild blieb dasselbe, alles war dunkel.

Als sie sich abwenden wollte, um endlich ihre Blase zu entleeren, blitzte es erneut. Es war nur für einen Augenblick hell, doch dieser reichte aus, um etwas Seltsames zu erkennen. In ihrer Straße, nicht weit von ihrer Einfahrt entfernt, stand ein fremder großer Geländewagen. Ein Bild, das in jedem größeren Ort zur Normalität gehörte, aber nicht in ihrer Straße, zumal der Wagen auch genau vor dem Haus parkte, von dem sie sich sicher war, dass die Besitzer aktuell noch verreist waren.

Während sie endlich kehrtmachte und den Weg zum Badezimmer einschlug, kombinierten ihre Gedanken den dumpfen Schlag von vorhin mit dem ominösen Fahrzeug. Es wird doch nicht gerade nebenan eingebrochen? Gut, bei den zwei Chaoten, die aktuell in der neuen Inselwache für Recht und Ordnung sorgen sollten, würde sie es nicht wundern, wenn Norderney mit der Zeit noch zu einem richtigen Paradies für Einbrecher werden sollte. Doch dann beruhigten sich ihre Gedanken wieder, als sie sich erinnerte, dass die beiden überraschend doch ein ganz großes Ding in den Dünen aufgedeckt und so die Insel vor einem großen Unheil bewahrt hatten.

Das Knarzen ihrer eigenen Schritte auf dem alten Laminatboden vor dem Badezimmer holte sie wieder zurück aus ihren Gedanken und sie tapste vorsichtig zum Lichtschalter im Badezimmer.

Nichts geschah!

Herrlich, dachte sie sich. Doch es wurde allmählich immer dringender, somit entschied sie, es ohne Licht zu versuchen.

Manchmal waren es schon kleine Dinge, die einem Freude ins Leben brachten, in ihrem Fall war es die Tatsache, dass die Toilettenspülung einwandfrei funktionierte.

Als sie das Badezimmer hinter sich gelassen hatte, war ihr nächstes Ziel die Küche. Das Objekt der Begierde: eine kalt gestellte Wasserflasche aus dem stromlosen, dunklen Inneren des Kühlschranks.

Nach den ersten Schlucken des eiskalten Wassers merkte sie, dass ihr Kreislauf allmählich wieder etwas mehr in Schwung kam.

Von draußen war ein Geräusch zu hören. Sie konnte es nicht richtig einordnen. War es ein einfaches Knacken, weil das Holz, aus dem ihre Gartenterrasse bestand, einfach immer arbeitete, oder war irgendjemand draußen zugange? Fakt war, dass in demselben Moment die Straßenlaternen wieder ihren Dienst aufnahmen. Wenigstens etwas.

Ihr Blick fiel auf die Wanduhr und die Zeiger präsentierten ihr die aktuelle Uhrzeit. Es war 03:21 Uhr. Eine ziemlich schlechte Zeit, wie sie feststellte. Um wach zu bleiben, war es definitiv noch viel zu früh, auch wenn ihr Arbeitstag als Küchenhilfe meistens gegen 06:30 Uhr begann. Aber erholsamen Schlaf konnte sie sich in diesem verbleibenden Zeitfenster auch nicht mehr großartig vorstellen, denn ihr Kreislauf war hochgefahren und die Müdigkeit war längst abgeschüttelt. Außerdem beschäftigten sie in diesem Augenblick zwei weitere Themen. Nummer eins: Was hat das ominöse Auto hier zu suchen, es wird doch nicht etwa bei unseren Nachbarn eingebrochen oder saß vielleicht sogar jemand in dem Fahrzeug, um hier irgendetwas auszukundschaften? Und Thema Nummer zwei: Warum funktionieren die Straßenlaternen wieder, aber mein Kühlschrank nicht? Eigentlich, um genau zu sein, lief überhaupt nichts in ihrer Wohnung. Nicht mal ein Lichtschalter reagierte auf ihren Befehl.

Sicherlich waren wieder die alten Sicherungen bei dem Stromausfall rausgesprungen. Ein Problem, das sie in dem alten Einfamilienhaus bereits zur Genüge kannte. Selbst der Weg in den dunklen Keller war ihr vertraut und mit dem Licht, das ihr die Handykamera schenkte, hatte sie eigentlich überhaupt nichts gegen dieses Vorhaben zu setzen. Sie machte nur vorher einen kleinen Umweg über das Wohnzimmer, um ihr Handy vom Wohnzimmertisch zu holen.

Die alten Holzstufen, die hinab in den Keller führten, waren durch die drückende Schwüle der letzten Tage ganz feucht geworden. Schon auf der zweiten Stufe bemerkte sie, dass die Treppe viel rutschiger war als sonst. Sie leuchtete auf die nächste Stufe. Das Holz war durch die Feuchtigkeit dunkel gefärbt. Das war so vorher noch nie der Fall gewesen. Aber dieses Thema musste warten, diesem Problem könnte sich morgen Nachmittag auch ihr Gatte widmen, wenn er wieder zurück war und seinen Rausch auskuriert hatte.

Sie ging also einfach etwas vorsichtiger und langsamer die Treppe hinab.

Als sie die Sicherung überprüft und festgestellt hatte, dass alles in Ordnung war und somit das Stromnetz der Anwohner und das der Straßenbeleuchtung getrennt sein musste, schlug sie enttäuscht die Klappe des Sicherungskastens zu.

Exakt in diesem Moment hörte sie etwas Ungewöhnliches. Das Geräusch war nur sehr kurz, aber es gehörte definitiv nicht hierher. Sie drehte sich um und war sich absolut sicher, im Augenwinkel einen Schatten durch das Fenster des seitlich liegenden Kellerschachtes gesehen zu haben.

Da war es wieder, dieses Pochen, das Herz schlug ihr bis zum Halse. Am liebsten wäre sie jetzt an Ort und Stelle geblieben, für immer. Aber sie wusste, dass sie die Angst kontrollieren konnte. Und nichts anderes blieb ihr übrig. Als sie ihre Atmung wieder beherrschte, überlegte sie, was zu tun sei.

»Also«, sprach sie sich selbst Mut zu und flüsterte leise vor sich hin. »Wir haben ein unbekanntes Auto, einen dumpfen Schlag, der auf einen Einbruch hindeuten könnte, und einen Schatten von irgendjemandem, der sich hier herumtreibt. Das Geräusch gerade eben klang wie das Klackern schwerer Stiefelsohlen auf den Steinplatten ...«

Als sie sich selbst das Wort Steinplatten sagen hörte, stockte ihr der Atem, denn bei den Nachbarn war auf der am Fenster gelegenen Seite nur eine Rasenfläche. Der Steinboden musste also jener in ihrer Einfahrt, direkt seitlich vom Kellerschacht, sein.

Für sie war die Lage somit klar, irgendwas stimmte hier nicht und sie brauchte Hilfe, sofort. Geistesabwesend wählte sie die drei Ziffern des Inselnotrufs und drückte ihr Mobiltelefon gegen das Ohr.

Mist … kein Freizeichen, musste sie feststellen. Sie schaute auf ihr Display und erkannte sofort die fehlenden Balken ihres Netzanbieters, hier unten im Keller.

Mutig stieg sie die rutschige Treppe hinauf und wählte die drei Ziffern erneut. Es klingelte, endlich ein Freizeichen. Nach dem zweiten Klingeln übernahm ein Piepton und anschließend eine freundliche Bandansage. »Vielen Dank für Ihren Anruf bei der Inselwache Norderney. Leider rufen Sie außerhalb unserer Geschäftszeiten an. Diese wären …«

War das ein Witz? Sie schaute auf das Display, um die Nummer zu überprüfen. Aber das war alles richtig. Das war die Nummer, die sie vor ein paar Wochen im Rahmen einer amtlichen Bekanntmachung vom ehemaligen Bürgermeister Fiete Jensen in der Zeitung gelesen hatte.

Sie hob ihr Telefon wieder gegen das Ohr, der Beamte war mit seinen Öffnungszeiten durch. Sie hatte glücklicherweise der Ansage im richtigen Moment wieder ihre Aufmerksamkeit gewidmet, denn jetzt wurden die zuständige Telefonnummer für akute Notfälle außerhalb der Öffnungszeiten genannt.

Als sie sie hörte, war es für sie klar. Sie legte auf, um die neuen drei Ziffern zu wählen, doch in diesem Moment klopfte es an der Tür.

Wer konnte das nur sein? Also Einbrecher klopfen doch nicht einfach an der Tür, dachte sie und spürte, wie ihre Angst verschwand. Das ist bestimmt jemand aus ihrer Nachbarschaft, der überprüfen möchte, ob es bei ihr Strom gab, oder vielleicht war es sogar jemand, dem dieser gruselige Geländewagen auch ins Auge gefallen ist und nicht mehr ruhig weiterschlafen konnte und bei ihr einfach nur nach dem Rechten schauen wollte.

Noch während sie durch den langen Flur auf die Eingangstür zuging, klopfte es erneut.

»Ich komme gleich!« Sie wunderte sich selbst über ihre automatische und geistesabwesende Antwort, die ihr über die Lippen schoss.

Von draußen kam keine Antwort, aber es klopfte noch einmal fester und dumpfer. Durch das kleine milchige Fenster an der Tür erkannte sie mittlerweile die Statur der unbekannten Person.

Sie bekam doch wieder etwas mehr Angst; die drei Ziffern des akuten Notrufs waren bereits auf ihrem Display eingetippt.

Sie hielt inne und zögerte, obwohl sie mit ihrer linken Hand bereits den Türknauf umschloss. Sie entschied, mit der unbekannten Person noch einmal zu kommunizieren, ehe sie den Notruf absetzen wollte. »Wer ist da?«, rief sie, ehe sie »Ich rufe sonst die Polizei!« ergänzte.

Ein Moment herrschte Stille. Sie meinte, die Atmung ihres stummen Besuchers durch die geschlossene Tür pfeifen zu hören. Doch dann klopfte es erneut. Das war der Tropfen, der das Fass zum Überlaufen brachte. Sie drückte auf den grünen Telefonbutton und ihr Handy wählte den Notruf. Das alles überschnitt sich mit einem anderen Geräusch. Etwas, das eigentlich überhaupt nicht sein konnte. Als sie die Klänge der längst vergessenen elitären Melodie hörte, gefror ihr das Blut in den Adern. Das konnte unmöglich wahr sein. Alle Erinnerungen an jenen Tag kamen ihr wieder ins Gedächtnis. Ihre Hände begannen wie wild zu zittern. Tränen liefen ihr übers Gesicht und ihr Handy fiel wie ein Stein zu Boden, wo prompt das Display, das keine Schutzhülle besaß, zersplitterte und der Anruf abrupt beendet wurde.

Die Melodie lief immer und immer wieder, wie in einer Endlosschleife. Es musste aufhören. Sie mussten verschwinden, diese schlimmen Gedanken und vor allem diese Bilder in ihrem Kopf. Auch wenn sie die Schuldgefühle all diese Jahre hatte unterdrücken können, in diesem Augenblick konnte sie es nicht mehr. Ihre folgende Handlung war völlig unüberlegt und absolut impulsiv. Sie wusste, wer gekommen war, und sie drückte die Klinke trotz alledem nach unten, öffnete die Tür und schaute in das Gesicht. Auch wenn sie es nicht verstand, wie es möglich sein konnte, erkannte sie es sofort.

»Es tut mir so leid, aber wir hatten keine andere Wahl.« Sie jammerte, sichtlich vor Schmerz und Neugier hin- und hergerissen, während sie versuchte, Augenkontakt herzustellen.

Doch die Antwort: »Man hat immer eine Wahl«, war das Letzte, was sie in ihrem Leben hörte.

Kapitel 2

Der zuvor braune, vertrocknete Rasen vor der Inselwache war noch ganz matschig vom Unwetter der letzten Nacht. Der steinharte und staubtrockene Boden war mit dem Starkregen der vergangenen Nacht vollends überfordert. Es flutschte richtig, als die beiden Polizisten in den frühen Morgenstunden über das Areal gingen, um die Wache wie jeden Morgen zu eröffnen.

Im Glanz des neuen Tages legten sich die ersten Sonnenstrahlen der noch tief stehenden Sonne über die Ostseite der L-förmigen Holzhütte.

Der groß gewachsene und schlanke junge Polizist mit den kurzen dunkelblonden Haaren ging voran und knipste das Licht an.

Das trübe Licht der Energiesparlampen erhellte den offenen Bereich der Wache und Matthis nahm prompt an dem vorderen Schreibtisch Platz. Sein Schreibtisch war immer noch das Erste, was die Inselbewohner zu sehen bekamen, wenn sie die kleine Wache aufsuchten. Das war durchaus so gewollt, denn Matthis hinterließ mit seinem gepflegten Erscheinungsbild und dem strahlend weißen Zahnpastalächeln einfach einen kompetenteren Eindruck als sein Kollege Georg Pampelhuber, der aktuell jeden Morgen treu hinter ihm hertrottete.

Wie so üblich zankten sich die beiden wieder. Das aktuell doch sehr eintönige Tagesprogramm, das sich nach der Lösung ihres ersten großen Falls als ihr Alltag auf Norderney herausgestellt hatte, zehrte allmählich an ihren Gemütern. Denn so ganz ohne Einsatz konnte ein Arbeitstag schon sehr lang werden.

Der stämmig gebaute Herr mit dem Vollbart und den langen braunen, gelockten Haaren, die fast einer Dauerwelle glichen, hatte gerade erst wieder tief Luft geschnappt, um die Diskussion ihres Arbeitsweges fortzuführen. »Naa, du musst scho eingestehen, dass i viel besser geworden bin.«

Der junge Revierleiter, der gerade seinen Monitor eingeschaltet hatte, zog die Augenbrauen kraus. »Ja, im Vergleich zu deinen ersten zwei Wochen hast du dich schon wesentlich verbessert. Aber ich muss ganz ehrlich sagen, bei den Sachen, die du zu Beginn deiner Versetzung angestellt hast, wäre es auch wirklich schwer geworden, diese Leistungen noch einmal zu unterbieten.«

»Was willst du damit sagen?«

Matthis legte die Stirn in Falten. »Mensch, Georg, ich meine, die letzte Zeit war schon ganz okay, aber erstens hatten wir die letzten Wochen, nachdem wir das mit den Dünen geklärt hatten, auch überhaupt nichts mehr zu tun. Zweitens, sei mir nicht böse, aber deine Vergesslichkeit liegt mir halt doch ein wenig im Magen.«

»Woas? Vergesslich i? Naa! Ach woher!«, polterte der selbst ernannte bayrische Inselkommissar Pampelhuber los und zeigte dabei mit dem Zeigefinger auf sich selbst.

Matthis verdrehte ein wenig die Augen. Eigentlich wollte er es gut sein lassen, aber dann überkam es ihn doch. »Ich verstehe ja, wenn man im Vollsprint mit der

Stirn eine Straßenlaterne touchiert und man nach wie vor trotz Sturz und Lärm unerkannt bei der besagten Observation bleiben möchte, dann muss man eben auch mal zu Fuß die Flucht antreten. Aber dann, wenn man sich wieder in Sicherheit befindet, muss man doch wissen, dass man ursprünglich mit dem Auto zu diesem Einsatz gefahren war, und nicht einfach dann zu Fuß nach Hause geht und den Caddy einfach so stehen lässt. Und wir dürfen am nächsten Morgen dann tatsächlich kilometerweit zu unserem ersten Einsatz wandern.«

»Ahh, do hängt der Schuh. Mir war klar, dass du mia des noch immer nachträgst. I sags mal so, wie du es immer gerne auflistet. Erstens hab i kein Auto vergessen, sondern unseren Polizeicaddy. Das Ding haben die doch von einem Golfplatz geklaut und uns ein Polizeilogo drübergebabbt und fertig. So viel also zum Thema Änderung im Haushaltsbudget. Und zweitens, a echtes Auto würd i nie vergessen. Das war a einmalige Sache!«

»Wenn du meinst!«, erwiderte Matthis, während er mit einem Auge schon seine E-Mails checkte.

Ein wenig später betrat wie jeden Tag Herbert, der Postbote, die Wache. Oft machte sich der ältere Herr mit dem diebischen Grinsen einen Spaß und er kam mit einer Hand voll Briefe in die Wache. Nachdem er seinen Finger befeuchtet hatte, blätterte er alles durch, um dann im Anschluss die beiden Herren mit der Aussage: »Wieder nichts für euch dabei!«, stehen zu lassen. Aber heute war es anders. Diesmal hatte der schlaksige Senior mit dem silbern schimmernden Bartwuchs wirklich einen schönen dicken Brief für sie in der Hand. Genauer gesagt sogar ein Einschreiben, für das

Matthis auf dem leicht angefaulten Klemmbrett unterschreiben musste.

»Oha, der feine Herr Revierleiter darf sogar mal was unterschreiben, dann hat er wenigstens was zu tun«, moserte der bayrische Ermittler hinter seinem Schreibtisch, der ganz hinten in dem großen Hauptraum der Wache stand.

Matthis schaute auf den Absender des Einschreibens. »Was will denn die Autovermietung von uns?«, fragte er sofort, nachdem Herbert die Wache verlassen hatte und den beiden wie immer einen schönen Tag gewünscht hatte.

»Schaust nei, dann woasts«, grummelte der Bayer im Rausch seines Dialektes.

Matthis fühlte, dass der Brief schwer und dick war. Mit seiner Rechten griff er zu seinem Brieföffner. Elegant sauste die scharfe Klinge durch das Kuvert und öffnete den Brief.

Er faltete den Brief auseinander und las.

Georg bemerkte, dass seinem Kollegen die Farbe aus dem Gesicht wich. Das war noch nie ein gutes Zeichen gewesen. Georgs nächster Blick fiel auf Matthis' linke Hand. Als er bemerkte, dass die Fingerchen zuckten, kam es ihm anhand des Stichwortes Autovermietung doch so langsam in den Sinn.

Vorsichtig stand er auf, den Blick auf den Nebenraum gerichtet. Die beiden Verwahrungszellen waren aktuell nicht belegt. Der große runde Tisch vom Pausenraum war auf seiner Seite noch von den Resten des gestrigen Mittagsessens belegt. Mist ... vergessen, dachte er, als er sich erinnerte, dass er die Verpackungen gestern noch entsorgen wollte.

Als er das Schnauben vom Eingangsbereich hörte, wusste er, dass es nur noch einen sicheren Ort für diesen Vormittag gab, nämlich das gute alte Dixi-Klo vor der Wache.

Doch den kurzen Fußweg konnte er nur teilweise antreten, da ihn sein Kollege in einer ziemlich merkwürdigen Tonlage zu sich zitierte.

»Was kann i für Sie tun, lieber Herr Revierleiter Jüllich?«, fragte der Kommissar.

»Weißt du, was das ist?«, fragte ihn Matthis mit einem überaus freundlichen Tonfall.

»Ja«, antwortete Georg stolz. »Ein Stück Papier mit vielen bunten Sachen drauf.«

»Das ist die Autovermietung! Weißt du, was die uns schicken?«

Der Kommissar stockte, ehe er langsam das Wörtchen »Werbung?« über seine Lippen brachte.

»Kollege!« Matthis schnaufte. »Das ist eine Zwischenrechnung.« Matthis wiederholte das letzte Wort noch einmal ohne Aufforderung. »Georg, kann es vielleicht sein, dass du den Leihwagen, als du die Verdächtigen bis zu dem Naturschutzgebiet verfolgt hattest, vergessen hast?«

Georg wurde kleinlaut. »Naa ... Also ... Das war ... alles nur wegen dem depperten Kamel!«

»Was hat Abdul jetzt damit zu tun?«

»Mei verdammt, kann scho sein, dass i den Wagen vergessen hab. Mei oh Mei.«

»Was heißt hier *kann schon sein*?«

»Ja, i hab den net zurückgebracht. Aber du hättest mi ja auch mal fragen können.«

»Wonach? Nach einer Selbstverständlichkeit? ... Siehst du? Da haben wir es wieder mit deiner Vergesslichkeit.« Matthis stockte. Er überlegte einen Atemzug lang. »Ich würde vorschlagen, du nimmst die Zwischenrechnung, holst den Wagen, bringst ihn der Autovermietung gewaschen zurück und schaust, wie du dieses Missverständnis irgendwie lösen kannst, weil ich eine Rechnung für fünfundvierzig Tage Leihwagen nicht bei der Buchhaltung einreiche. Hast du das verstanden?«

»Okay, i kümmer mi drum!«, sagte der Starermittler und gab sich geschlagen.

»Ach ... Georg!«

»Was ist denn noch?«

»Lass die Schlüssel für den Caddy hier, sonst steht der ja dann in den Dünen!«

»Ja, wie soll i dann ...«

»Nimm das E-Bike, der Kombi hat doch einen großen Kofferraum.«

»Puuhh, das woas i nicht mehr, das ist scho so lange her.«

Als Matthis ihn anlächelte, erkannte er seinen Fauxpas und änderte blitzschnell seine Meinung. »Ja, ja doch, an ganz großen Kofferraum hatte der ... Ach, Matthis, steht zufällig auf der Rechnung, was das noch mal für ein Fahrzeugmodell war?«

»Ja, tut es ... Aber bevor du so anfängst, mitten in den Weißen Dünen, so abgerutscht vom Fahrbahnrand in einer Sanddüne, da werden wahrscheinlich nicht so viele Fahrzeuge stehen, oder?«

»Hast ja recht!«, sagte Georg, nahm den Brief an sich und machte sich mit dem Fahrrad auf den Weg in das Naturschutzgebiet.

Georg erreichte nach einer gefühlten Ewigkeit endlich die besagte Stelle, an der er das Fahrzeug zuletzt gesehen hatte. Als er den großen Kombi so einsam und verlassen in einer Kuhle zwischen Fahrbahn und Sandberg stehen sah, erinnerte er sich an den damaligen Einsatz zurück und in ihm stieg ein Hauch von Zorn, gegen sich selbst gerichtet, empor. Denn er fragte sich, ob sein Kollege nicht doch recht hatte und er nicht sogar wirklich etwas zu vergesslich war. Gut, früher zu Hause in Bayern hatte es viele Situationen gegeben, die seine Verwandtschaft mit Faulheit kommentiert und kritisiert hatte. Aber was war, wenn es keine Faulheit war, sondern er einfach wirklich nur ein extrem vergesslicher Mensch war?

Georg fokussierte seine Gedanken wieder auf das Hier und Jetzt und bemerkte, dass der Wagen wirklich gelitten hatte. Die hohen wüstenähnlichen Sandberge um ihn herum hatten das Fahrzeug gut mit einer Sand- und Dreckschicht überzogen.

Der Kommissar machte sich umgehend an die Arbeit. Zuerst verstaute er sein E-Bike im großzügigen Kofferraum des ockerfarbenen Kombis, danach setzte er sich auf den Fahrersitz. Da der Schlüssel noch steckte, startete der Polizist den Motor.

Der Wagen stotterte und kämpfte, aber nach dem dritten Anlauf schnurrte der Motor gleichmäßig und Georg versuchte, langsam die Kupplung kommen zu lassen, um das schwere Gefährt aus der Kuhle zu manövrieren.

Durch den starken Regen der vergangenen Nacht war der Boden nicht mehr so sandig glatt wie damals, sondern eher matschig.

Also einfach war es nicht, aber nach einer Weile hatte Georg den Wagen zurück auf der Fahrbahn. Sein nächstes Ziel war die Tankstelle in der Hafenstraße, genauer gesagt die Autowaschanlage auf jenem Gelände.

Georgs Blick, als sich das Tor der Autowaschanlage wieder öffnete, sprach Bände. Es war dieser Moment, in dem man feststellte, dass das Gefährt, das man hineinfuhr, eine andere Lackierung angenommen hatte. Als Georg die silbergraue Lackierung sah, konnte er sich auch detaillierter an das Fahrzeug erinnern.

Mit der Autovermietung konnte sich Georg auch ziemlich zügig einigen. Ein Teil der Rechnung wurde neu auf die Wache ausgestellt. Es handelte sich hierbei um den Zeitraum des eigentlichen Einsatzes. Einen weiteren Teil musste Georg aus eigener Tasche stemmen und einen fingierten entstandenen Sachschaden sollte Georg bei seiner Haftpflichtversicherung einreichen.

Mit den entsprechenden Unterlagen schwang sich Georg wieder aufs Rad und fuhr zurück zur Wache.

Als Georg die Wache betrat, legte Matthis gerade den Telefonhörer auf. Sein Gesicht war käseweiß und sein Blick wirkte für einen Moment geschockt, vielleicht sogar eher apathisch. Als er Georg bemerkte, schaute er ihn an und sagte: »Wir müssen los, wir haben einen neuen Mordfall!«

»Ah, woher, du verarschst mi … oder … oder?«, hörte sich der Kommissar mit einer immer stottrigeren Stimme antworten.

Kapitel 3

Am äußersten Rand stand der kleine Junge mit dem roten Armbändchen. So weit außen, wie er seinen Platz gewählt hatte, waren es mehr die Reflexionen der Begrüßungsansage als der Direktschall, die seine Ohren erreichten. Aber das war ihm egal, denn er wollte eigentlich sowieso nicht hören, worum es hier ging, und vor allem waren ihm die Worte des Betreibers auch mehr als gleichgültig. Der Junge war tief in seinem Inneren einfach enttäuscht. Eigentlich sogar weniger von der Situation seiner Sommerferien, sondern mehr von seinen Eltern. Was war er nur für ein Narr gewesen, zu denken, dass sein Vater, der edle Herr Geschäftsführer, auch nur für ein paar Wochen seine Aufgaben beiseitelegen würde, um ihn, sein eigen Fleisch und Blut, besser kennenzulernen. Manchmal hatte er das Gefühl, sein Vater sei ein fremder Mensch, nicht einmal mit ihm verwandt. Selbst seine Mutter, Frau Geschäftsführerin, die sich nur über den Titel ihres Gatten definierte, und noch nie auch nur eine Stunde für ihren Lebensunterhalt arbeiten musste, sah sich zwischen den ganzen Sektempfängen und Anweisungen, die sie an den Haushälter verteilte, außerstande, sich mit ihrem eigenen Sohn zu beschäftigen.

Sind wir doch ganz ehrlich. Das gesamte Jahr über war der feinen Familie alles, was er machte, nicht gut genug. Er war doch nicht dumm, und er merkte, dass sich mit der Zeit eine dicke, schwere Mauer zwischen ihm und seinen Eltern aufgebaut hatte. Er spürte täglich die Missachtung und die

Gleichgültigkeit, die sie ihm gegenüber präsentierten. Selbst etliche Infobroschüren über diverse Internate fand er eines Nachmittags achtlos auf dem Küchentisch liegen. Also, warum konnte er jetzt nicht einfach zu Hause bleiben, fragte sich der Junge gedanklich. Es schien ja sowieso bereits entschieden, dass er ab dem nächsten Schuljahr, also in sechs Wochen, auf ein ausländisches Internat wechseln müsste. Also, warum waren es jetzt genau diese Ferien, die seine Eltern ihm mit diesem albernen Camp vermiesen mussten? Es wären ja nicht einfach irgendwelche Ferien gewesen, sondern vermutlich die letzten Sommerferien, die er mit seiner Familie und seinen Freunden zu Hause auf Norderney in Freiheit ohne Internatsdruck hätte verbringen können.

Er schreckte aus seinen Gedanken auf, als alle Kinder um ihn herum verhalten in ihre Hände klatschten. Diesem Gruppenzwang schloss er sich nicht an. Doch irgendetwas musste er verpasst haben, denn die ganze Meute setzte sich in Bewegung, und es schien so, als würden sich Gruppen bilden.

Sein Blick schweifte über das Areal. Der dicke Junge mit den blonden Haaren trug ein orangenes Armband und das Mädchen, auf das er zusteuerte, auch. Also musste das irgendwas mit den albernen Armbändchen zu tun haben, dachte er und überprüfte die anderen Kinder auf dem Campplatz. Die Kinder und Jugendlichen auf dem Gelände waren schätzungsweise allesamt zwischen zehn und fünfzehn Jahren. Ein großer, kräftiger Junge mit lila Armbändchen fiel ihm ins Auge, er ging lächelnd auf eine kleine Gruppe zu. Alle trugen die lila Bändchen.

Also gut, der kleine Junge mit dem roten Bändchen gab sich einen Ruck und warf sich ins Getümmel.

Grün ... lila ... gelb ... grün ... orange, scannte er die Handgelenke der anderen Kinder. Alle möglichen Farben waren im Umlauf außer seine. *Hatte er sich etwas verguckt?*, fragte er sich, während er immer schneller nahezu im Kreis ging.

Gelb ... gelb ... blau ... blau ... blau ... orange. Das kann doch nicht sein! Ihn überkam eine Scheißwut. Er bewegte sich immer schneller und enger um die bereits gebildeten Grüppchen, als ihn ein Mädchen anrempelte.

Es war nur ein kurzer Moment, in dem sich ihre Blicke trafen, doch dieser schien für den Jungen so, als wäre die Zeit stillgestanden. So ein schönes Gesicht hatte er noch nie gesehen. Aber auch die Hautfarbe war etwas, das er so nicht kannte. Ihr Teint war nicht so hell wie seine Haut, aber auch nicht so dunkel, wie es bei Kindern mit afrikanischen Wurzeln der Fall war. Er verstand nicht, was da gerade in ihm vorging. Aber es fühlte sich toll an. Wenigstens für einen kurzen Wimpernschlag.

Nur leider endete dieser magische Augenblick viel zu schnell, um auch nur ein zittriges *Hallo* über die Lippen zu bringen, und so sah er, wie sich das Mädchen der Gruppe mit den lila Bändchen anschloss.

Nach einer Weile waren alle Gruppen gebildet, und sie machten sich mit ihrem Gepäck auf und gingen auf eine der jeweiligen Hütten mit der entsprechenden Fahne zu, die der ihres Armbändchens glich.

Nur er blieb allein auf der kreisrunden Wiese zurück. Selbst der Typ mit den blonden Rastalocken war bereits verschwunden.

An dem länglichen Hauptgebäude stand ein hochgewachsener Herr. Er zog eifrig an seiner Zigarette und starrte den Jungen regungslos an.

War er nur gerade in Gedanken, oder beobachtete er ihn? Aber es war egal, was der Herr tat, denn der Junge, wenn er nicht auf der Wiese wohnen wollte, musste ihn fragen, wie es für ihn weitergehen sollte. Oder besser noch, kam es dem Jungen in den Sinn, wie wäre es, wenn er einfach sein Bändchen und damit seine Gruppe wechseln könnte? So schwer dürfte das doch nicht sein. Das war schließlich ein albernes Sommercamp auf Norderney und nicht Guantánamo. Also war es für ihn entschieden. Er wollte lieber ein lila Bändchen, um näher bei diesem hübschen Mädchen zu sein.

So fasste er all seinen Mut zusammen und ging auf den Herrn zu. »Entschuldigen Sie? Herr ...«

»Radkowski ... Ralf Radkowski, mein Junge, was kann ich für dich tun?«

»I... I...ch gl... glaube, hier wur... wurde ein Fehler gemacht!«, fragte der Junge mit weichen Knien. Seine Gedanken drehten sich in jenem Moment allein um das schöne Mädchen und seinen Wunsch nach dem lila Bändchen.

»Ach ja, was denn?«, fragte der Mitarbeiter zögerlich und blies dabei den Zigarettenqualm zur Seite aus.

»Ich habe ein rotes Bändchen. Hier ist aber sonst niemand mit einem roten Bändchen, deshalb möchte ich auf der Stelle ein lila Bändchen haben.«

»Das mit den Bändchen ist so eine Sache. Jeder bekommt das, was für ihn das richtige ist, und das rote Bändchen ist ein ganz besonderes Bändchen. Das kann man nicht einfach mit einem lila Bändchen tauschen. Also, wenn du ein grünes Bändchen hättest, könntest du es problemlos mit einem blauen Bändchen tauschen oder ein gelbes mit dem orangenen. Aber rot in lila, ich schätze, das ist dieses Jahr ein Ding der Unmöglichkeit.«

»Was soll dieser Mist?« Der Junge plusterte sich auf. »Am Anfang hatte ich auch zuerst ein gelbes Bändchen.«

»Ja, das geht auch, man kann immer den Status eines farbigen Bändchens verlieren und es in ein rotes Bändchen umwandeln. Andersherum jedoch wird es sehr schwer, und dafür bin ich ehrlich gesagt auch überhaupt nicht befugt ... Es tut mir leid, Kleiner, da kann ich nichts für dich tun.«

»Und jetzt?«, fragte der kleine Junge, nach wie vor angespannt. Seine rechte Hand war vor Zorn schon automatisch zur Faust geballt.

»Jetzt meldest du dich erst einmal bei deinem Gruppenleiter, dem Herrn Winterfeld.«

»Das wäre wer?« Der Junge schnaubte.

»Das ist der Dirk. Der Herr, der dir dein Bändchen gegeben hat.«

»Das trifft sich gut. Dann kann ich mit ihm das Problem mit dem Bändchen regeln.« Der Junge drehte sich zur Eingangstür und ging in das Gebäude.

Das Haupthaus war groß und angenehm kühl. Doch das Erste, was er bemerkte, war die Ruhe, die in diesem Gebäude herrschte. Es war totenstill um ihn herum. Kein Geräusch drang von außen herein. Wie war das nur möglich?, fragte sich der Junge. Waren die Wände einfach besonders dick, oder wurde das Gebäude nachträglich schallisoliert?

Zögerlich folgte er dem langen Flur. Nicht einmal eine Uhr tickte hier irgendwo. Auch wenn es draußen hell war und er in dem Gebäude alles sah, zog ihm diese eisige Stille doch ein klein wenig Gänsehaut über den Arm. So etwas hatte der Junge von der Insel noch nie erlebt.

Auf einmal öffnete sich hinter ihm die Haupttür, und der Herr von gerade eben betrat das Gebäude.

»Wo finde ich diesen Winterdings?«

»Winterfeld ... Dirk Winterfeld«, sagte der Herr so, wie er vorhin seinen Namen stolz präsentierte. Dann sagte er »Nächste Tür links« zu dem kleinen Jungen.

Der Junge klopfte zwar an, aber eine Antwort wartete er nicht ab, ehe er die Tür aufzog und in ein großzügig geschnittenes Büro trat.

Dirk saß gerade über einem großen Ordner und schrieb eifrig etwas mit seinem Füllfederhalter. Die Spitze des Stifts schabte gleichmäßig über das Papier. Ein Geräusch, das der Junge allzu gut aus der Schreibstube seiner Eltern kannte. Doch hier endete es abrupt, kurz nachdem er den Raum betreten hatte. Der Campleiter schaute auf. »Habe ich dir erlaubt, hereinzukommen?«

»Nein! Aber woher soll ich wissen, ob überhaupt jemand drin ist, wenn niemand was sagt?«

»Warum solltest du in einen Raum gehen, wenn du denkst, dass sich niemand darin befindet?«, fragte der Herr mit einer eisigen Stimme.

Der Junge war um eine weitere Antwort verlegen.

»Und jetzt raus mit dir und noch mal mit mehr Anstand!«, befahl Dirk dem Jungen.

Der Junge tat, was Herr Winterfeld ihm befahl. Er verließ das Büro, schloss die Tür und klopfte noch einmal an. Er bekam keine Reaktion. Nach einer Minute klopfte er noch einmal. Er wartete. Nichts geschah, deshalb klopfte er nach einer weiteren Minute fester. Danach reichte es ihm, und er drückte die Tür auf und marschierte wieder ins Büro.

»Habe ich etwas verpasst?«, fragte der Herr.

»Wieso?«, antwortete der Junge.

»WEIL ICH NICHT GESAGT HABE, DASS DU REINKOMMEN KANNST, UND JETZT NOCH EINMAL, BIS DU ES VERSTEHST!«, schrie der Herr ihn an.

Der Junge wiederholte den Vorgang. Auch wenn eine gewaltige Wut in ihm aufstieg, verließ er den Raum und ging hinaus auf den Flur. Er schloss die Tür und klopfte einmal an. Wieder geschah überhaupt nichts, und der Junge lehnte sich an der Wand an, ehe er daran herunterrutschte und sich auf den Boden setzte.

Immer wieder schaute der Junge auf seine Armbanduhr. Die Zeit schien zu stehen. Erst vergingen fünf Minuten, dann zehn ...

Nach weiteren fünfunddreißig Minuten rief der Herr endlich »Herein« aus seinem elitären Büro. Ach, am liebsten hätte der Junge dem Hünen die glänzend weißen Zähne ausgeschlagen. Aber er riss sich zusammen und unterdrückte seinen unermüdlichen Zorn, als er mutig seine Forderung stellte. »Ich möchte ein lila Bändchen haben.«

»So weit bist du nicht. Jeder bekommt hier das, was er braucht ...«

Dem Jungen platzte der Kragen. »Das hat mir der Vogel vor der Tür auch schon gesagt. Was hat es mit diesen Kackdingern auf sich?« Als Nächstes zerrte der Junge an seinem roten Bändchen. So heftig, dass er es sogar vom Handgelenk abriss und dem Campleiter auf den Schreibtisch pfefferte.

»Es sind genau solche Aktionen, die dir dein Wunschbändchen für alle Zeit verwehren. Du kannst noch so viele rote Bändchen zerreißen, wie du möchtest. Aber du wirst trotzdem ein rotes Bändchen sein ... Hier deine Regeln: Wenn du keine Sitzungen, Therapien oder Freizeitaktivitäten hast, kannst du dich auf dem Gelände überall frei bewegen. Wenn du das Lied über die Lautsprecher hörst, heißt es für dich, auf dem Hauptplatz anzutreten. Nicht gleich, sondern immer auf der Stelle. Wer flieht oder Scheiße baut, verbringt eine Nacht ohne Abendbrot im Bootsschuppen.

Deine Leistungen haben dich hierfür schon qualifiziert, Glückwunsch, aber es ist der erste Tag, und ich gewähre dir einen einmaligen Kredit. Verspiele ihn nicht, denn niemand möchte eine Nacht in dem Bootsschuppen verbringen. Haben wir uns verstanden?«

»Ja.«

»Ja was?«

»Ja, Herr Winterfeld.«

»Geht doch, und jetzt zieh dir das neue Bändchen über und mach, dass du zu den anderen aus deiner Gruppe kommst. Sie warten alle im Schlafraum.«

»Der wäre wo?«

»Komm mit, ich zeige ihn dir. Sie warten alle bereits sehnsüchtig auf dich ... Im Keller!«

Kapitel 4

Wenigstens hatten Georg und Matthis diesmal ihr gewohntes Gefährt zur Verfügung, um zu dem gemeldeten Leichenfund zu fahren. Wenn man so will, schon mal eine deutliche Verbesserung im Vergleich zu ihrem ersten Fall. Vor allem schon zeitlich. So waren sie heute schon zehn Minuten nach dem Notruf am Tatort. Sollte so nicht eine gute und seriöse Polizeiarbeit aussehen?

Matthis fuhr so zügig mit dem Caddy, dass er die Hausnummer wegen der Traumfänger und Windspiele prompt übersah und ein paar Meter an dem Haus vorbeidonnerte. Als er am Nachbarhaus die höhere Hausnummer erkannte, fuhr er zur Seite und stoppte auf dem Bürgersteig. Er stieg aus und machte sich mit flotten Schritten auf das Wohnhaus des Opfers zu.

Da der kleine Caddy beim Rückwärtsfahren piepste wie ein mächtiger Lkw, war es Matthis viel zu peinlich, nach diesem starken Bremsmanöver in den Rückwärtsgang zu wechseln. So abseits, wie der Caddy nun stand, sah es für Außenstehende wenigstens so aus, als hätte der Polizist mitgedacht und für die anderen Einsatzfahrzeuge, die später eintreffen sollten, genug Platz gelassen.

Georg machte beim Aussteigen eine komische Bewegung und merkte, wie ihm der Ischias über die linke Arschbacke schoss. Er nahm sich eine kurze Auszeit, bis der Schmerz nachließ. Sein Blick fiel auf die gepflegten Vorgärten. Nachdem er die zahlreichen Gartenzwerge des Nachbarhauses gemustert hatte, schaffte auch er es endlich aus dem niedrigen Gefährt.

Matthis war für ihn bereits außer Sichtweite, und so stiefelte Georg in aller Gemütlichkeit auf das Häuschen zu.

Die Wohnungstür war nur angelehnt. Der Kommissar hörte dahinter dumpf Matthis' Stimme. Er öffnete die Tür nach innen und sah die Leiche einer Frau. Der leblose Körper war vom Eingangsbereich ein paar Meter nach hinten an die Wand geschleift worden. So saß der leblose Körper mit gesenktem Haupt und gespreizten Beinen auf dem Boden. Das Pyjamaoberteil wies in Brusthöhe einen Schnitt auf. Um diesen Punkt herum erkannte man sehr gut, dass es sich hierbei um einen Einstich mit einem großen Messer handeln musste. Die Arme lagen ausgestreckt auf dem jeweiligen ebenfalls ausgestreckten Bein, als hätte der Täter die Leiche extra so drapiert. Die rechte Hand war zur Faust geballt und zwischen ihren Fingern steckte ein langes, dünnes Holzstäbchen. Am oberen Ende beginnend, wand sich eine blaue Markierung rund um das Stäbchen.

Georg, der gerade erst die Tür geöffnet hatte, sah die blutige Schleifspur auf dem gefliesten Boden, die sich durch den gesamten Flur bis zu der besagten Wand zog.

»Na, die hat's aber sauber vom Stangel gehauen!«, kommentierte er, ohne weiter nachzudenken.

»Georg!«, zischte Matthis ihm zu. Matthis stand mit einem älteren Herrn im Nebenzimmer. Der Mann war etwas bucklig. Georg fiel sofort die lange, krumme Nase auf. Sein Gesicht wirkte mit den hervorstehenden

Wangenknochen sehr breit, seine Augen waren rot vor Kummer und seine Stimme klang alt und gebrochen.

Georg bekam gerade noch mit, wie der Herr sagte: »Ich hatte mein Leben lang gedacht, dass ich eher dran bin und mir das erspart bliebe.«

Das Bild war für den pfiffigen Kommissar sofort schlüssig. Hier musste ein Vater um seine Tochter trauern, doch die nächsten Aussagen ergaben in seinen Ohren wiederum wenig Sinn.

»Ich war gestern mit meinen Kegelbrüdern auf einem Turnier in Wittmund. Ich bin erst heute Vormittag mit der Fähre wieder zurück auf die Insel gekommen. Ich hätte sie niemals alleine lassen dürfen.«

»Warum?«, fragte Matthis. »Gab es einen Anlass zur Sorge?«

»Eigentlich nicht, aber ich hätte es bestimmt verhindern können.«

Nach einem tiefen Atemzug mischte sich der Kommissar in das Gespräch ein. »Ja, auch wenn man da ist, muss man das ja erst einmal mitbekommen.«

Der Herr schaute Georg an. »Mein Schlaf ist nicht mehr so fest wie früher. Ich hätte schon mitbekommen, wenn sie das Bett verlassen hätte.«

»Warum?«, fragte Georg, dessen Bild im Kopf gerade ins Wanken kam. Schlief die Dame etwa mit ihrem Vater zusammen in einem Bett? War das nicht etwas spooky? Würde er sich zum Deppen machen, wenn er das jetzt erfragte? In seinen Gedanken ging es gerade wild umher. Doch dann wurde ihm klar, dass er noch gar nicht wusste, wer hier eigentlich wer ist. Vielleicht war der Herr, der mit Matthis und ihm in der Küche stand, ja nur der Nachbar, der von seinem Schlafzimmerfenster die Lichter des Nachbarhauses erkannte. Georg musste sich Klarheit verschaffen und fragte: »Die Tote ist dann …?«

»Ja, meine Frau«, sagte der rüstige Rentner.

So schnell konnte Georg überhaupt nicht nachdenken, wie ihm folgende Worte über die Lippen schossen: »Ja, is die nicht a bissl jung für Sie?«

Der Herr starrte Georg entgeistert an. »Ich verbitte mir solche Kommentare. Ja, zwischen meiner Frau und mir liegen genau achtzehn Jahre, wenn Sie es wissen müssen. Ich habe lang genug das Geschwätz ertragen müssen. Immer diese Sprüche, was will so ein junges Ding mit dem alten Sack. Und ganz ehrlich, wie wir unser Leben lebten, geht niemanden etwas an!«

Matthis schaute seinen Kollegen mit angezogenen Brauen an. Ein Zeichen, das Georg mittlerweile gut kannte und ihm signalisierte, sich bei der Befragung zurückzunehmen.

Matthis übernahm wieder das Gespräch. »Hatte Ihre Frau Feinde?«, fragte er, während sich Georg in Gedanken ärgerte. Hätte er die nächste Frage abgewartet, wäre auch er zu seiner gewünschten Information gekommen. Verdammt.

Der Rentner wartete einen Moment ab. Es wirkte, als ginge er noch mal alles durch. »Nein, mir ist niemand bekannt. Sie war so eine liebe, nette Person. Mir ist nicht einmal eine Streitigkeit mit irgendjemandem bekannt.«

»Haben Sie schon überprüft, ob irgendetwas in der Wohnung anders ist? Fehlen Gegenstände, ist etwas durchwühlt?«

»Gehen Sie etwa von einem Raubmord aus?«

»Wir müssen am Anfang der Ermittlungen einfach alles in Betracht ziehen. Haben Sie sich schon in der Wohnung umgesehen?«

»Nein, noch nicht so richtig. Ich habe Sie sofort alarmiert und habe die Wohnung noch nicht überprüft.«

»Gut, dann machen wir das zusammen, wenn die Rechtsmedizin und die Spurensicherung hier gleich anrücken.«

Der Mann nickte ihm zu und schniefte einmal leicht.

Georg schaltete sich an seinen Kollegen gewandt in die Befragung ein. »Du, Matthis, so wie die Leiche aufgebaut und präpariert wurde, denk i, können wir einen Raubmord ausschließen. I denk, hier wollte jemand ein Zeichen setzen und vielleicht sogar eine Nachricht hinterlassen.«

»Das sehe ich so noch nicht. Ich kann mir auch vorstellen, dass irgendetwas aus der Wohnung geschafft wurde und die Leiche am Türstock lag ihm einfach im Weg und so zerrte jemand sie zur Seite.«

»Und woas is mit dem Holzstäbchen in ihrer Hand?«

»Ist mir auch schon aufgefallen. Vielleicht war das das Erstbeste, was sie in ihrem letzten Moment zu ihrem eigenen Schutz zu greifen bekam.«

»Naa, wenn du erstochen wirst, dann lässt doch die Muskulatur nach und die Hand müsste aufgehen, statt sich fest zur Faust zu ballen.«

»Stimmt …« Matthis wendete sich dem Herrn zu. »Kennen Sie das Holzstäbchen?«

»Nein, von hier ist das bestimmt nicht, wir haben so was nicht.«

»Woas is das überhaupt?«, fragte Georg, der das Stäbchen für einen übergroßen Zahnstocher hielt. Also vielleicht einen Pferdezahnstocher.

»Das ist ein Mikadostäbchen«, erwiderte der Senior. »Das war früher mal richtig in der Mode.«

»Stimmt!« Jetzt erkannte auch Matthis das Stäbchen als das, was es war.

Matthis und Georg wussten, dass sie die Leiche nicht anfassen sollten, bis die Rechtsmedizin erschien. Hier war Dr. Hinkelstein, der in die Jahre gekommene Rechtsmediziner, sehr eigen und streng.

Matthis war mit all seinen Fragen fürs Erste durch und hatte sich alles in seinem kleinen Notizbuch notiert. Mit dem Rundgang durch die Wohnung wollte er noch warten, bis die Spurensicherung eintraf. Um die Situation für den trauernden Witwer etwas erträglicher zu machen, entschloss er sich, ihn an die schönen Zeiten zu erinnern. »Wie haben Sie denn Ihre Frau kennengelernt?« Matthis hoffte, den Senior so ein wenig ablenken zu können.

»Aufgefallen ist sie mir zum ersten Mal Mitte der Achtziger. Aber da war sie noch ein Kind und ich natürlich nicht an ihr ernsthaft interessiert. Aber wir trafen uns zufällig auf einer Weihnachtsfeier Mitte der Neunziger wieder. Ich wusste zu diesem Zeitpunkt nicht, dass sie es war. Aber an dem Abend hatte es irgendwie zwischen uns gefunkt. Als wir uns dann verabredeten und bemerkten, dass wir uns Mitte der Achtziger mal eine Zeit lang über den Weg gelaufen waren, hielten wir es für Schicksal, vielleicht sogar für unsere Bestimmung, und so wurde das immer ernster zwischen uns.«

Ein wenig funktionierte Matthis' Trick. Der Herr war natürlich noch am Ende seiner Kräfte und völlig von Trauer zerfressen, aber wenn er von damals und von ihr sprach, da gab es dieses kleine Funkeln in seinen verlorenen Augen, das für Matthis die Bestätigung war, dass die Liebe seinerseits echt gewesen war.

Draußen auf dem Bürgersteig kam ein ganzes Fahrzeuggeschwader zum Stehen. Es bestand aus Rechtsmedizin, Krankenwagen, Leichenwagen und einem Transporter der Spurensicherung.

Als Matthis gerade sein Notizbuch zuklappen wollte, fiel ihm noch etwas ein und wandte sich noch einmal an den Senior. »Ach, ganz vergessen zu fragen: Wie war noch gleich Ihr vollständiger Name?«

»Radkowski ... Ralf Radkowski«, antwortete der Senior.

Kapitel 5

Matthis wanderte mit Herrn Radkowski und zwei Kollegen der Spurensicherung durch das Haus. Georg hatte er zur Bespaßung, wie er ihm beiläufig ins Ohr geflüstert hatte, bei dem Rechtsmediziner gelassen.

Zum ersten Mal bemerkte Georg den minimalen österreichischen Akzent, den Dr. Hinkelstein gekonnt unterdrückte. Als der Rechtsmediziner begriff, dass Georg bei ihm blieb, schaute er ihn verdutzt an. »Wenn du bleibst, dann aber nur mit Handschuh!« Er kramte in seiner Jackentasche und überreichte ihm ein Paar Einweghandschuhe, die sich der Kommissar mit Mühe und Not über seine schwitzigen Hände zog. Gut, also so richtig drin war er nicht, die Fingerkuppen boten noch ordentlich Luft, aber weiter ging es einfach nicht mehr, da das Material um seine Handgelenke sowieso schon einriss.

»Ist schon recht«, pflaumte der Rechtsmediziner, der sich wegen Georgs Herumgefuchtels und der furchtbaren Schnalzlaute nicht konzentrieren konnte.

Anhand der Betonung hatte Georg jetzt definitiv den wienerischen Akzent erkannt.

Im Wohnzimmer war alles sauber und ordentlich. Wenn hier jemand etwas suchte, dann wäre dies so penibel und gesittet vonstattengegangen, dass der Täter oder die Täterin im Anschluss noch hätte putzen müssen. Der graue Teppich im Wohnzimmer war so sauber, dass man mit bloßem Auge die Bahnen vom letzten Staubsaugereinsatz sehen konnte. Dieses Zimmer und die Küche konnten sie also schon einmal mit gutem Gewissen abhaken.

»Wo geht es hier hin?«, fragte Matthis und zeigte auf eine verschlossene Tür.

»Da geht es runter in den Keller. Ich kann mir nicht vorstellen ...«

»Nein, nein«, sagte Matthis. »Wenn, dann machen wir es einmal richtig. Auch wenn die Haustür offen stand und alles dafür spricht, dass der Mord an der Vordertür geschah und der Täter somit durch den Haupteingang das Objekt betreten haben musste, heißt das nicht, dass es nicht vielleicht vorher einen Zutritt an anderer Stelle gegeben haben könnte ... Sie überraschte ihn vielleicht und dann verlagerte sich alles auf die Eingangstür.«

»Na gut, aber passen Sie auf, die Treppen sind aktuell etwas rutschig. Ich glaube, der Keller zieht irgendwo Feuchtigkeit.«

Matthis hatte alle Mühe, sein aufkommendes Lächeln zu verbergen. Er musste an seinen Kollegen denken und daran, dass es eine gute Entscheidung war, ihn beim Rechtsmediziner zu lassen. Denn vor seinem geistigen Auge sah er schon, wie der Kollege flott die Stufen hinuntersegelte.

Dr. Hinkelstein kniete neben der Leiche und beugte sich gerade über ihr Brustbein. Dabei hielt er sein Diktiergerät in der Hand und sprach hinein. »Kraftvoller Einschnitt unterhalb des oberen Brustbeines. Herbeigeführt durch einen schwungvollen, von unten aufkommenden, bogenförmigen Einstich. Einstich vermutlich direkt ins Herz. Je nach Tiefe und Wucht des Einstichs ist eine Beschädigung der dahinterliegenden Lunge möglich. Einblutungen in den Augen unterstützen diese These. Totenflecke sind intensiv ausgeprägt.«

Georg hörte interessiert zu. Als der Rechtsmediziner mit seinen Aufnahmen durch war, fragte Georg ihn nach dem Holzstäbchen in ihrer Hand. Und tatsächlich hatte er mit seiner Vermutung recht. Das Mikadostäbchen wurde definitiv als Botschaft in ihrer Hand zurückgelassen. Nach dem Ableben war die Leiche also definitiv so präpariert worden. Der Mörder musste die Faust so fest um das Stäbchen gepresst haben, dass diese sich nicht mehr öffnete, und als die Leichenstarre einsetzte, blieb das Stäbchen in der Hand stecken. Der Mörder oder die Mörderin wusste also, dass somit die Botschaft in sicheren Händen lag. Die blaue Einfärbung zeigte nach wie vor nach oben. Hatte dies etwa einen tiefer gehenden Sinn?

Im Keller fiel Matthis sofort das offene und verbogene Plastiktürchen des Sicherungskastens ins Auge. Er zeigte auf das graue Gehäuse und fragte: »Der steht sicherlich nicht immer so auf, oder?«

»Natürlich nicht«, antwortete Herr Radkowski. »Aber das ist ein altes Haus und es ist schon öfter vorgekommen, dass uns die Sicherung einfach so ohne erkennbaren Grund rausgeflogen ist.«

»Wusste Ihre Frau, wie man die Sicherung wieder reindreht?«

»Ja klar, wie gesagt, das ist bei uns nichts Unübliches. Gerade wenn mal ein Stromausfall war, mussten wir in neun von zehn Fällen die Sicherung immer von Hand wieder reindrehen.«

»Oh, wir hatten, soweit ich weiß, heute Nacht einen Stromausfall wegen eines Überspannungsschadens, der von einem Blitzschlag verursacht wurde ...« Matthis wandte sich zu dem kräftigeren Herrn mit der etwas nerdig wirkenden Brille um. Der Herr war ganz in Weiß gekleidet und hörte auf den Namen Ahrens. »Auch wenn das alles nachvollziehbar klingt, sollten wir den Sicherungskasten auf mögliche Fremdspuren überprüfen.«

Der Herr von der Spurensicherung nickte und machte sich an die Arbeit.

Matthis schaute sich in dem Keller um. Er dachte nach. Warum könnte jemand vergessen, das Türchen des Sicherungskastens zu schließen, nachdem er alles überprüft hatte? Natürlich war es möglich, dass sie etwas gehört hatte, aber vielleicht hatte sie auch etwas gesehen. Sein Blick fiel auf den verschlossenen Kellerschacht. »Wäre es möglich, zu erkennen, wenn da jemand im Garten herumschleicht?«

»Gut möglich«, antwortete seine Kollegin aus der Spurensicherung. »Das können wir gerne überprüfen. Ich schlage vor, ich gehe raus, bevor versehentlich mögliche Spuren vernichtet werden.«

»Alles klar, wir warten hier«, antwortete Matthis.

Georg fühlte sich gerade etwas nutzlos. Der Rechtsmediziner hatte ihm bislang keine Anweisungen gegeben oder ihn um Hilfe gebeten, stattdessen redete der Herr, wenn er überhaupt sprach, nur mit seinem Diktiergerät. Eine tolle Sache, dachte Georg. So etwas käme ihm, dem großen Kommissar, sicherlich auch zugute.

Er sah sich schon bei der Aufnahme eines Verkehrsunfalls, wie er selbst erfundene Codes und Fachbegriffe einsprach, um zu signalisieren, um ... na ja, um was eigentlich? Dass er sie konnte? Nein, warum macht man das? Georgs Gedanken schweiften immer weiter ab.

Der Rechtsmediziner nahm der Leiche das Mikadostäbchen aus der Hand und überreichte es vorsichtig Georg. »Bitte schön!«

»Danke«, antwortete Georg stramm und reagierte nicht weiter. Dr. Hinkelstein schielte ihn über seine Brillengläser an. »Das ist ein Beweisstück! Eintüten bitte!«

»Ah, sorry, i dacht, das wär a Andenken.«

»An was genau?«, fragte der Mediziner.

»I bring's raus.«

Als Georg das Stäbchen eintütet und sicher im Handschuhfach des Caddys verstaut hatte, ging er zurück zum Haus. Ihm kam die Kollegin von der Spurensicherung entgegen. Er beobachtete sie, wie sie zielstrebig in den Garten marschierte, dann ging Georg wieder zurück zum Rechtsmediziner.

Matthis behielt den Kellerschacht fest im Auge und tatsächlich erkannte er deutlich den Schatten seiner Kollegin. Er ging die wenigen Schritte bis zum Sicherungskasten und auch von dort war deutlich der Schleier einer Bewegung zu erkennen. Also könnte es tatsächlich so gewesen sein. Er ging zum Kellerschacht und rief nach oben: »Ich sehe deinen Schatten von hier unten, wäre das auch bei Nacht möglich?«

Die Stimme seiner Kollegin klang dumpf, aber er konnte sie einigermaßen verstehen. »Hier sind frische

Fußabdrücke auf dem matschigen Boden. Wenn Herr Radkowski heute noch nicht im Garten war, würde ich die Abdrücke sichern.«

»Waren Sie heute schon im Garten?«, fragte Matthis den Herrn, der genau neben ihm stand.

»Ich hab's selbst gehört, ich bin zwar alt, aber nicht taub. Und nein, ich war heute noch nicht im Garten.«

Matthis setzte an, etwas zu sagen, wurde aber umgehend unterbrochen. »Ich hab's auch gehört, so schalldicht ist das hier nicht … Ach und wegen deiner Frage, das Nachbarhaus steht recht nah und hat einen Seiteneingang. Hier sehe ich eine Laterne mit einem Bewegungsmelder. Es ist gut möglich, dass der Bewegungsmelder auch auf Bewegungen im Nachbargarten anspringt oder durch den Sturm gestern von einem in der Nähe befindlichen Windspiel ausgelöst wurde.«

»Okay, dann sichere bitte die Fußspuren und ich schau mich mit Herrn Radkowski weiter im Haus um«, sagte Matthis.

»So, mein Lehrling«, sagte der Rechtsmediziner im bierernsten Tonfall zu Georg, als er ins Haus zurückkam. »Ich bin hier so weit fertig, leite bitte den Abtransport der Leiche ein.«

»Okay, und wie mach i des am geschicktesten? Huckepack oder am besten über die Schulter oder doch eher so, wie wenn man ein Baby hält. I mein, i will ja net, dass was kaputtgeht oder is das bei einer Leiche eher zweitrangig?«

Verdutzt und vorerst regungslos starrte ihn Dr. Hinkelstein an. »Falls das ein Witz war, Hut ab, der ist mir neu. Falls nicht, draußen vor der Tür parkt ein Leichenwagen.«

»Ach so, klar, also naa, des war schon zur Auflockerung gedacht.« Natürlich war das eine kleine Notlüge und auch Dr. Hinkelstein bemerkte das.

Für Matthis stand das Obergeschoss mit dem Schlafzimmer und dem Badezimmer an. Treu an seiner Seite kämpfte der rüstige Rentner gegen seine Emotionen an und versuchte, den Polizisten bei dem Rundgang so gut es ging zu unterstützen. Nirgends gab es Einbruchsspuren und alles in dem Haus wirkte ordentlich und sauber. Im Schlafzimmer war das Bett unordentlich, man erkannte sofort, dass nur eine Seite des Bettes benutzt war. Das Kopfkissen war eingedellt und verformt, die Bettdecke zurückgeschlagen und das Laken etwas verrutscht, was als Anzeichen für eine unruhige Nacht stehen könnte. Dies war in Verbindung mit dem Gewitter und dem Sturm von letzter Nacht aber auch eine nachvollziehbare Tatsache.

Als Matthis mit Herrn Radkowski im Haus fertig war, übergab er ihn den Sanitätern vom Krankenwagen. Ralf Radkowski sah ein, dass sein Zustand in diesem Moment nicht der stabilste war, und stimmte einer Routineuntersuchung im Krankenhaus und der angebotenen Seelsorge vor Ort zu.

Auf dem Sicherungskasten befanden sich mehrere Fingerabdrücke, von denen zwei unterschiedliche Abdrücke verwertbar waren, die Auswertung würde folgen. Matthis brachte Georg auf den neuesten Stand und stiefelte mit ihm in den Garten.

»Achtung, bitte«, rief Frau Kuntz von der Spurensicherung. »Ich habe noch nicht alle Spuren gesichert. Aber ich kann mit Sicherheit sagen, dass es sich immer um denselben Schuhabdruck handelt. Nach meiner Messung sollte die Schuhgröße etwa 42 sein.«

»Welche Spuren haben Sie noch gefunden? Können Sie erkennen, von wo die Fußabdrücke herkamen?«, fragte Matthis.

»Bleibt am besten hier stehen. Ich zeige es euch.« Die Frau ging ein paar Meter nach hinten zu dem blickdichten Gartenzaun. »Also hier hinten sind zwei sehr tiefe Abdrücke. Das bedeutet, unser gesuchter Täter muss über den Zaun geklettert und nach unten gesprungen sein. Dann ging die Person ungefähr so ...« Frau Kuntz zeigte den etwas merkwürdigen Zickzack-Weg durch den Garten. »Vielleicht dachte jemand, uns so austricksen zu können.« Frau Kuntz kam zurück zum Kellerschacht. »Hier haben wir wieder etwas tiefere Spuren, was bedeutet ...«

»Jemand ist gesprungen, vielleicht vor Freude«, sagte Georg, womit er wieder seinen allerersten Gedanken befreite.

»Ja, nein, eher nicht. Die Person stand hier nur etwas länger und sank deshalb tiefer in den matschigen Boden ein.«

»Okay, dann können wir die Mordnacht doch schon etwas rekonstruieren«, sagte Matthis. »Aber warum macht sich jemand die Mühe und kommt übers Nachbargrundstück anstatt normal von vorne an die Tür? Auf dem gepflasterten Boden hätten wir keine Abdrücke gefunden.«

Georg hatte sofort ein paar Vorschläge im Kopf. »Also entweder wollte hier jemand Psychospielchen spielen und sich groß mysteriös von hinten melden oder unser Täter is an Analphabet und hat sich am Haus geirrt, so wie vorhin a Matthis. Und vielleicht, als er das Taschenlampenlicht sah, weil Frau Radkowski in den Keller ging, merkte er, dass er am falschen Haus war und beeilte sich. Sprang über den Zaun und lief Zickzack vor Freud ...«

»Wieder sehr inspirierend, Herr Kollege, aber nein«, sagte Matthis und beendete damit Georgs Redefluss. »Ich würde das jetzt mal so stehen lassen und mit der Nachbarschaftsbefragung beginnen. Georg, du gehst zu dem Haus gegenüber und ich kümmere mich um das Haus nebenan. Vielleicht hat hier jemand etwas bemerkt, schlussendlich kam unser Mörder ja von dieser Seite.«

Kapitel 6

Ja, leck, einmal noch, sonst geb i auf, dachte sich Georg und drückte erneut die Klingel. Er wartete erneut ab, dann entschied er sich, hier abzubrechen, doch genau in diesem Augenblick zog sich die Tür einen Spalt auf.

»Wat denn hier passiert?«, krächzte eine ältere Person hinter dem Schlitz hervor.

»Hier ist Kommissar Pampelhuber von der Inselwache, bitte öffnen Sie die Tür.«

»Ja, genau so siehst du aus«, hörte der Kommissar, ohne seinen Gesprächspartner zu sehen. »Mein Enkel hatte gesagt, ich soll heutzutage keinem mehr aufmachen, Herr Stampfelgruber.«

»Was? Nein, mein Name ist Pampelhuber.« Keine Reaktion. Georg wurde lauter. »Pampelhuber ... PAMPELHUBER.«

»So wie dieser fürchterlich inkompetente Polizist aus Bayern, den sie hierher strafversetzt haben.«

»Ja, der bin i ... JA, DER BIN I.«

»Ja, warum sagen Sie das denn nicht gleich!«, sagte eine alte Dame und öffnete die Tür vollständig.

Neben Georg wirkte die bucklige Frau noch kleiner und zerbrechlicher, als sie ohnehin war.

Sie schaute verdutzt, als sie das ganze Fahrzeuggeschwader in ihrer Straße sah. Der Krankenwagen fuhr gerade ab und die Dame schaute dem Wagen ein Stück hinterher. »Ja, ist hier was passiert?«, fragte die Dame vollen Ernstes.

Georg konnte nicht anders. »Naa, alles gut, wir machen nur Mittag.«

Die Dame nickte. »Schön, dass Sie fragen. Heute mach ich mir einen Lachs in einer Sahnedillsoße und ich koche mir ein paar Nudeln dazu.«

Was hab ich für einen Ruf, dachte sich Georg. Dachte die Alte jetzt wirklich, ich frage sie, was es heute zu Mittag gibt?

»Ich komme wegen Ihrer NACHBARN.«

»Ah, die Eilers sind im Urlaub und die Radkowski ist eine ganz Nette.«

»Wegen Frau Radkowski bin ich hier.«

»... ja, er ist ein wenig unfreundlich, aber sie ist eine ganz Nette.«

»Mei, das ist schön, aber ich möchte eigentlich wissen, ob Ihnen in der letzten Zeit etwas Ungewöhnliches aufgefallen ist.«

Als die Dame ihren Kopf drehte und ihm das linke Ohr entgegenstreckte, wenn Georg sprach, funktionierte die Befragung ein wenig besser.

»Ungewöhnlich ... Mhm ... Ja, nur dass die Eilers schon wieder in den Urlaub gefahren sind. Die waren erst im Sommer drei Wochen weg und jetzt schon wieder. Das kann doch nicht mit rechten Dingen zugehen, wenn Sie mich fragen ... Ich kann Ihnen nur den Tipp geben. Fragen Sie mal bei der Frau Radkowski, das ist eine ganz Liebe, die hilft Ihnen bestimmt gerne weiter. Sie kennt die Eilers auch besser.«

»Ich bin nicht wegen den Eilers hier, sondern wegen Frau Radkowski ...«

»Ja, das ist eine ganz Liebe, klingeln Sie ruhig drüben!«, sagte die Dame, so als wollte sie ihm Mut zusprechen. »Das ist eine ganz Nette.«

Es war zum Mäusemelken. Georg kam und kam nicht weiter. Egal, was er fragte, es lief immer nur auf die beiden Informationen heraus.

Georg unternahm einen allerletzten Anlauf, dafür drehte er den Spieß um und fragte weniger förmlich: »Wie haben Sie heut Nacht geschlafen, war ja ein ziemliches Unwetter heut Nacht.«

»Und wie, das hat geregnet, sag ich Ihnen, aber irgendwann bin ich dann doch eingeschlafen.«

»Wissen Sie wann?«

»Da war bestimmt schon halb zwei.«

»Okay, und haben Sie da was Ungewöhnliches gehört?«

»Ja, gedonnert hat es.«

»Herrschaftszeiten ... I wünsch Ihnen einen schönen und angenehmen Tag, lassen Sie sichs später schmecken. I muss weiter.«

»Halt, gehen Sie zufällig zur Radkowski rüber?«

»Ja!«

»Sagen Sie ihr einen schönen Gruß und sie kann gerne mal wieder zum Kaffee vorbeischauen.«

»Ah ja, man weiß nie, manchmal geht's so schnell. Vielleicht können Sie es ihr auch bald wieder selber sagen. I wünsch Ihnen einen schönen Tag.«

Das war mal überhaupt nichts. Gut, den blöden Spruch hätte er sich am Ende sparen können, aber zum Glück hatte die Dame nicht gemerkt, was ihm da herausgerutscht war. Er hatte sie aber auch nicht über den grausamen Mord in ihrer Nachbarschaft informiert, also konnte sie es ja auch nicht wissen, außer sie wäre die Mörderin. Aber das konnte Georg zu einhundert Prozent ausschließen, denn es gab scheinbar keine Probleme mit ihr, so oft, wie sie betonte, dass ihre Nachbarin eine ganz nette Person war. Außerdem sagte der Rechtsmediziner, Frau Radkowski sei durch einen kraftvollen und schwungvollen Stich ins Herz gestorben, und den konnte der Kommissar der zierlichen Rentnerin nicht andichten. Zumal das schon alleine von der Größe überhaupt nicht möglich war. Außer die Dame hätte ein Höckerchen mitgehabt und ganz ehrlich, wer bringt zum Mord eine Tritterhöhung mit.

Der Kommissar entdeckte Matthis, der am Caddy lehnte und telefonierte. Als Georg dazukam, legte Matthis gerade auf.

»Die Staatsanwaltschaft weiß nun auch Bescheid ... Die konnten das überhaupt nicht glauben, dass wir schon wieder einen Mordfall auf der Insel haben. Hast du was in Erfahrung bringen können?«

»Naa, eigentlich nur, dass die Eilers im Urlaub san, also das Haus, wo du hinwolltest, und i weiß, dass die Radkowski a ganz a Nette is.«

»Puhh, na ja, dann wissen wir wenigstens, dass wir heute Nachmittag nicht noch mal bei den Eilers vorbeischauen müssen ... Dann schauen wir mal weiter.« Matthis stockte abrupt und machte zwei Schritte vor mitten auf die Straße. »Schau mal, wir sind hier auf einer Nebenstraße. Wir haben hier keinen Durchgangsverkehr und am Ende der Straße beginnt der Strand. Wir haben auf der Straßenseite des Opfers ein Haus direkt an der Kreuzung zur Hauptstraße, dann kommen schon die Radkowskis, danach Eilers, die im Urlaub sind, und daneben ein kleines Haus, das aktuell leer steht und saniert wird. Auf der gegenüberliegenden Seite haben wir ein unbebautes Grundstück und drei Häuser, das in der Mitte haben wir schon, dann nimmst du das links und ich das rechte. Schauen wir mal, ob hier jemand etwas gesehen oder gehört hat.«

Beide klingelten an ihren Häusern jeweils erfolglos. Zu dieser Tageszeit war niemand zu Hause. Was eigentlich auch Sinn ergab, denn als das ganze Fahrzeuggeschwader in die Straße einbog, war alles ruhig und gesittet geblieben. Keine schaulustigen Nachbarn bauten sich hinter ihren Gartenzäunen auf. Niemand klopfte an die Tür und fragte, was denn hier los war.

So trafen sich Matthis und Georg wieder auf der einsamen Seitenstraße. Ihre Blicke wanderten erneut durch die Siedlung.

»Schau, Georg, in dem anderen Haus nebenan brennt ein Licht. Lass es uns hier versuchen.«

»Alles klar«, sagte Georg.

Nach einigen Schritten bauten sich die Beamten vor dem besagten Gebäude auf. Matthis klingelte. Es war das Anwesen, das zwischen den Radkowskis und der Kreuzung zur Hauptstraße lag.

»Mei, dann lass uns mal schauen, wer sich hier hinter Türchen Nummer drei versteckt«, sagte Georg und kam dabei ins Schmunzeln. »Spoileralarm, den Zonk hatte i bereits hinter Türchen Nummer eins und er ist somit aus dem Spiel.«

»Du hattest was?«

»Mei, google später, dann weißt du es.«

Es dauerte nicht lange, bis der Hausherr, Herr Möller, voller Elan schwungvoll die Tür öffnete. Der rundliche

Herr mit dem bunt karierten Hemd und der Brille auf der Nase erinnerte Georg an einen typischen Vogelkundler. Der Optik fehlten nur noch ein Fernglas und ein Fotoapparat.

»Ahh, schön, dass Sie da sind. Ich habe Sie bereits erwartet, kommen Sie doch gerne rein. Vielleicht ein Tee, Kaffee oder Sektchen? Ich glaube, es gibt was zu feiern!«

»Ja, was hat jetzt er, Matthis?«

Nahezu beflügelt und elegant ging der Herr wieder zurück ins Haus. Freudig pfiff er irgendeine flotte Melodie, bog im Flur ab und verschwand aus dem Blickfeld der Ermittler.

»Dann mal hinterher, vielleicht haben wir schon unseren Täter«, sagte Matthis kühl.

Vorsichtig traten die beiden Ermittler in den Flur. Der weiche Teppichboden dämpfte ihre Schritte. An den Wänden hingen etliche gerahmte tote Schmetterlinge und Käfer. Die Luft war warm und stickig, es lagen ein paar merkwürdige Gerüche in der Luft. Kurz bevor die beiden die offene Tür erreichten, hinter der Herr Möller verschwunden war, gab es ein lautes Ploppgeräusch. Beide zogen instinktiv ihre Waffen und bauten sich mit einem schnellen Schritt parallel vor der offenen Küchentür auf.

Herr Möller, mit einer schäumenden Flasche Sekt bewaffnet, schrie erschrocken auf.

Matthis übernahm das Wort. »Was soll diese Aufmachung darstellen?«

»Meine Herren, ich glaube, ich habe heute einen Grund zu feiern. Endlich bin ich sie los. Diese dummen

Sprüche und Bemerkungen. Endlich ist wieder Ruhe in unserer Seitenstraße!«

»War das etwa schon ein Geständnis?«

»Von was? Dass es endlich hier wieder so was wie Gerechtigkeit gibt?«

»Das reicht, hiermit sind Sie vorläufig wegen des Mordes an Frau Radkowski festgenommen!«

Dem Herrn glitt vor Schreck die Sektflasche aus der Hand. Die Scherben verteilten sich gefolgt von der klebrigen Flüssigkeit auf dem gesamten Küchenboden.

»Mord?«, fragte der Herr, gefolgt von: »Frau Radkowski? ... Das heißt, dem alten Drecksack ...«

Georg schaltete sich ein. »Mei, dem geht's ganz gut, wenn Sie den Ralf Radkowski meinen.«

»Oh nein, nein, nein. Ich dachte, der alte Sack hat endlich das Zeitliche gesegnet.«

»Klären Sie uns auf!«, sagte Matthis und zeigte auf die Sitzmöglichkeiten im benachbarten Esszimmer.

Am Tisch fing Herr Möller an, sich zu erklären. »Sie müssen wissen, das hier ist mein Elternhaus und ich wohne schon mein ganzes Leben hier. Als vor rund zwanzig Jahren die Radkowskis nebenan einzogen, war alles wunderbar. Wir, also ich und Madame Mau, hatten nie Probleme mit ihnen. Doch als er in Rente ging und sie normal weiterarbeitete, passierte mit Ralf irgendetwas. Er wurde komisch. Erst machte er ständig Krach, fing an, täglich irgendwelche Gartenarbeiten oder Hausrenovierungen durchzuführen. Es wirkte, als wollte er mit aller Gewalt signalisieren, dass er da ist und auch als Rentner noch seine Aufgaben hat. Sie müssen wissen, ich arbeite hier im Homeoffice und ich habe dienstlich viele Telefonate zu führen. Das alles wird mit meinem Büro, das genau auf den Garten der Radkowskis zeigt, ein wenig schwer und ich verstehe vor lauter Krach meine Kunden nicht mehr. Als ich mich bei ihm vor ein paar Jahren beschwerte, wurde alles nur noch viel schlimmer und er drehte den Spieß um und beanstandete jede Kleinigkeit, die Madame Mau angeblich anstellen würde. Angeblich hätte sie ihm sogar in die Rosen gemacht.«

»Ihre Frau soll also dem Nachbarn in den Garten geschissen haben?«, fragte der pfiffige bayrische Ermittler.

»Was? Ich bitte Sie. Madame Mau ist meine Katze. Was dachten denn Sie?«

»Ah mei, i komm mit der Zeit einfach nicht mehr zurecht ... manche haben da die Mei Ling zu Hause, also warum nicht auch a Madame Mau ... Aber gut, jetzt ergibt Ihr vorheriger Satz auch mehr Sinn. Also, ja, die Katze ... Weitermachen bitte!«

»Ja ... Also ... Ach so, erst waren es, wie gesagt, die Blumen, die Madame Mau eine Freude bereiteten. Dann hätte sie sich in sein Gemüsebeet übergeben, ihm tote Mäuse vor die Tür gelegt und so weiter. Mit der Zeit ist es richtig eskaliert und ich dachte, ich hätte es jetzt endlich überstanden.«

Matthis nickte. »Also, Ihr Benehmen vorhin an der Tür und die Sache mit der Sektflasche waren wirklich äußerst respektlos. Wer sich so verhält, braucht sich nicht zu wundern, wenn es auf der anderen Seite auch mal knallt. Ich finde es schade, wenn man nicht nach einer gemeinsamen Lösung Ausschau halten kann. Wahrscheinlich waren weder Sie noch er bereit, seine Verfehlungen zuzugeben. Gut, es ist, wie es ist. Wir sind zu einer Zeugenbefragung hier. Also fang ich mal an ... Ist Ihnen heute Nacht etwas Ungewöhnliches aufgefallen?«

»Bis zu dem Unwetter war alles ruhig.«

»Und dann?«

»Ich denke nicht, dass Sie mich nach einem Gewitterprotokoll fragen. Also wann jetzt die einzelnen Schläge und Windstöße waren, weiß ich nicht.«

»Das meine ich auch nicht, haben Sie jemanden gesehen, ein fremdes Fahrzeug oder etwas gehört, was bei einem Unwetter untypisch ist oder Sie hier noch nie gehört haben?«

»Tatsache, jetzt fällt es mir ein. Wir hatten einen Stromausfall und als der Strom wieder da war, spielte von irgendwoher eine Melodie. Sie klang elitär, wie wenn jemand die Fanfaren für einen Mittelalterfeldzug orchestriert hätte. Ich dachte, irgendwo in der Nachbarschaft sei ein Fernsehgerät oder ein Radio kurzzeitig angesprungen ... Jetzt, wo ich genau dran denke, hatte es auch immer wieder bumm, bumm, bumm gemacht, aber dann drehte wohl der Wind, und das Gewitter kam noch einmal zurück und polterte wieder etwas stärker und ich habe nichts mehr außer den Sturm, Regen und die Donnerschläge gehört. Denken Sie, das gehörte zu dem Mord?«

»Das kann ich zum jetzigen Stand der Ermittlungen nicht einschätzen ... Wir wären so weit fertig, und Sie melden sich bitte bei uns, wenn Ihnen noch etwas einfällt. Wir tun dasselbe, wenn sich neue Fragen ergeben.« Matthis stand auf. Georg rutschte von seinem Platz auf der Eckbank und folgte dem Revierleiter, ehe Herr Möller ihnen hinterherrief. »Halt, halt, Moment.

Sie haben mich überhaupt nicht nach meinem Alibi gefragt.«

Georg schaute ihn an. »Warum? Sie waren doch zu Hause mit Madame Mau, also wen sollten wir wegen was fragen?«

So ließen die beiden den Herrn stehen und machten sich auf den Weg zu ihrem Wagen.

»Woas is jetzt der Plan?«, fragte der Kommissar.

»Wir fahren zur Wache. Lass uns erst mal wie damals bei unserem ersten Fall eine Übersicht machen. Was haben wir und worin könnte ein mögliches Motiv für so eine Tat stecken? Ich denke, ich hab da schon eine Idee!«

Kapitel 7

Welch ein merkwürdiger Anblick bot sich dem Jungen mit dem roten Bändchen, als Dirk im Keller eine schwere und dicke Eisentür aufzog. Kratzend und schwerfällig schleifte sie über den nackten Boden. In dem kühlen quadratischen Raum standen zwei Doppelstockbetten an der Wand und in der Mitte ein Tisch mit vier Stühlen. Zwei davon waren gerade belegt. Die jungen Kerle, etwa dreizehn oder vierzehn Jahre alt, saßen sich gegenüber und spielten irgendein Spiel, bei dem sie versuchten, mit einer Hand Holzstäbchen aus einem chaotischen Haufen auf dem Tisch zu ziehen.

Die Kellerschächte waren vergittert. Das Sonnenlicht verirrte sich nur spärlich in das Loch. Es roch muffig. Das Deckenlicht flackerte ein wenig und schaffte es nicht, den kompletten Raum zu erhellen. Dieses Loch war es nicht wert, bewohnt zu werden, und trotzdem waren es nun insgesamt vier verlorene Seelen, die Dirk in dieses Verlies einquartiert hatte. Alle trugen gut sichtbar ein rotes Bändchen um ihre dünnen Handgelenke.

»Herzlich willkommen in der roten Gruppe.« Dirk strahlte den Jungen dreist ins Gesicht.

Dem Jungen, der allein schon aufgrund des Status seiner Eltern einen ganz anderen Standard gewohnt war, stockte der Atem. Gut, er fand ehrlich gesagt diese kleinen Holzhütten auch schon ziemlich schäbig, aber das hier schlug doch wirklich dem Fass den Boden aus. Wo war er hier gelandet? In einem Folterkeller? Wollte man etwa so seinen Willen brechen, um ihn für die Augen der Allgemeinheit gesellschaftsfähig zu machen? Was würden seine Eltern zu so einem Loch sagen, oder war es etwa das, was sie für ihn diesen Sommer vorgesehen hatten? Während seine angestaute Wut immer weiter in ihm aufkochte, stellte der Leiter des Camps seine Mitinsassen vor.

»Der Junge auf dem unteren Bett in der rechten Ecke ist Hakan. Dein Bett wird das über seinem sein.« Dirk machte ein paar Schritte vor zum Tisch und klopfte fest und deutlich mehrfach auf die Tischplatte. Das ganze Spielgeschehen kam durcheinander. Die beiden Jungen schrien kurz auf, ehe ein Blick des Aufsehers genügte, um die überhitzten Gemüter zu kontrollieren.

Dirk wandte sich an die zwei Buben. »Stellt euch selbst vor!« Es war deutlich zu erkennen, dass diese autoritären Spielchen Herrn Winterfeld lagen.

»Ich Sergej«, sagte der Knabe mit dem gelben T-Shirt.

»Nein«, antwortete Herr Winterfeld.

Der Junge versuchte sich zu rechtfertigen. »Doch, doch, ich Sergej.«

»Nein, das ist nicht unsere Grammatik!«, sagte Herr Winterfeld.

Der Junge überlegte. Es herrschte absolute Stille in dem Raum. Niemand traute sich, auch nur mit dem Finger zu zucken. Doch dann kam dem Jungen die richtige Antwort in den Sinn. »Ach so, ich bin Sergej!«

»Jetzt noch mal den Satz richtig ohne Ach so!«, erwiderte der Aufseher.

»Ich bin Sergej.«

»Geht doch, und dein Kompagnon ist?«

»Ich bin Ibrahim«, sagte der Junge mit dem grünen T-Shirt.

»Na gut, dann lass ich euch alleine und in Ruhe ankommen«, sagte Dirk. »Denkt dran, die Tür ist noch offen. Noch könnt ihr euch frei bewegen und das Camp in vollen Zügen genießen. Ihr habt es selbst in der Hand, ob euch dieser Status bleibt oder ob er euch gestrichen wird.« Dirk drehte sich mit dem Rücken zur Gruppe. Doch bevor er den Raum verließ, drehte er sich noch einmal um. Er richtete seine eisigen Augen zuerst auf Hakan, der nach wie vor stumm auf seinem Bett lag, dann wanderte sein Blick zu dem Tisch. »Wenn ihr noch einmal einen Appell verpasst, wenn die Melodie erklingt, und ihr euch nicht auf zum Campplatz macht, dann ist die Tür für eine Weile zu oder ihr dürft ein paar Nächte in dem Bootsschuppen verbringen, ist das klar?«

Ibrahim preschte vor. »Das haben wir wohl überhört oder der Lautsprecher war zu leise.«

Dirk lachte auf. »Alles klar, dann stelle ich ihn euch lauter und ich schalte euch die Melodie schon eine halbe Stunde früher in Dauerbeschallung ein. Das hat man davon, wenn man meint, sich Ausreden überlegen zu müssen. Also noch einmal zu vorhin: Ist die Anordnung klar?«

»Ja!«, antworteten die Buben. Der stramme Ausruf kam sichtlich genervt aus allen Mündern zeitgleich.

Dirk schüttelte den Kopf. »Ja was?«

»Ja, Herr Winterfeld!«, ertönte es synchron aus aller Munde. Der ganzen Idiotie fehlte eigentlich nur noch, dass sie geistesabwesend irgendeine Hand in die Luft strecken mussten.

Sichtlich enttäuscht von seiner neuen Bleibe kletterte der Junge mit dem roten Bändchen auf sein zugewiesenes Bett.

Sein Untermieter bearbeitete eine kleine silberne Mundharmonika und versuchte, zusammengehörige Harmonien zu finden.

Nach einer Weile fragte der Junge offen in die Gruppe: »Warum seid ihr schon hier gewesen und wart nicht draußen bei der Ankunft?«

Hakan unterbrach sein Trauerspiel. »Ich bin schon seit heute Morgen um sieben Uhr hier. Da brachte mich dieser Psycho schon hier runter. Sergej und Ibrahim, die Armen, wurden schon gestern Abend hier abgesetzt. Sie haben also schon ihre erste Nacht hier unten hinter sich.«

»Unfassbar!«, hörte sich der Junge selbst sagen.

Auf einmal pfiff es in einer Lautstärke, die ihresgleichen suchte, durch den Raum. Alle hielten sich aus Reflex ihre Hände an die Ohren. Noch lauter und ihre Trommelfelle könnten platzen. Nach diesem unglaublich hohen und lauten Ton knallte es einmal laut, danach dröhnte diese Melodie in voller Lautstärke aus dem Lautsprecher. Als die Melodie verklang, folgten ein lautes angeheitertes Lachen und danach eine Ansage vom Campleiter. Gerichtet höchstpersönlich und exklusiv nur an die rote Gruppe. »Ich denke, das war laut genug. Somit müssten wir die technischen Komplikationen eingestellt haben. Ich erwarte euch vier im Therapieraum Nummer zwei. Ich habe eine ganz besondere Überraschung für euch vorbereitet und außerdem gibt es da jemanden, der euch vier unbedingt kennenlernen möchte. T... T... T... Tobi.« Dann räusperte sich Herr Winterfeld abschließend ins Mikrofon.

Kapitel 8

»Also, Georg, Folgendes gibt es meiner Meinung nach zu klären …«, sagte Matthis, während er an seinem Schreibtisch in der Wache saß und seinen Drehstuhl auf den Schreibtisch seines Kollegen ausrichtete. »Ich denke, du hast mitbekommen, dass ich mich bei dem Haus der Eilers etwas länger und gründlicher umgesehen habe.«

Georg zog die Schultern einen kurzen Moment hoch, neigte leicht den Kopf zur Seite und sagte: »Puhhh … also, naa, hab i net mitbekommen. I musste ja beim Zonk meinen Namen tanzen.«

»Du musstest was? Obwohl, wenn ich es mir recht überlege, glaube ich, dass ich es nicht wissen will.«

»Oh doch, bevor i dir wieder irgendwas vorenthalt oder die Info doch irgendwann mal wichtig wär … Die Alte ist stocktaub. Da könntest du wen in der Küche erschlagen und mi würds net wundern, wenn die das net mitbekommt.«

»Okay … Zurück zu den Eilers. Ich habe mir das Haus und den Garten rundherum einmal angeschaut und es gibt keine Einbruchsspuren. Auch keine Hinweise auf einen versuchten Einbruch. Also muss es unser Täter mit der Schuhgröße 42 gezielt auf Frau Radkowski abgesehen haben. Es gibt da aber zwei Sachen, die etwas ungewöhnlich sind. Erstens, wieso klettert jemand über den Zaun und kommt bei Regen durch den Garten geschlappt? Das hinterlässt doch Spuren. Zweitens, was für ein Zufall, dass es genau in jener Nacht um die Tatzeit einen Stromausfall gab.«

»Worauf willst du mit deiner Aufzählung hinaus?«, fragte Georg. »Ach und übrigens zu erstens: Du bist wegen dem ganzen Traumfänger- und Windspielgelumpes vorm Haus, a vorhin vorbeigefahren. Also warum unser Täter bei Nacht net a. Spinn das mal mit durch. Jemand schleicht ums Nachbarhaus, die Person merkt, ups, koiner da, dann gibt es Bewegungen im Haus nebenan. Wutentbrannt und in Rage springt jemand über den Zaun und versucht, Frau Radkowski rauszubekommen. Dann hat hier der Vogel von Madame Mau auch a Lied gehört. Vielleicht hat dieses Lied des Todes, wie sagt man heutzutage, immer dazu …« Georg schnipste mehrfach mit seinen Fingern. »Ach ja, etwas getriggert und sie machte die Tür auf und batsch, hi is sie.«

»Lied des Todes? Deine Auffassungsgabe verstehe, wer will, aber egal, das würde bedeuten, dass die Person kein Profi war. Was ich ehrlich gesagt auch nie angenommen habe. Ich bin der Meinung, dass der Tathergang sich aufgrund einer emotionalen Basis herleiten lässt. Denn statistisch gesehen sind es in über neunzig Prozent aller Fälle emotionale Beziehungen, die als Auslöser für einen Tötungsdelikt stehen.«

»Mei …« Der Kommissar stockte. Es wirkte, als müsste er Matthis' letzte Worte noch verarbeiten. »Mia müssen somit nach möglichen Motiven suchen. Erst wenn mia das verstehen, können mia a Netz um die Verdächtigen spannen. Mia müssten also das private Umfeld genauer unter die Lupe nehmen. Auch wenn das a ganz a nette war, muss es da dann doch amoi was gegeben haben.«

»Genau so sieht es aus, Georg. Schnapp dir den Stift und ran an die Flipchart.«

»Warum i? I bin net Maren Gilzer!«

Matthis schaute verwirrt und konnte seinem Kollegen nicht folgen.

»Mei, Glücksrad halt, die Jugend von heut kennt ja überhaupt nix mehr.«

»Aha ... Notiere bitte erstens das private Umfeld und dazu sollten wir uns auch das berufliche Umfeld vornehmen.«

Hatte etwa Matthis den großen bayrischen Kommissar doch wirklich allmählich unter Kontrolle gebracht, oder war es die Tatsache, dass die Flipchart, auf der sonst alle Imbissbuden und Lieferdienste von Georg fein säuberlich aufgelistet waren, eh nur zwei Schritte links neben ihm stand? Doch egal, was es war, Georg gab tatsächlich klein bei und schmierte die Worte auf das weiße Papier.

»Jetzt mach mal einen Strich unter Privates und unter berufliches Umfeld wie bei einer Mindmap«, sagte Matthis.

Georg zog die Linien.

»Also, wie wollen wir vorgehen? ... Mhm ...«

Die beiden überlegten einen Augenblick, ehe Matthis die Stille brach. »Gut, zum Thema Privates wäre es am besten, wenn wir uns mit dem Handy der Toten beschäftigen. Denn Handys sind der Spiegel dieser Zeit, so wissen wir, wer ihre engsten Kontaktpersonen waren und wo es vielleicht schärfere Chatverläufe gab. Wir können die Bilder und Videos durchleuchten und selbstverständlich auch ihr Bewegungsprofil checken.«

»Mei, i find das immer so witzig, wenn die Leut meinen, sie würden ausspioniert werden und bei einer Impfung würde man ihnen Mikrochips einpflanzen. Denn in Wirklichkeit san mia alle längst gechipt. Nicht in der Blutbahn, sondern mit bunten Bildern und lustigen Tönen in unserer Hand. Man nennt es nur Handy.«

»Lenk nicht ab und notiere es bitte!«

Georg folgte den Worten und pinselte *Handy* aufs Papier. »Zum Beruf, das Einfachste wäre wohl a saubere Befragung am Arbeitsplatz, oder?«

»Richtig, schreib es bitte auf.«

»Mit *sauber* oder ohne?«

»Lenk nicht ab!«

Während der Filzstift auf dem Papier quietschte, kam Georg wieder das Mikadostäbchen in den Sinn. »Mei, das Mikadostäbchen, das bedeutet doch auch was.«

»Ja, schreib es mal zu privat, vielleicht findet die Spurensicherung hier sogar irgendwelche Spuren.«

»Oh wei, das liegt noch bei uns in der Asservatenkammer!«

»Das liegt wo, Georg?«

»Mei, im Handschuhfach halt.«

»Dann ergänze *Stäbchen* bitte mit der Aufgabe, dass wir es der Spurensicherung bringen müssen und damit sollten wir es zu Dr. Hinkelstein bringen.«

»Warum jetzt er?«, fragte der Kommissar. Matthis schaute ihn stumm mit verdrehten Augen an. Georg kam ins Grübeln. »Mei, macht der Kasper das jetzt a noch als Minijob mit oder hab i was verpasst? ... Außerdem wäre es net viel besser, wenn mia da selbst zur

Spurensicherung fahren würden. Du weißt, i bin kein Freund von hintenrum. I wär dann doch lieber selbst auf dem Weg zur Spurensicherung ...«

»Ist das dein Ernst?«, fragte Matthis.

»Freilich, i seh da kein Grund, warum i, der Inselkommissar, das net selbst erledigen könnte ... Weißt du was, i erledige das glei«, sagte Georg und stampfte dabei leicht mit dem Fuß auf.

»Dann viel Spaß, du weißt, wo die ihr Labor haben?«

»Naa, wo san die Burschen und Mädls in Weiß?«

»Festland in der Zentrale. Also auch da, wo unsere Vorgesetzten ihre Büros haben.« Georgs Blick war starr und erschrocken.

»Sag, Matthis, könnte das nicht Dr. Hinkelstein erledigen? Der hat doch bestimmt mehr mit den Behörden am Festland zu tun und fährt ganz bestimmt viel, viel öfter in die Zentrale.«

»Hat da wohl einer Angst, schlafende Hunde zu wecken?«

Georgs Stimme war viel höher als sonst. »I naa, überhaupt net, aber i muss dann doch etwas effizienter denken. Auch gerade wegen dem Klima, weißt scho, die Fähre muss hin und wieder her ...«

»Ja, und der Rechtsmediziner schwimmt gerne, oder was?«

»Des is ... weil ... ähm ... ja, soll i jetzt den Hinkelstein aufschreiben?«

Matthis nickte und schenkte dem Kommissar ein Lächeln.

Wieder rauschte der Stift über das Papier.

»Als Nächstes, Georg, der Herr Möller ...«

»Wer?«, fragte der Kommissar und unterbrach Matthis' Redefluss.

»Madame Mau ...«

»Mei, sags halt glei! Soll i den einfach als zweitens hi schreiben?«

»Nein, also der Herr sagte etwas von einem Gewitterprotokoll. Müsste so was unsere Wetterstation nicht aufzeichnen? Also müssten wir doch herausfinden, ob das Unwetter wirklich den Stromausfall in dieser Zeit verursachte oder ob der Kurzschluss nicht doch von unserem Täter irgendwie eingefädelt wurde.«

»Wären die Stadtwerke net a sinnvoll? Woißt, da müsst ja wer was gemacht haben, um die Störung zu beheben, eventuell woiß derjenige dann a, warum es a Störung gab.«

»Gut, dann notiere bitte die Stadtwerke mit Schrägstrich dazu.«

»Jetzt kommt ma aber, dass mia bei dieser Theorie die genaue Mordzeit bräuchten ... Also müssen mia erst zur Rechtsmedizin!«

»Stimmt, dann wäre das drittens!«

»Also zweitens ist drittens.« Der Bayer schmierte eine Drei über die Zwei.

»Mei und wenn ma schon dabei sind, wir müssen auch zum Supermarkt.«

»Warum das?«

»Mia haben nimmer viel in der WG!«

»Ach so. Ja, das gehört aber nicht zum Fall.«

»Liegt aber auf dem Weg und außerdem, Stichwort Energiekrise, Klima und so weiter.«

»Das nutzt du aber auch immer nur zu deinem Vorteil aus.«

»Mei, wie die Politiker doch a!«

»Zurück zum Fall. Was gibt es noch zu notieren? Gut, bei der Nachbarschaft haben wir noch nicht alle gesprochen. Dann wird das unsere neue Nummer zwei. Das sollte dann für den Anfang doch mal ausreichen.«

Georg notierte die neue Nummer zwei und fragte schließlich: »Haben mia das Handy der Toten schon?«

»Nein, das können wir bei der Nachbarschaftsbefragung gleich miterledigen. Siehst du, dann hast du deinen Klimaschutz auch.«

»Und wissen mia, wo sie gearbeitet hat?«

»Ja, sie war Küchenhilfe!«

»Mei und mia hatten noch nichts Anständiges zu Mittag, wenn das kein Zeichen ist … Ähh, i mein Klimaschutz«, sagte Georg und erhob sich mühselig von seinem Bürostuhl. »Dann fang mia heut aus gegebenem Anlass mit dem beruflichen Umfeld an.«

Matthis schüttelte lächelnd den Kopf. Er wusste schließlich, wo es hinging. Wenn der Kommissar das auch gewusst hätte, wäre er sicherlich nicht schon an Matthis vorbeigeschlendert und er würde sich bestimmt auch nicht so schnell auf den Beifahrersitz des Caddys schwingen und in froher Erwartung auf seinen Vorgesetzten warten.

Kapitel 9

Alle in dem Stuhlkreis schauten ängstlich und verschwiegen auf den Campleiter.

Dirk hatte wieder dieses Gesicht aufgesetzt, das man nur sehr schwer deuten konnte. So saß er also zwischen den vier Buben und starrte sie an. In der rechten Hand hielt er einen langen Stock, an dessen Ende ein rötlicher Widerhaken steckte. Er behielt seinen unkalkulierbaren Blick immer noch bei, als er anfing, den Stock mehrfach über seine Oberschenkel streifen zu lassen. Alle wussten, was ihnen gleich in diesem fensterlosen Raum bevorstehen könnte. Dieses Bild hatte durchaus Parallelen zu dem von Knecht Ruprecht und der Rute.

Niemand wagte, etwas zu sagen.

Dirk kostete diesen für ihn pädagogisch wertvollen Augenblick vollkommen aus. Doch nun war es an der Zeit, um jemanden ganz Besonderes näher vorzustellen. So erhob er sich und trat in die Mitte der roten Gruppe. Er legte den Prügel auf beide Hände, streckte sie nach vorne aus und sprach. »Das ist Tobi! Tobi kann euer Freund sein und euch für ein anderes Bändchen qualifizieren. Tobi kann aber auch euer Feind sein und euch Nächte im Bootsschuppen bescheren. Und wie ich bereits erwähnt habe: Niemand möchte eine Nacht im Bootsschuppen verbringen. Tobi macht hier aus Bettlern Könige und aus Anführern Versager ...« Dirk ließ die Worte einen Moment ankommen.

Alle schauten auf das besagte Stück Holz. Fragen hatten sie in diesem Moment alle reichlich, vor allem die Frage, was nun passieren würde. Aber wer sollte der Erste sein, der mutig genug war, sich in die Schusslinie des irren Campleiters zu stellen. Wer sollte wirklich den Mumm haben, in diesem Moment voranzugehen und die Fragen, die alle beschäftigte, zu stellen?

Dirk stieg in seine Rede wieder ein. »Vor Jahren haben wir hier den Tobi-Dienst eingeführt. Das ist eine der wertvollsten und wichtigsten Aufgaben in dem Camp. Jede Gruppe hat diesen Dienst. Dieses Jahr sind wir zum ersten Mal sechs Gruppen und wir sind genau sechs Wochen zusammen hier, also hat jede Gruppe genau eine Woche Tobi-Dienst. Es hat Tradition, dass die rote Gruppe beginnt. Denn damit habt ihr die Chance, als Allererste zu beweisen, dass ich euch fälschlicherweise in die Problem- und Querulantengruppe gesteckt habe ...« Wieder ließ Dirk die Worte einen Moment stehen. »Ihr fragt euch sicherlich, was es mit diesem Tobi-Dienst auf sich hat, und ich garantiere euch, es ist ganz einfach. Tobi-Dienst bedeutet nichts anderes, als die Ordnungshüter in der Nacht zu sein. Euer Job ist es, um einundzwanzig Uhr das Haupttor zu verschließen und mit dem rostigen Widerhaken müsst ihr den Stacheldraht über die Oberschiene auf das Tor bis zum einrastenden Punkt schieben. Wir hatten früher einige Kinder, die dachten, es wäre angebracht, nachts über das Tor zu klettern, um irgendwo auf der Insel irgendwelche dumme Sachen zu machen, deshalb ist es wichtig, dass alle Tore und Türen, die vom Campgelände führen, verschlossen und mit dem Stacheldraht gesichert sind ... So weit verstanden?«

»Ja, Herr Winterfeld!«, sagten die Knaben. Ihre Worte kamen laut und synchron aus der Runde. Dirk zuckte sogar leicht zusammen, so eine Antwort hatte er zu dem jetzigen Zeitpunkt noch nicht erwartet. Aber es war schon immer ein magischer Moment, wenn Tobi zum ersten Mal zur Tat schritt und nur durch seine blanke Anwesenheit, das erreichte, was Eltern, Lehrer oder andere Bezugspersonen über Jahre nicht erreicht hatten, nämlich die bedingungslose Aufmerksamkeit.

»Euer anschließender Job ist es, gegen zweiundzwanzig Uhr die Fahnen auf halbmast zu setzen, um den Jüngeren das Zeichen zu geben, dass es an der Zeit ist, ins Bett zu gehen. Um null Uhr holt ihr die Fahnen komplett ein. Wer dann noch draußen ist, muss zur richtigen Hütte begleitet werden und am morgigen Tag gemeldet werden. Ihnen obliegt der allzeit beliebte Spüldienst und Latrinendienst ... So weit alles klar?«

»Ja, Herr Winterfeld!«

Das ging dem Campleiter runter wie Öl.

»Um sieben Uhr müssen alle Fahnen gehisst werden und anschließend dürft ihr bei uns Betreuern im Haupthaus frühstücken und uns von der Nacht erzählen ... Euer Dienst beginnt also exakt um einundzwanzig Uhr und dauert an bis exakt sieben Uhr. Also habt ihr genau zehn Stunden Tobi-Dienst. Ihr seid zu viert und solltet immer zu zweit eine Schicht übernehmen, also muss jeder fünf Stunden Wache schieben. Wie ihr euch das einteilt, obliegt euch selbst. Ich kann euch nur empfehlen, auch hier abzuwechseln, um mal früher und mal später ins Bett zu kommen. Aber wie ihr das regelt, obliegt euch ... So weit alles klar?«

»Ja, Herr Winterfeld!«

»Ausgezeichnet. Die Nachtquartiere der Betreuer sind im Erdgeschoss und nur in Notfällen zu betreten ... Euer Dienst beginnt heute Abend und Tobi darf schon mit in eueren

Gruppenraum. Nutzt die Chance und zeigt uns, dass ihr teamfähig seid und nicht vom Rudel separiert werden müsst. Zeigt, dass ihr zuverlässig seid und dass ihr euch der Ordnung unterstellen könnt. Wenn ihr das draufhabt und keine Gefahr für die allgemeine Campstimmung seid und natürlich auch tagsüber keinen Scheiß baut, könnt ihr euch eure Gruppe frei aussuchen! ... Und jetzt ab mit euch, sonst verpasst ihr noch das ganze heutige Rahmenprogramm!«

Kapitel 10

»Mei, was willst du denn hier?«, fragte Georg, als Matthis von der Hauptstraße auf das Gelände einer Reha-Klinik einbog. Das weitläufige Gelände wirkte einladend und inmitten der großen roten Backsteinhäuser lag ein riesiger Kinderspielplatz. Anhand der vielen gemalten Bilder, die sogar von außen durch die zahlreichen Fenster gut sichtbar waren, konnte eigentlich jeder, also auch Georg, sofort erkennen, dass es sich bei dieser Einrichtung um eine Klinik für Kinder und Jugendliche handelte.

Es war schon weit nach Mittag und Georgs Magen knurrte wie ein wilder Wolf, als sich die beiden an den Empfang stellten.

Matthis grüßte die Dame am Empfang freundlich. »Guten Tag!«

»Wir haben es schon gehört, einfach nur grausam. Frau Radkowski war eine so freundliche Person. Ich hätte so etwas nie erwartet. Kommen Sie mit, ich führe Sie zu ihren Kollegen in die Küche. Ich kannte sie leider noch nicht so gut wie das Küchenpersonal. So lange war sie ja noch nicht bei uns.«

»Ach ja!«, sagte Matthis. »Das wusste ich noch nicht. Wie lange war Frau Radkowski denn schon Mitarbeiterin hier?«

»Warten Sie ... ich muss überlegen!«, sagte die Dame mittleren Alters. Während sie nachdachte, wirkte es, als ob das Sonnenlicht, das vom Seitenfenster auf den Empfang schien, sie in der Nase kitzelte.

»Ja, doch, das muss ungefähr kurz nach Fasching gewesen sein.«

»Dann wäre das in etwa ein halbes Jahr«, sagte Matthis. »Wissen Sie, wo sie vorher gearbeitet hat?«

»Nein, darüber haben wir nie gesprochen, aber ich hatte nie viel mit ihr zu tun. Ich sitze hier nur am Empfang, weise die Patienten ein und bringe sie zu ihren Anwendungen, wenn sie noch zu klein sind, um sich hier alleine zurechtzufinden ... Da kann Ihnen die Küche wesentlich mehr weiterhelfen. Ich bringe Sie hin«, sagte die Dame, kam um den Tresen herum und marschierte mit ihnen einen langen Flur entlang.

Für so eine große Klinik arbeiteten in der Schicht, der Frau Radkowski angehörte, nur vier weitere Personen. Möglich wurde dies mit dem Einsatz modernster Hilfsmittel in der Küche.

Matthis und Georg fingen die Befragung gemeinsam mit dem Küchenchef an. Dieser wirkte etwas hibbelig, vielleicht sogar nervös, und wollte wegen des angeblich extrem lauten Brummens der Geräte lieber kurz durch den Lieferanteneingang hinausgehen.

So laut empfanden es die beiden Ermittler zwar jetzt nicht, aber sie sahen auch keinen Grund, dem schlaksigen Herrn mit dem weißen Kittel und der hochstehenden Kochmütze diesen Wunsch zu verwehren.

Vor der Tür ließ der Herr seine Finger in die Kitteltasche gleiten, zog in Sekundenschnelle ein Päckchen Zigaretten hervor und steckte sich die erste an. Seine Nervosität war schlagartig verflogen.

Immer diese Raucher, dachte Matthis, ehe ihm einfiel, dass es gerade die Raucher waren, die am gesprächigsten waren, wenn sie ihre Sucht stillten. Somit ließ Matthis den Herrn weiter dampfen. Es war ja schließlich nicht seine Gesundheit, die hier täglich herausgefordert wurde. Er nahm sein Notizbüchlein zur Hand, schlug eine leere Seite auf und legte los. »Dann fangen wir am besten mit Ihren Personalien an.«

»Okay, ich bin Gustavo Rinaldo und ich bin der Chefkoch hier.«

Erst jetzt fiel Matthis der südländische Teint auf. Georg schaute sich währenddessen auf der Laderampe um, auf der sie standen, und folgte dem Verhör mit nur einem halben Ohr.

»Also gut, was können Sie, Herr Rinaldo, uns über Frau Radkowski sagen?«

»Was soll ich Ihnen da sagen. Ich habe hier keine Rede vorbereitet.«

»Ja, was war sie für ein Mensch?«

»Und wehe, jetzt kommt wieder, sie war a Nette!«, grummelte es aus dem Off vom bayrischen Ermittler. Matthis blickte sich um und sah, wie der Kollege, ganz bucklig, die Hand in einen Mülleimer tauchte. Das war so ein kleiner aus Edelmetall, dessen Kopf ein Aschenbecher war.

Matthis wusste, dass der Kommissar hungrig war, aber würde er so weit gehen? Matthis entschied, dass er es nicht wissen wollte, und nahm daher wieder den Blickkontakt zu Herrn Rinaldo auf. Dieser setzte die Unterhaltung nach einem tiefen Zug seines Glimmstängels fort.

»Gut, sie war sehr zuverlässig. Es gab mit ihr noch nie ein Problem. Man merkte, dass sie vom Fach war und ihr Leben lang in einer Küche gearbeitet hat.«

»Wissen Sie, wo sie vorher gearbeitet hat?«

»Nein, nur dass sie vom Fach ist und immer in Küchen gearbeitet hat.«

Wieder kruschtelte es aus dem Off und die beiden entschlossen sich, das zu ignorieren.

»Gab es irgendwelche Probleme mit anderen Mitarbeitern?«

»Nein, ich sagte ja bereits, mit ihr gab es noch nie Probleme.«

»Fällt Ihnen irgendetwas ein, das im Nachhinein vielleicht doch merkwürdig erscheint? ...« Matthis erkannte die Fragezeichen im Blick seines Gegenübers. »Also war sie in den Tagen vor ihrem Ableben eher in sich gekehrt, ruhiger oder aufgedrehter als sonst?«

»Nein, für mich war alles wie immer, aber ich kannte sie auch nicht so gut. Da können Ihnen Ruth oder Boris bestimmt mehr weiterhelfen. Das sind die Kollegen Trautmann und Evers. Sie bereiten oft die Gemüsesorten für das Mittagessen zusammen vor, während ich mit Frau Eberhardt mehr das Fleisch oder den Fisch zubereite.«

»Vielen Dank für Ihre Hilfe, dann sprechen wir einmal mit den anderen Kollegen«, sagte Matthis, klappte sein Büchlein zu und war froh, seinen Kollegen endlich von dem Mülleimer trennen zu können.

»Fragen Sie mich nicht nach meinem Alibi?«, fragte Herr Rinaldo erstaunt.

»Wieso? Brauchen Sie eins?«, fragte Matthis erstaunt.

Der Herr schaute irritiert wie ein Fußballer, der gerade ins eigene Tor geschossen hatte.

»Naa, mein Kollege macht nur Spaß«, sagte Georg, als er sich in die Unterhaltung hineingrätschte. »Mia wissen doch noch net, wann sie genau ermordet wurde. So schnell san unsere Rechtsmediziner a net.«

Während die beiden in die Küche zurückliefen, fragte Matthis seinen Kollegen: »Sag mal, was fällt dir ein, hier im Müll zu wühlen?«

»Mei, meine Spürnase hat da was gewittert und i sag dir, es hat sich gelohnt, war aber schwer mit meinen kurzen Fingern zu dawischen.«

»Georg, ich will's nicht wissen.«

»Aber …«

»Nichts aber, wir machen jetzt hier weiter und sprechen nicht mehr darüber, bis wir hier raus sind, ist das klar! Weißt du, wenn sich das rumspricht …«

»Ach so … ja klar«, sagte der Kommissar.

Als Nächstes sprachen sie mit Frau Eberhardt, doch das Bild blieb dasselbe und sie erhielten keine neuen Hinweise. Das Gleiche galt auch für ihr Gespräch mit dem Kollegen Boris Evers. Der blonde Hüne konnte lediglich mitteilen, dass sie sich sehr gut mit der Kollegin Ruth Trautmann verstanden hatte und sie auch die Pausen zusammen verbracht hatten. Somit widmeten sich die beiden Herren der Dame, die etwa im gleichen Alter wie das Opfer war. Die Küchenuhr zeigte bereits kurz nach halb vier an und Georgs Magen sang mittlerweile Arien.

Frau Trautmann war sehr traurig, was ihre Augen verrieten, und sie war die erste Person an der Arbeitsstelle, die wirklich Emotionen zeigte. Hier gab es also mehr als nur einen Schock. Damit waren sie bei Frau Trautmann wirklich mal an eine Arbeitskollegin geraten, die das Opfer näher kennen musste.

»Wissen Sie, wo Frau Radkowski vorher beschäftigt war?«, fragte Matthis, nachdem er die Personalien aufgenommen hatte.

»Ja, sie war einige Jahre in der Psychiatrie.«

»Was? Das hat uns niemand gesagt. Wissen Sie, weshalb sie dort war?«

»Nicht das, was Sie denken ...« Ein Schniefen unterbrach ihren Satz. »Sie war dort ebenfalls in der Küche und wechselte dann zu uns.«

»Wissen Sie warum?«

»Klar, sie wollte einfach mal wieder was anderes machen, was anderes sehen, neue Kollegen ... einen Tapetenwechsel sozusagen.«

»Gab es dort eventuell Probleme mit irgendjemandem?«

»Wenn, dann hatte sie es mir nie erzählt.«

»Gab es hier mit irgendjemandem Probleme oder wissen Sie von Problemen im privaten Umfeld?«

»Nein, davon weiß ich nichts.«

»War Ihre Kollegin in den letzten Tagen vor dem Mord irgendwie anders?«

»Nein, sie war gut gelaunt und fröhlich wie immer ... Aber eine Sache fällt mir gerade ein, die sie mir mal anvertraut hatte. Ihr Mann, der ist ja um einiges älter als sie, und da erzählte sie mir mal, dass er sich, seit er in der Rente ist, etwas verändert hätte. Er wäre aktuell immer ziemlich schnell gereizt und würde sich ein wenig so fühlen, als wäre er nutzlos.«

»Ja, so was haben wir schon öfter gehört, aber Herr Radkowski hat ein markloses Alibi und war zur Tatzeit nicht auf der Insel, das konnten wir heute Mittag schon überprüfen lassen ... Fällt Ihnen sonst noch etwas ein?«

»Nein, aber wenn man sich den Magen Ihres Kollegen so anhört, muss man als Küchenhilfe doch aushelfen. Wir hätten noch genügend Wurstsalat von heute Mittag übrig. Wenn Sie möchten?«

Das hörte der Kommissar natürlich sofort und meldete sich zu Wort. »Wenns a Schweizer ist, dann sag i net naa.«

»Aber sicher ist das ein Schweizer Wurstsalat«, antwortete die Küchenhilfe.

»Aber nur, wenn es keine Umstände macht«, sagte Matthis.

»Ach was, es wäre doch schade, wenn er verkommt und Ihrem Kollegen knurrt der Magen. Nehmt doch vorne im Speisesaal Platz, ich bringe euch zwei schöne Portionen. Als Beilage haben wir nur noch etwas Brot im Haus, aber das ist doch besser als auf leerem Magen zu ermitteln, oder?«

»In der Tat!«, sagte Georg, schritt freudig voran durch die Seitentür und setzte sich an einen der Tische.

Ein wenig später saßen die beiden allein in dem großen Raum vor ihren Tellern.

»Mei, des is koa Schweizer Wurstsalat«, moserte der Kommissar, als er auf die kleine Portion, die sein Mittagessen darstellen sollte, blickte.

»Was ist das dann?«, fragte Matthis.

»Woiß net, eher an bulgarischer.«

»Warum?«

»Käse is ja fast nix drin!«

»Georg, das ist supernett von denen und eine schöne Portion für ein kostenloses Mittagessen und schmecken tut er auch hervorragend, also reiß dich zusammen, sonst gibt es die nächsten Tage in der WG nur noch Tofu für dich.«

»Naa, das kann i net essen, bei Tofu da quietscht mia der Zahn!«

»Und das wäre immer noch besser als deine Tiefkühlpizzen.«

»Was hast du gegen meine Pizzen auszusetzen?«

»Wie schafft man es nur jedes Mal, diese Pizzen so hinzubekommen, dass sie außen verbrannt und innen gefroren sind? ... Da könntest du einen Jingle komponieren: Außen verbrannt, innen gefrorn.« Matthis sang die letzten Worte fast.

»Mei, wenns mia halt so schmeckt!«

»Ach ja, ich vergaß, ich spreche ja mit einem Gourmet.«

»Hey, was soll das denn jetzt heißen?«

»Oh, tu nicht so, du weißt genau, worauf ich hinauswill.«

Georg blickte verdutzt auf und arbeitete dann aber wieder zügig daran, seinen Teller zu leeren.

Kurz vor halb fünf und damit nicht mehr lange, bis der Speisesaal für das Abendessen in der Klinik öffnete, waren sie fertig. Sie brachten ihr Geschirr zurück, bedankten sich noch einmal und machten sich auf den Weg zu ihrem Caddy. Bevor Matthis losfuhr, gab es aus seiner Sicht noch etwas zu klären.

»Also, Georg, das mit dem Mülleimer vorhin war unterste Schublade. Wir haben einen Ruf. Denk daran, wir arbeiten hier im Rahmen eines Pilotprojektes, und so ein Verhalten kann ich und will ich nicht verteidigen.«

»Aber, Matthis, was soll i tun. Mia wär es a lieber, des wär einfach so auf dem Boden gelegen, war es aber net.«

»Du bist ein Ferkel!«

»Danke! ... Darf i dann auch mal erzählen, was i gefunden hab.«

»Nein, aber ich hoffe, es hat geschmeckt!«

»Geschmeckt? ... Herrschaftszeiten, was hab i für an Ruf. I hab hier vier Schnipsel von einem zerrissenen Stück Papier gefunden. Mia ist das ins Auge gefallen, als i durch die große Öffnung unter dem Aschenbecher geschaut hab und i dacht mir, einen Versuch ist es wert, vielleicht war es ja von unserem Opfer.«

»Was?«

»Ja, schau da arbeiten doch nur zwoa Schichten und insgesamt zehn Personen, also ist die Chance ein Zehntel, dass es vielleicht von unserem Opfer stammt.«

Matthis war schockiert und auch etwas enttäuscht über sich selbst, dass er dem Kollegen unterstellt hatte, dass er auf Nahrungssuche war. »Hast du die Schnipsel schon aneinandergehalten?«

»Ja, und i denk, es gehörte unserem Opfer!«

»Was steht denn drauf?«

»Erst wenn du di entschuldigst.«

»Stimmt. Es tut mir leid, Georg, aber manchmal, ich weiß auch nicht, was ich sagen soll, aber irgendwie scheint manchmal einiges bei dir anders, als es dann wirklich ist.«

»Genau wie hier. Schau dir das mal an!«

Georg kramte die Schnipsel aus seiner Uniformjacke und hielt sie zusammen. So stand auf dem Blatt folgende Botschaft: »Bitte gib das Ralf und meldet euch einmal. Es gibt da was zu klären. Dann folgt eine Handynummer, unterzeichnet mit dem Namen Barbara W.«

Kapitel 11

»Rahmenprogramm! Was bitte für ein Rahmenprogramm«, schimpfte Ibrahim. Er kniff ein Auge wegen der blendenden Sonne zu. Nach der Sitzung waren die vier nach draußen auf den Campplatz gegangen. Dann drehte sich Ibrahim zu seinem Gruppenkameraden Sergej um. »Lass uns die Partie von vorhin beenden!«

Sergej willigte ein und die beiden zogen sich wieder in den Kellerraum zurück.

Nachdem sich Hakan und der Junge mit dem roten Bändchen auf dem Gelände ein wenig akklimatisiert hatten, entdeckten sie, dass es tatsächlich ein Rahmenprogramm gab. Während vom Campleiter eine Durchsage kam, die die gelbe Gruppe aufforderte, sich in den Therapieraum Nummer zwei einzufinden, marschierte Ralf bewaffnet mit einem Fußball über den Platz und suchte nach Interessenten, um auf dem nahe gelegenen Fußballplatz ein Spielchen zu wagen. Hakan fragte den Jungen mit dem roten Bändchen, aber dieser lehnte umgehend ab. Denn da war sie wieder. Die Schönheit mit dem lila Bändchen. Er wollte sie unbedingt näher kennenlernen oder überhaupt einmal kennenlernen, bis jetzt wusste er ja noch nicht einmal ihren Namen.

Hakan entschied sich für das Fußballspiel und verschwand mit Ralf und einigen anderen Kindern.

Der Junge sah, dass sich das Mädchen einer Gruppe um die Betreuerin Barbara angeschlossen hatte. Somit war sein Rahmenprogramm für heute entschieden. Als er auf die Gruppe zukam, hoffte er insgeheim, dass er sich jetzt nicht für einen Strickkurs entschieden hatte, da diese Gruppe fast nur aus Mädchen bestand. Aber auch wenn es so sein sollte, er wollte unbedingt dieses hübsche Mädchen kennenlernen.

Er hatte Glück und die Gruppe um Barbara machte einen kleinen Orientierungsspaziergang. Die Betreuerin zeigte auf eine Karte am östlichen Campausgang. Der rote Punkt am kleinen See stellte das Camp dar. Die große beige Fläche war ein Naturschutzgebiet mit dem Namen »Weiße Dünen«. Ansonsten gab es so weit außerhalb nicht viel. Das Meer war eine gute Stunde zu Fuß entfernt. Der Leuchtturm ebenfalls. Direkte Nachbarn hatte das Camp nicht, aber in etwa drei Kilometern Entfernung sollte ein kleiner Bauernhof liegen. Die Stadt war in einer anderen Richtung gelegen und der Fußweg war ebenfalls mit fünfundvierzig Minuten ausgeschrieben. Man hatte sie also wirklich am Arsch der Welt ausgesetzt, dachte der Junge.

Als sich die kleine Gruppe um Barbara auf den Weg zu einer nahe gelegenen Aussichtsplattform auf einer Düne machte, war für den Jungen die Zeit gekommen, sein Schicksal in die Hand zu nehmen. Meter für Meter schlich er sich näher an das Mädchen heran. Sie hatte bereits Anschluss gefunden und plauderte mit einem anderen Mädchen mit lila Bändchen. Er belauschte sie. Sie hatte eine freundliche Stimme und endlich fiel ihr Name in dem Gespräch. Nina! Das war sein Stichwort, das war sein Moment, er schloss immer dichter zu den zwei Mädchen auf und unterbrach ihre Unterhaltung. »Hallo, Nina, ich bin der ...«

»Was willst denn du, du Freak!«, sagte Ninas Begleiterin und unterbrach den Jungen umgehend.

»Nina, … ich würde dich gerne … kennenlernen.« Nina hatte in jenem Augenblick so ein zauberhaftes Funkeln in den Augen, dass dem Jungen buchstäblich das Herz in die Hose rutschte. Ihre Freundin ließ dieses Stammeln nicht so stehen und machte sich einen Spaß daraus, den verunsicherten Jungen wegzuschubsen. Der Junge kam ins Straucheln. Das konnte er sich nicht gefallen lassen. Auch wenn ihre Begleiterin einen Kopf größer war als er. Der Junge nahm Anlauf und rammte das Mädchen mit einem sauberen Bodycheck aus der Gruppe. Natürlich hatte Barbara nur seine Attacke gesehen, deshalb gab es für den Jungen nicht nur die erste Verwarnung für eine Nacht im Bootsschuppen, sondern Barbara trennte ihn auch umgehend von den Mädchen. Sie ließ Kerstin und Nina am Ende der Gruppe laufen und der Junge durfte sich während dieses Ausfluges nicht mehr von Barbaras Seite lösen. Noch während der Erkundungstour erkannte der Junge mit dem roten Bändchen, dass Kerstins Provokation noch zu Komplikationen führen könnte, denn Barbara und die Betreuer im Camp würden auf sie wohl ein besonderes Auge werfen. Was bedeutete, dass es sich als noch schwieriger gestalten sollte, näher an Nina ranzukommen. Aber eines war er sich sicher, er würde sein Ziel erreichen, zur Not mit Gewalt.

Kapitel 12

Kurz vor achtzehn Uhr erreichten Georg und Matthis die Rechtsmedizin. Sie trafen Dr. Hinkelstein gerade an, als dieser seine Räumlichkeiten abschloss. Der Rechtsmediziner machte ein Gesicht, das alles außer Freude vermittelte. Er schnaubte einmal fest durch seine breiten Nasenflügel und schloss die Tür wieder auf. Der Schlüssel steckte ohnehin noch.

In dem weiß gekachelten Raum war es sehr kühl. Es roch stark nach Desinfektionsmittel. Jegliches Mobiliar in diesem Raum bestand aus glänzendem, blitzblank poliertem Edelstahl. Der Seziertisch war nicht mehr belegt und auf Hochglanz gereinigt, trotzdem strahlte die Liegefläche nur aufgrund der Gewissheit, weshalb sie hier standen, bei den beiden Ermittlern ein Gefühl von Unbehagen aus. Georg kam in den Sinn, dass sie zum ersten Mal in der Rechtsmedizin hier auf Norderney waren. Bei ihrem ersten Fall war alles so offensichtlich, dass ein Bericht per Fax schon mehr als ausreichte.

Der Rechtsmediziner wirkte gestresst. Trotzdem fragte er freundlich: »Womit kann ich euch weiterhelfen?«

Matthis preschte vor. »Können Sie uns schon etwas über den Todeszeitpunkt sagen?«

Der Rechtsmediziner schnaufte kurz durch. Wie so oft versuchte er wieder, seinen wienerischen Akzent zu unterdrücken, doch hin und wieder brach ein Hauch dessen durch. »Ich kann euch schon viel sagen. Ich habe aber auch schon den Bericht diktiert und ihn meiner Schreibkraft zum Diktat gegeben. Ihr müsstet also den vorläufigen Bericht morgen oder übermorgen per Fax bekommen.«

»Das ist super. Können Sie uns eine schnelle Kurzfassung ohne medizinische Fachbegriffe wiedergeben?«

»Aber nur eine ganz schnelle. Unser Opfer Kerstin Radkowski kam zwischen 3:45 Uhr und 4:45 Uhr durch einen gezielten kräftigen Stich mit einem Dolch oder einem sehr langen Messer ums Leben. Der Täter hat, wie ich es vermutet und Ihrem Bazi am Tatort bereits gesagt hatte, das Brustbein durchtrennt und ins Herz gestochen. Der Einstich war so kraftvoll und tief, dass sogar die Lunge verletzt wurde. Somit konnte Frau Radkowski auch keine Luft mehr in die Lungenflügel einsaugen und verstarb innerhalb weniger Sekunden nach dem Attentat.«

Georg, der konzentriert zugehört hatte, machte einen Schritt zurück. Er bemerkte einen harten Widerstand an seinem Gesäß. Ohne nachzudenken, lehnte er sich zurück. Seine Füße brannten wieder teuflisch und es war einfach angenehmer, mehr Körpergewicht von seinen Füßen zu nehmen. Matthis und Dr. Hinkelstein hatten den Kommissar nicht im Blick, als es fürchterlich schepperte und klatschte.

Das Edelstahlwägelchen, das fast wie ein Gastronomieservierwagen aussah, konnte dem Druck nicht standhalten, die eingerastete Bremse gab nach und der Wagen, voll mit leeren Edelstahlbehältern und Schüsseln, rollte mit einer enormen Geschwindigkeit los, schoss an die Wand und kippte um. Georg verlor den

Halt und klatschte rückwärts auf den harten gefliesten Boden. Der Wagen fiel ein paar Meter von ihm entfernt um und eine große Schüssel, die auf dem Rand gekippt war, rollte auf ihn zu. Natürlich traf sie ihn an der Schläfe, kippte um und verdeckte mit dem Geräusch wie von einer mächtigen Klangschale sein komplettes Gesicht.

Erschrocken schauten Matthis und der Rechtsmediziner auf den gestürzten Kommissar.

»Mei, i will net wissen, was das für a Schüssel ist«, grummelte es dumpf unter der Organschüssel.

Nachdem Georg und Matthis alles aufgeräumt und das Mikadostäbchen abgegeben hatten, war es an der Zeit für ihren Feierabend.

Den gesamten Weg zurück zum Caddy konnte Matthis nichts anderes tun, als den Kopf zu schütteln. Er musste außerdem mit aller Kraft sein Lachen zurückhalten, denn dieses Bild vom Kommissar, der flach auf dem Boden unter der großen Schüssel lag, in der normalerweise große Organe kurzzeitig zwischengelagert werden, hatte sich doch irgendwie in sein Gedächtnis gebrannt.

Matthis wusste aber auch nicht, was er zu dem ganzen Vorfall sagen sollte. Eigentlich war mit dem, was passiert war, doch alles gesagt oder sollte er dem Kollegen eine Standpauke erteilen. Was macht man am geschicktesten in so einer Situation? Denn genau genommen war das ein typischer Pampelhuber und somit leider auch sein Tagesgeschäft.

Nachdem der Caddy vom Hof war, schielte Matthis seinen Kollegen leicht von der Seite an. »Wir machen für heute Feierabend und fahren zur WG.«

»Naa, fahr erst noch zum Supermarkt.«

»Schau mal auf die Uhr, bis wir da wären, reicht es maximal für einen Sprint durch die Gänge. Dann lieber morgen, also geh mir heute damit nicht mehr auf den Keks.«

»Ja, wie denn? Die san ja a leer!«

Auch wenn eine Lebensmittelknappheit in der WG vorherrschte, so waren trotzdem noch genügend Vorräte im Haus, um nicht hungrig oder durstig ins Bett gehen zu müssen.

Seit ihrem Einzug in die WG hatte sich nicht viel verändert. Georg lebte immer noch in der kleinen länglichen Kammer gleich neben der Eingangstür. Natürlich sind ein paar persönliche Gegenstände dazu gekommen, aber ansonsten war alles in diesem Raum beim Alten. Gegenüber von seinem Reich lag die Küche mit ihren alten Gerätschaften. Das zerstörte Holzgeländer des französischen Balkons war wieder vollständig repariert. Der runde Esstisch stand ebenfalls unbewegt an derselben Stelle und außer, dass sich auf Matthis' Seite mittlerweile alte Tageszeitungen häuften, hatte sich hier nichts verändert. Die alten klapprigen Bistrostühle an dem Tisch waren ebenfalls noch vollzählig und tatsächlich ohne Schaden. Das alte Wohnzimmer wurde bislang noch nicht viel in Anspruch genommen. Meistens verbrachten die beiden Ermittler die milden Abende auf ihrem Balkon und genossen den herrlichen Ausblick. So auch heute.

»Ich denke, Frau Radkowskis Jobwechsel von der Psychiatrie zur Reha-Klinik könnte uns vielleicht eine neue Spur einbringen.«

»Möglich, aber versteif di net drauf.«

»Es sind doch oft Situationen, Fehler oder zwischenmenschliche Diskrepanzen, die einen zu einem Jobwechsel verleiten.«

»Da gibt's aber a viel mehr Seiten, die wir hier beachten sollten. I mein, was, wenn das Geld a Rolle gespielt hat und sie mehr verdient wie vorher?« Georg senkte den Blick zu seinem Longdrinkglas. Heute Abend hatte sich der Bayer, der nie Alkohol trank, einen alkoholfreien Mojito eingeschenkt. Was für eine Wohltat; der spritzig-säuerliche Geschmack von Zitronen- und Limettenlimonade mit einem Touch erfrischender Minze bahnte sich seinen Weg nach unten durch die mittlerweile ausgetrocknete Kehle. Die Eiswürfel, die das Getränk schön kühl hielten, machten dieses Getränk gerade im Sommer und Spätsommer zu einem der Lieblingsgetränke des Kommissars. »Aber du solltest a gesundheitliche Faktoren einbeziehen. Sie war a nimmer die Jüngste. Woas, wenn sie nicht mehr so schwer arbeiten wollte?«

»Kann dir grad nicht folgen«, sagte Matthis.

»Schau, die schaffte dann in einer Klinik, in der hauptsächlich dicke Kinder behandelt werden. Was wird die jetzt für Mengen kochen im Vergleich zur Psychiatrie? Ist das vielleicht wie ein Teilzeitjob dann? ...«

Matthis musste schmunzeln. Dann gab er dem selbst ernannten Inselkommissar aber recht. »Okay, ein Jobwechsel muss nicht immer zwangsweise mit einem Skandal zusammenhängen. Da gebe ich dir absolut recht ...«

»Somit wären mia dann aber wieder bei null.« Georg kraulte sich nachdenklich das bärtige Kinn. »I hab aber a net gemerkt, dass wir schon recht weiter waren«, sagte er ergänzend, ehe er den nächsten Schluck aus seinem Glas zu sich nahm.

»Ich sehe uns doch schon tief in der Materie drin.«

»Ah woher. Mia san a net tiefer drin als a Zeitungsleser. Was wissen wir mehr als das, was morgen in der Zeitung stehen wird?«

»Gut, also wir wissen sicher, dass wir das Motiv im privaten oder beruflichen Umfeld finden müssten.«

Der Kommissar drehte achtlos an seinem Glas. »Seh i noch net.«

Sein Kollege zog die Augenbrauen hoch. »Ach komm, bitte ...«

»Naa, was wäre, wenn es sich am Ende um einen psychopathischen Serienmörder handeln würde?«

»Ah, ich erinnere mich. Also derjenige, der im Garten vor Freude auf und ab gehüpft sein soll, ist jetzt ein Serienmörder bei dir. Also jemand, der ohne Motiv aus reiner Lust und Laune loslegt.«

»Vielleicht auch a ertappter oder sogar erkannter Einbrecher?«

»Glaub ich nicht. Der Stich war zu professionell und viel zu kräftig für eine notgedrungene Affekttat ... Und dann würdest du doch fliehen und nicht einfach die Leiche aufbauen und ihr ein Stäbchen in die Hand legen.« Matthis gestikulierte mittlerweile wie wild.

»Aha, das Mikadostäbchen. Ist das net a eine Botschaft oder gar ein Markenzeichen?« Seine Frage unterstrich er, indem er seine Handflächen nach oben drehte.

»Denkst du jetzt an einen Auftragsmord?«

»Noch net! Aber das wär a möglich.«

»Was wolltest du dann gerade sagen?«

»So wie mia die Leiche gefunden haben, mit dieser Botschaft, könnte das nicht bedeuten, dass es vielleicht nur ein Anfang war oder nicht doch zu einer Reihe von Morden passen könnte?«

»Also gut, wir sollten nichts unüberprüft lassen. Aber ich werde bezüglich Serienmorde nichts unternehmen. Ich will mich nicht zum Idioten machen, aber wenn du morgen Mittag oder Nachmittag in der Datenbank recherchieren möchtest, dann bitte. Ich halte dich nicht auf.«

In Georgs Gesicht schlich sich ein verwegenes Grinsen. »Also wie ist dann der Plan für morgen?«

»Ich würde gerne weiterhin an dem ursprünglichen Plan festhalten ...«

»Warum a net, so an Mörder läuft uns ja net davon!«

Eine Sekunde später und Matthis hätte Probleme beim Trinken bekommen. »Ähm, ja, ich lass das mal so unkommentiert stehen ... Lass uns morgen früh zur Wetterstation und zu den Stadtwerken fahren. Ich will wissen, warum der Strom weg war. Vielleicht finden wir einen Ort, an dem die Stromzufuhr manipuliert wurde. Vielleicht hat dort sogar unser Mörder unachtsam irgendwelche Spuren hinterlassen. Lass uns aber auch nicht vergessen, dass die Schuhgröße 42 nicht eindeutig auf männliche Füße zurückführen muss.« Matthis machte eine kurze Pause, um nun ebenfalls einen Schluck aus seinem Glas zu nehmen. Bei ihm gab es heute ebenfalls einen alkoholfreien Cocktail. Das war so ein rötlicher aus dem Tetra-Pack, denn sein Feierabendbier, das er gerne mal auf dem Balkon trank, war schon vor einigen Tagen ausgegangen. »Also, wenn wir da dann fertig sind, fahren wir zu Herrn Radkowski und fragen nach dem Handy seiner Frau, was der Zettel bedeuten könnte und wer Barbara W. ist. Danach müssen wir schauen, ob wir weitere mögliche Zeugen in der Nachbarschaft ausfindig machen könnten. Wenn weiterhin niemand zu Hause ist, werfen wir Zettel mit der Aufforderung, sich bei uns zu melden, in die jeweiligen Briefkästen ein. Dann würde ich vorschlagen, dass du zur Wache gehst und deinen Serienmörderirrsinn überprüfst, und ich höre mich in der Psychiatrie um.«

»Perfekt, so machen wir es und wenn i fertig bin, würd i einkaufen gehen und Feierabend machen. Mia treffen uns dann in der WG wieder.«

»So machen wir es. Kannst du dir das merken oder brauchst du ein Handout?«

»Mach lieber eins.«

»Das war ein Witz. Ach, da wären wir wieder bei dem Thema Vergesslichkeit.«

Ganz kurz riss der Kommissar weit die Augen auf und legte dabei seine Stirn in Falten. »Naa, naa, i kann mia das schon alles merken.« Georg packte wieder sein Glas, nahm einen tiefen Schluck und trank es aus. Danach gähnte er kurz und schaute zu seinem Kollegen. »Es brennt der Fuß, es sticht das Knie, guat Nacht, der Pampi is heut hi.«

Kapitel 13

Mist ... Natürlich erzählte Barbara dem Campleiter, was passiert war. Natürlich nur aus ihrer Sicht. Nicht so, dass jedes Thema immer von mehreren Seiten betrachtet werden sollte, dachte sich der Junge mit dem roten Bändchen.

Dirk kam nun mit seinem charakteristischen zügigen Gang auf ihn zugelaufen. Wenn der Junge fliehen wollte, wäre es jetzt seine letzte Chance. Aber er entschied sich, stehen zu bleiben, denn er hatte seiner Auffassung nach nichts Verbotenes getan, sondern sich lediglich verteidigt. Flucht wäre ja ein Zeichen dafür, dass er sich einer Schuld bewusst wäre, und das war er sich nicht.

»Ahh!«, schrie der Junge kurz auf. Das hatte er nicht kommen sehen.

Dirk packte den Jungen, ohne mit der Wimper zu zucken, am Ohrläppchen. »Auf in mein Büro!«, sagte er und ließ seinen Griff den gesamten Weg wie bei einem bockigen Stier nicht locker.

Im Büro setzte sich Dirk auf seinen Platz und der Junge durfte vor dem großen breiten Schreibtisch Platz nehmen. Seine Stimme war in diesem Moment so hoch und kindlich, als er wimmerte. »Ich hab doch nichts getan! ... Ich wollte doch nur mit dem Mädchen reden!«

»Es gibt hier etwas, das in diesem Camp nicht toleriert wird und das ist Gewalt, mein junger Freund ... Wenn jemand mit jemandem reden möchte, dann tun normale

Menschen das auch und rammen den aktuellen Gesprächspartner nicht von der Düne!«

»Aber sie hat ...«

»Noch nie hat der Agierende angefangen!«, sagte Herr
Winterfeld und unterbrach den Jungen. Dann nahm er
eine Akte aus der Schublade. »Also wir haben eine Verwarnung von heute Morgen, diese wurde aus Kulanzgründen
gestrichen. Dann haben wir jetzt die erste richtige und es
braucht zwei für eine Nacht im Bootsschuppen und fünf für
einen dauerhaften Aufenthalt in der roten Gruppe. Verstanden?«

»Ja!«, erwiderte der Junge zögerlich und wimmerte.

»So nicht ...«

»Ja, Herr Winterfeld!«, sagte der Junge beim zweiten Anlauf.

»Gut, dann will ich mal nicht so sein. Es ist nichts weiter
passiert. Also raus mit dir. Gleich gibt es Abendessen und
außerdem hast du auch diese Woche Tobi-Dienst.«

Der Junge nickte, stand auf und ging zur Tür.

»Ach, noch was«, rief Herr Winterfeld ihm hinterher. Der
Junge drehte sich eingeschüchtert nach dem Erwachsenen
um. »Es versteht sich von selbst, dass ich dich die Tage nicht
mehr bei Kerstin, Nina, Diana oder sonst wem von der lila
Gruppe sehen möchte, außer es hängt mit dem Tobi-Dienst
zusammen und du musst dich um einen Verstoß kümmern.
Ist das klar?«

»Ja, Herr Winterfeld!«

»Du lernst schnell, behalte das bei und du wirst einen
schönen Sommer haben, ansonsten sorge ich dafür, dass du
ihn nie mehr vergisst ... Und jetzt wirklich Abgang!«

Dem Jungen zitterten noch beim Abendessen die Knie und sein linkes Ohr war nach wie vor brennend heiß und stach unermüdlich.

Nach dem Essen wurde es zügig dunkel, die Melodie erklang und ihr Dienst hatte begonnen. Der Junge hatte mit Hakan die erste Schicht übernommen. Gemeinsam zogen die beiden durch das weitläufige Camp und verschlossen einen Zugang nach dem anderen. Sobald eine Tür verschlossen war, streckte sich der Junge mit dem langen Stock und zog den geschienten Stacheldraht über den Ausgang. Erst als der Draht am anderen Ende einrastete, ließ der Junge ab, bugsierte den Stock heraus und weiter ging es. Dieses Spiel dauerte so lange, bis alle Seitenzugänge verschlossen waren. Nun war das Camp nur noch über zwei Wege zu verlassen. Einmal über den See, an dem das kleine Camp lag. Aber da alle Boote über Nacht weggeräumt waren und der Zaun zu beiden Seiten auch ein paar Meter in das Wasser reichte, wäre eine Flucht, ohne zu schwimmen, ausgeschlossen. Das zu kontrollieren und die gesamte Nacht im Auge zu behalten, oblag ebenfalls dem Tobi-Diensthabenden.

Ein anderer Fluchtweg wäre aktuell noch das offene Haupttor, das sie ganz am Schluss schließen mussten. Das Tor ging schwer zu. Da tagsüber die Sonne auf das Eisen knallte. Durch die unermüdlich heißen Sonnenstrahlen hatte es sich sicherlich etwas verzogen. Immer wenn sie das Tor komplett zu hatten, rutschte es wieder ein Stück zurück und ein schmaler Spalt blieb offen.

»Versuch mal erst den Draht von oben zu spannen ... Ich halte das Tor hier fest ... Vielleicht hebt es sich, wenn beides gleichzeitig zugezogen wird«, sagte Hakan zu seinem Kameraden.

Der erste Versuch scheiterte, sah aber Erfolg versprechend aus. Somit versuchten die beiden es gleich noch mal und diesmal funktionierte es und beides stabilisierte sich gegenseitig. So irgendwie. Es stand zwar mächtig unter Spannung und unter enormem Druck, aber es hielt. Das Camp war verschlossen, die Fahnen gesenkt und alle Bewohner ohne Zwischenfall in ihren Schlafräumen verschwunden. Am ersten Abend waren wohl doch die meisten von der Anreise und den ganzen Eindrücken noch ganz müde. Die Zeit verging wie im Flug und Sergej und Ibrahim übernahmen ihre Schicht pünktlich.

Nach getaner Arbeit ging es für den Jungen zurück in das Kellerverlies. Einerseits war der Junge hundemüde, aber irgendwie auch noch aufgedreht. Seine Gedanken kreisten. Doch mit der Zeit ließen sie ihn endlich in Ruhe und er nickte ein.

Sekunden später schreckte er durch ein lautes, dumpfes, metallisches Geräusch auf. War es echt oder entsprang dieser Laut beim Einschlafen seiner Fantasie?

Er konzentrierte sich. Draußen begann es wie zu rascheln. Es wurde intensiver und er erkannte diese Serie von Tönen als einsetzenden Regen. Außerdem waren seine Gruppenkameraden ja im Einsatz, also wenn es einen Verstoß geben und dieser mit dem metallischen Geräusch zusammenhängen würde, dann würden Sergej und Ibrahim diesen garantiert überprüfen und im Notfall den Betreuern melden. Auch wenn die beiden dieses komische Spiel mit den Stäbchen bei der Wachablösung dabeihatten, sollten sie trotzdem nicht so abgelenkt sein, um ihre Pflichten zu vernachlässigen.

Der leichte Sommerregen und das Prasseln auf den Holzhütten beruhigte den Jungen und er fiel in einen tiefen, erholsamen Schlaf.

Am nächsten Morgen gab es für die rote Gruppe wenig zu lachen. Dirk ließ die Jungs noch vor dem Frühstück am Haupttor antreten.

Obwohl die Stacheldrahtschiene oben weiterhin eingerastet war, so hatte sich doch ein schmaler Spalt zwischen dem verzogenen Tor und dem Schloss gebildet. Die Öffnung war breit genug, damit jemand unbemerkt das Camp verlassen konnte. Den Schuhabdrücken nach zu urteilen, hatten ein paar Kinder das auch ausgenutzt und waren zwischenzeitlich ausgebüxt.

»Ihr wisst, was das bedeutet?«, fragte der Campleiter mit diesem irren Blick, den er manchmal aufsetzte. »Erstens einmal eine Verwarnung für alle ... Und für dich, kleiner Mann«, sagte er und schaute in das ängstliche Gesicht des Jungen mit dem roten Ohr, »heißt es damit herzlich willkommen im Bootsschuppen, Antritt nach dem Abendessen! ... Und jetzt alle aufs Gelände, ich muss überprüfen, ob jemand dauerhaft getürmt ist, sollte das der Fall sein, gibt es die nächste Verwarnung und dann wird es noch kuschliger im Bootsschuppen, außerdem gäbe es dann noch zusätzlich für jeden eine individuelle Bestrafung!«

Kapitel 14

Mit neuen Kräften ging es für Georg und Matthis in den Tag. Matthis saß bereits mit einer Tasse Kaffee am Küchentisch und beobachtete aus dem Fenster die ums Haus kreisenden Möwen, während der Kommissar aus seinem Reich gekrochen kam.

»Schön, wenn ma morgens aufwacht, obwohl man gestern scho in der Rechtsmedizin lag.«

Matthis hatte sichtlich Probleme mit dem frisch zu sich genommenen Schluck Kaffee. Als er ihn endlich unten hatte, konnte er ein kleines Lächeln nicht mehr verbergen. »Mensch, Georg!«

Nach einem schnellen Frühstück war auch er bereit, überpünktlich vor sieben Uhr seinen Dienst aufzunehmen. Es stand heute einiges an und Matthis wollte den Tag voll ausnutzen und keine Zeit verlieren. An der Tür schaute Matthis auf Georgs Schuhe. Er trug heute nicht mehr die zur Uniform gehörenden teuren neuen Arbeitsschuhe, sondern seine ausgelatschten billigen Turnschuhe.

»Wo sind denn deine neuen Arbeitsschuhe?«, fragte Matthis.

»Die san mia viel zu rutschig!«

»Das sind Qualitätsschuhe, die waren wirklich teuer und das sind unsere Arbeitsschuhe, die wir auch schon allein nach den Arbeitssicherheitsbestimmungen tragen müssen.«

»Matthis, die san rutschig und i zieh den Schmarrn net an.«

»Das sind super Schuhe, engineered in Germany!«

»Und billig zusammengebaut in Wakanda. Naa, so an Schmarrn zieh i net an. Außerdem, das san Schuh, da brauchst nichts engineered, sondern a gescheide Sohle.«

Matthis gab schlussendlich klein bei. »Dann geh halt so, aber ich will nichts hören, wenn wieder irgendwas passieren sollte.« Er hatte schon seit Längerem bemerkt, dass der Kommissar bei allem, was neu war, erst einmal sein Misstrauen offenbarte und alles kategorisch mit Schmarrn ablehnte. Mit der Zeit würden die Zweifel ausgemerzt, weil Georg vergaß, weshalb er die Gegenstände ursprünglich verteufelte, und einfach einmal ausprobierte. Schon irgendwie ein verrückter Vogel, dachte der Revierleiter und verließ als Erster die WG.

Ihr erstes Ziel war heute die Wetterstation.

Eine milde Brise wehte von der nahe gelegenen Nordsee über den Nordstrand. Trotz des schönen und aktuell stabil anhaltenden Spätsommerwetters waren die Straßen um das Strandgebiet wie leer gefegt. Zu dieser frühen Tageszeit waren sehr wenige Einheimische und Urlauber unterwegs. Hier und da sah man jemanden mit einem Hund spazieren. Hin und wieder sah man auch vereinzelt Menschen in Badekleidung zum Strand laufen, aber ansonsten war die Gegend um den Januskopf wie ausgestorben.

Matthis trat das Pedal komplett durch und holte trotz Georg als Beifahrer und Gegenwind eine atemberaubende Geschwindigkeit aus dem Caddy. So bretterte er mit fast achtunddreißig Kilometer pro Stunde über die lange Ellerstraße, bis er an der letzten Kreuzung zur Wetterstation einbog.

Zwei fast quadratisch gebaute Gebäude waren über einen Anbau zu einer schönen großen Wetterstation gebaut worden.

Am Briefkasten fiel ihnen ein großes goldenes Schild mit schwarzem Adler auf. Unter dem Vogel stand *Deutscher Wetterdienst Wetterstation*. An einem Schaukasten hatte man früher sicherlich die tagesaktuellen Werte anschauen können, aber heutzutage hingen dort nur noch ein paar vergilbte Zettel, die auf QR-Codes und Links im Netz verwiesen. Schon irgendwie traurig, dass die Menschheit, obwohl sie alles dafür tat, um barrierefrei zu sein, immer wieder neue Wege findet, Barrieren aufzubauen und Menschen, die aus diversen Gründen mit der Technik oder der Zeit nicht mithalten können, ausschließt.

Georg und Matthis klingelten an der Tür. Nach wenigen Augenblicken öffnete ein erstaunter Mitarbeiter. »Ich habe Sie doch überhaupt nicht alarmiert«, sagte der Herr mit dem grauen Shirt.

»Ja und trotzdem san ma da!«, schallte es ihm entgegen.

»Hallo, Herr ...?«, sagte Matthis, ohne auf Georgs Spruch zu reagieren.

»Remlein«

»Herr Remlein, wir ermitteln in einem Mordfall«, sagte Matthis höflich. »Und wir würden uns gerne die Wetteraufzeichnungen zur Tatnacht anschauen. Wäre das möglich?«

»Ja schon, aber was hat denn das Wetter mit einem Mord zu tun?«

»Ich habe da eine Vermutung und würde dieser gerne nachgehen.«

»Schon gut, kommen Sie herein und warten Sie am besten hier im Vorraum ... Sie müssen wissen, unsere Geräte und Apparaturen sind vollständig automatisiert und in penibelster Kleinarbeit eingestellt worden. Und, na ja, als täglicher Zeitungsleser ...« Herr Remlein schaute auf Georg. Neben ihm hingen zwar Flyer für Besucher und Gruppenführungen durch die Wetterstation an der Wand, aber wer sollte Herr Remleins Herumgestottere böse sein.

Matthis nickte dem Herrn zu, dann sagte er zu seinem Kollegen: »Georg, warte am besten hier auf mich und fass nichts an.«

Georg, der dieser Ermittlung in der Wetterstation sowieso nichts abgewinnen konnte, willigte ein, setzte sich auf einen Stuhl, der in dem Vorraum stand, senkte seinen Kopf, schloss die Augen und wartete.

Matthis bekam seine gewünschten Aufzeichnungen zu Gesicht, aber diese brachten ihn nicht wirklich weiter. Jetzt wusste er nur schwarz auf weiß, dass dieses Unwetter exakt zur Mordzeit gewütet hatte.

Georg, der die letzte Viertelstunde mit der Augenpflege verbracht hatte, hörte ein wenig später seinem Kollegen vom Beifahrersitz des Caddys zu.

Den ganzen Weg zurück bis zu den Stadtwerken hatten die Polizisten Rückenwind und sausten mit rund fünfundvierzig Kilometer pro Stunde über die Insel. In einer Kurve hätte es Georg fast aus dem offenen Fahrzeug geworfen.

Die Stadtwerke von Norderney waren nicht weit von der Wetterstation entfernt. Es ging zurück über die Ellerstraße, vorbei am Friedhof und schon kurz vor dem Wasserturm erreichten sie ihr Ziel.

»I glaub net, dass uns das weiterbringt«, grummelte Georg in seinen Uniformkragen.

»Oh, dann warte halt hier im Wagen. Ist eh besser, bevor du noch irgendwo einen Stromschlag kriegst oder die ganze Insel dunkel ist.«

Matthis machte sich alleine auf den Weg ins Büro. Keine zehn Minuten später kam er wieder zurück.

»Und? Woas war es?«, fragte Georg.

Matthis wirkte zerknirscht. »Wir wissen jetzt zu einhundert Prozent, dass der Stromausfall mit dem starken Blitzschlag auf Norderney zusammenhing. Also hatte unser Täter nichts präpariert, sondern entweder Glück gehabt oder sich diese Nacht zunutze gemacht.«

»Okay, dann kümmern mia uns jetzt um die restliche Nachbarschaft und schauen, dass mia das depperte Handy von der Radkowski finden.«

»Oha, was ist jetzt passiert, du weißt das noch?« Ein breites Lächeln durchzog Georgs Gesicht.

Es war gerade erst halb neun durch, als Matthis und Georg die Straße der gestrigen Tragödie erreichten. Da Ralf Radkowski noch nicht aus dem Krankenhaus zurück war, fingen die beiden wieder in der Nachbarschaft an. Diesmal erreichten sie fast alle Bewohner. Doch leider gab es keine neuen Hinweise, die sie einen Schritt weitergebracht hätten. Bei zwei Anwohnern, die an der Kreuzung wohnten und nicht zu Hause waren, warfen sie Benachrichtigungsschreiben in die

Briefkästen, mit der Bitte, sich als mögliche Zeugen zu melden.

Auch wenn dieser Tag nicht so startete, wie Matthis es sich vorgestellt hatte, so hatte die erweiterte Nachbarschaftsbefragung wenigstens eines gebracht: Sie hatten die Wartezeit auf Herrn Radkowski verkürzen können, denn der Senior war bereits aus dem Krankenhaus entlassen worden und sperrte gerade seine Haustür auf.

Die beiden Ermittler passten ihn ab.

»Guten Morgen, Herr Radkowski ...«, sagte Matthis, doch der Senior war verständlicherweise nicht bei bester Laune. »Ihr Guten Morgen können Sie sich sparen!«, antwortete er. »Haben Sie wenigstens was Neues oder warum lauern Sie mir vor dem Haus auf?«

»Wir haben da tatsächlich zwei Anliegen, bei denen wir Ihre Unterstützung benötigen.«

Der Herr schielte kurz nach oben, dann versuchte er, seine Stimmung zu unterdrücken, und bat die beiden Spürnasen herein.

Im Wohnzimmer ließ Georg seinem Kollegen wie so oft den Vortritt.

»Alle Indizien deuten aktuell darauf hin, dass es zu dem Mord ein Motiv im privaten oder beruflichen Umfeld geben muss. Wir benötigen daher für unsere Ermittlungen das Handy Ihrer Frau.«

»Haben Sie das gestern nicht überprüft oder mitgenommen?«, fragte der Senior.

»Nein, sonst wären wir jetzt ja nicht hier«, erwiderte Matthis.

»Ich habe das Handy gestern bei unserem Rundgang nicht gesehen. Ich hatte das aber auch erst gestern

Abend im Krankenhaus bemerkt, als ich noch einmal alles gedanklich durch bin. Ich dachte mir, das hat sicherlich die Spurensicherung als Erstes eingepackt.«

»Nein, das wüsste ich, wenn die Kollegen das gesichert hätten … Wissen Sie, wo Ihre Frau es generell gerne aufbewahrte?«

»Wenn sie zu Hause war, lag es meistens hier im Wohnzimmer auf dem Tisch … Nach oben ins Schlafzimmer hatte sie dieses Gerät noch nie mitgenommen.«

»Gut, hier liegt es nirgends«, sagte Matthis. »Dann sollten wir uns einmal im Haus umsehen.«

»Brauchen Sie nicht, wenn das hier nicht liegt, hat sie es einstecken oder in Gebrauch.«

Also *einstecken* würde bedeuten, dass das Handy mit dem Leichnam in die Rechtsmedizin transportiert worden war. Hätte ihnen das Dr. Hinkelstein nicht verraten?, fragte sich Matthis.

»Wir hatten in dieser Nacht andere Umstände, sie war alleine im Haus, vielleicht hatte sie es irgendwo gerade beim Stromausfall dabei und abgelegt. Ich würde mich also wirklich gerne noch einmal im Haus umsehen.«

Der Witwer gab schließlich klein bei. »Wenn Sie meinen.«

Georg, der bisweilen überhaupt nichts von sich gab, hatte eine Idee. »Mei, Matthis, ruf doch mal an, wenn's klingelt, brauchen wir nicht zu suchen.«

Als ob der Revierleiter nicht schon dieselbe Idee längst im Kopf hatte.

Sie warteten ab, bis Herr Radkowski die Nummer aus seinem kleinen Notizbuch gesucht hatte. Der Herr zog es eben vor, in der analogen Welt ohne dauerhafte Aufzeichnungen von Bewegungsprofilen und maßgeschneiderter Werbung zu leben.

Matthis rief die Nummer an. Es kam ein Freizeichen, also klingelte das Telefon. Blöd nur, dass sie nichts hörten. Wie abgesprochen stiefelte Georg, ohne etwas zu sagen, in Richtung Keller, während Matthis die Treppe ins Obergeschoss nahm. Beide konnten keinen Klingelton oder eine Vibration eines lautlosen Mobiltelefons vernehmen.

Nach einer kurzen Zeit wurde der Anruf abgebrochen. Matthis drückte die Wahlwiederholung, doch nun kam sofort die Mailbox. Als Matthis wieder im Wohnzimmer auf Georg und Ralf Radkowski stieß, fragte er: »Habt ihr irgendetwas gehört oder gefunden?«

Georg schüttelte nur den Kopf.

»Das war komisch, erst hatte es lange geklingelt, dann war es so, als hätte man mich weggedrückt und schließlich das Telefon abgeschaltet.«

»Also wenn net der Akku leer wurd, bedeutet das ...«

Matthis riss die Augen auf und vervollständigte Georgs Satz. »Dass unser Täter im Besitz des Handys wäre ... Georg, wir müssen jetzt gleich eine Ortung veranlassen und das Bewegungsprofil anfordern.«

»Jap, aber erst mag i noch das mit dem Zettel klären.«

»Dann aber schnell!«

Herr Radkowski fühlte sich kurz wie bei einem Tennismatch, sein Kopf drehte sich von rechts nach links. Es ging Schlag auf Schlag.

»Mei, i mag a net hier übernachten ...«

»Das ist schön ... Auf jetzt, wo hast du deinen Zettel.«

»Ja, wart halt, der ist in der Jackentasche.« Georg nestelte mit seinen Wurstfingern in seiner Uniformtasche. Das folgende Geräusch hörte sich unnatürlich an, so als ob irgendwas nachgab und riss. Schon waren es mehr als vier Papierschnipsel, die auf den Boden flogen.

»Mei, weil aber a nix babbt in diesem Land, außer es soll net babbe, dann gehts nie mehr auf.«

Matthis konnte nicht anders, als die Situation trocken zu kommentieren. »Wenn man nicht so ziehen würde wie ein Affe, dann würde es auch heben.«

Sein Kollege bückte sich mit feuerrotem Gesicht und sammelte die Schnipsel vom Boden auf. Danach setzte er sich wieder an den Wohnzimmertisch und friemelte die Schnipsel zusammen. Es dauerte ein wenig und die ersten Wörter sahen aus wie von einem Alien, doch als Georg den Fehler registrierte und die Schnipsel korrigierte, erkannte Herr Radkowski die typische Schrift. Er wurde blass um die Nase und fragte: »Barbara ist wieder da?«

Kapitel 15

Während die Melodie lauthals aus den Lautsprechern ertönte, kamen alle Bewohner des Camps total verschlafen in ihren Nachtgewändern aus den Hütten.

Das Bild wirkte mehr als furchterregend, aber der Campleiter hatte es durch seine Art und sein unberechenbares Auftreten wieder innerhalb weniger Stunden geschafft, den Kindern solche Angst zu machen, dass alle spurten. So standen sie in Reih und Glied wie kampfbereite Soldaten auf dem Campplatz.

Leise zählend schritt Dirk durch die Reihen. Ein kleiner Junge hatte wohl so zügig sein Bett verlassen, dass er es überhaupt nicht bemerkte, dass er noch seinen Teddy im Arm hielt. Vielleicht hatte der Junge aber auch Angst und deshalb seinen plüschigen Begleiter so fest unterm Arm.

Nachdem Herr Winterfeld fertig war, bestieg er sein gewohntes Podest vor dem großen Hauptgebäude.

»Wir sind vollzählig! Wegtreten, in einer halben Stunde gibt es Frühstück.«

Erleichtert schnauften die Buben aus der roten Gruppe durch. Alle bis auf einen, denn er hatte wegen des Vorfalls ja bereits seine zweite Verwarnung und damit eine Nacht in dem mysteriösen Bootsschuppen aufgezwungen bekommen. Was immer auch diese Strafe bedeuten sollte.

Der gesamte Tag war für den Jungen mehr als ruiniert, denn die Angst vor der Nacht und dem, was der psychopathische Campbetreiber für ihn plante, saß ihm im Nacken.

Als der Abend anbrach, wusste er nicht, ob er sich freuen sollte, da er in wenigen Minuten endlich wüsste, was ihm blühte, oder ob er doch lieber versuchen sollte auszubüxen. Aber welche Bestrafung würde dann auf ihn warten? Sollte er es also wirklich versuchen, den Campleiter noch mehr zu reizen? Er befand sich schlussendlich auf Norderney, einer Insel mitten im Meer. Wo sollte er sich verstecken oder wie sollte er ohne einen Pfennig in der Hosentasche die Insel mit der Fähre verlassen. Kurzfristig mochte das alles vielleicht einen Sinn haben, um dieser albernen Bestrafung jetzt gleich zu entgehen, aber mittel- oder langfristig würde sich doch alles mehr als verschlechtern, erkannte er. Vielleicht gab es aber eine andere Chance, das Strafmaß ein wenig zu reduzieren. Was, wenn er sich den Regeln des Camps vollkommen beugte und zeigte, dass er sich seiner Fehler bewusst war und somit seine Bestrafung herbeisehnte?

Auch wenn der Gedankengang beim zweiten Grübeln komisch klang, war es doch schon viel zu spät, denn der Junge hatte sein Bettzeug gepackt und sich alleine auf den Weg zum Bootsschuppen gemacht.

Der Bootsschuppen war zwar noch auf dem Campgelände, aber weit von den Hütten entfernt. Schmerzensschreie waren somit bestimmt nicht im Camp zu hören.

Der Schuppen bestand aus dunklen Holzbrettern und war ziemlich klein, also viele Kanus konnten hier sicherlich nicht aufbewahrt werden.

Mit tränenden Augen beobachtete der Junge, wie die Sonne hinter der Baumgrenze verschwand. Von etwas weiter weg näherte sich eine Silhouette. Je näher sie kam, umso genauer erkannte der Junge die schweren blonden Rastalocken. Er hörte, wie die Person eine Melodie pfiff. Sie erinnerte ihn an diesen einen Western von Sergio Leone aus dem Jahr 1968. Die VHS hatte er einst mit seinem Vater an einem verregneten Tag schauen dürfen. Ihm fiel zwar in diesem Moment der Titel des Filmes nicht mehr ein, aber er wusste, dass es wohl gleich knallen sollte.

»Hier bist du! Ich habe dich schon im Lager gesucht ... Was hatten wir vereinbart?«

»Bestrafung zum Sonnenuntergang am Bootsschuppen, Herr Winterfeld«, antwortete der Junge mit einer Angst, dass er sich kaum noch auf den Beinen halten konnte.

»Und wo ist die Sonne?«

»Am Untergehen, Herr Winterfeld.«

»Gut, vielleicht hat man es versäumt, dir genaue Zeitangaben näherzubringen. Egal, ob man zu spät oder zu früh vor Ort ist ... Unpünktlich ist unpünktlich und bedeutet für dich eine Verlängerung um eine Stunde und somit kein Frühstück für morgen früh ... Irgendwelche Einwände?«

»Na, na, nein ... Herr Winterfeld!«

»Gut«, sagte er in einer hohen, spitzen Stimmlage. »Dann will ich mal nicht so sein und dich schon etwas früher hineinlassen.« Der Herr lächelte eiskalt und zog einen Schlüsselbund aus seiner Hosentasche. Langsam und genüsslich suchte er an dem übertrieben großen Schlüsselring nach dem richtigen Schlüssel. Das gehörte alles sicherlich zu Dirks großer Bestrafungsshow. Als er endlich den richtigen Kandidaten auserkoren hatte, steckte er ihn ins Schlüsselloch und öffnete die schwere Holztür.

Kapitel 16

»Woas soll das heißen, Barbara ist wieder da?«, fragte Georg ganz aufgeregt sein Gegenüber. Alle drei saßen sie nun wieder im Wohnzimmer.

Es schien, als beschäftigte Herrn Radkowski irgendeine Erinnerung. Der Senior grämte sich und wusste nicht recht, wo er anfangen sollte. Wieder las er aufmerksam die Botschaft, sein Blick verweilte ungläubig auf dem Namen Barbara W.

»Also ich sehe diesen Zettel zum allerersten Mal«, sagte der Rentner mit einem leichten Zittern in seinen Händen.

»Ja, das is gut möglich ... Den hab i a im Müll in der Raucherecke der Küchenmitarbeiter in der Reha-Klinik gefunden.«

»Meine Frau rauchte doch nicht ... Gut, aber Barbara. Das bedeutet, sie hatten sich auf dem Klinikgelände gesehen und sie hatte es mir verheimlicht. Aber warum?«

Matthis konnte ebenso wie Georg den murmelnden Worten des Seniors nicht folgen. »Lassen Sie uns ganz einfach anfangen, Herr Radkowski. Wer ist denn Barbara W.?«

»Barbara ist eine alte Freundin beziehungsweise eine frühere Arbeitskollegin. Wir hatten einmal einen Sommer zusammen in einem Feriencamp hier auf Norderney als Betreuer gearbeitet ...«

»Aha, und was könnte es dann zu klären geben?«, fragte Matthis.

»Nachdem das Camp geschlossen worden war, entschied der Betreiber, ein Dirk Winterfeld, zusammen mit Barbara das Camp an einer neuen Stelle wieder aufzubauen. Sie entschieden sich für einen Standort im Norden der Vereinigten Staaten, fast schon an der Grenze zu Kanada. Dirk wollte seine Praktiken weiter verfeinern und optimieren und noch mehr in Richtung Bootcamp gehen. Ich sollte sie begleiten … Gut, das wollte ich zuerst auch, aber je ernster die Sache wurde, umso mehr erkannte ich, welchen Preis ich dafür zahlen musste. Was ich alles aufgeben würde … Früher war das auch nicht so einfach mit dem Verreisen. Ich hätte meine Familie und meine Freunde vielleicht mehrere Jahre nicht mehr gesehen. Jeder weiß, was alles passieren kann und wie schnell manche Dinge geschehen. Manche Personen, die mir viel bedeuteten, hätte ich vielleicht nie mehr gesehen. Ich entschied mich um und machte wirklich in letzter Sekunde einen Rückzieher. Was Barbara und Dirk mir nie verziehen haben. Es sind Jahre vergangen und vieles hat sich sicherlich geändert. Vielleicht wollten sie die Vergangenheit ruhen lassen und ihren Frieden finden. Vielleicht wollten sie mir auch nur auf die Nase binden, was ich alles hätte haben können.«

»Wissen Sie, welcher Name sich hinter dem W. verstecken könnte?«

»Das ist alles weit über vierzig Jahre her und ich habe von ihnen seitdem nie wieder etwas gehört. Früher war Barbara mit Dirk zusammen. Das W. könnte also dafür stehen, dass sie in Amerika geheiratet hatten, denn früher hieß sie anders.«

»Barbara Anders also ...«

»Nein, nein, ich weiß den Namen nicht mehr. Ich weiß nur, dass sie keinen Nachnamen mit W hatte. Vielleicht hatte sie auch drüben einen Mr. White geheiratet und schreibt den Namen nur nicht aus, weil ich ihn nicht kennen würde ... Ich kann Ihnen hier nicht mehr weiterhelfen. Aber Sie haben ja ihre Nummer auf dem Zettel.«

Matthis nickte, brach ab und lehnte den Kopf zurück. »Aber nur, wenn der Kollege gut gepuzzelt hat ... Wissen Sie ungefähr, welcher Sommer das war?«

»Das war vielleicht vierundachtzig oder fünfundachtzig, genau weiß ich das nicht mehr.«

»Gut, dann haben wir jetzt eigentlich genug zu tun und wir melden uns bei Ihnen, sobald wir Neuigkeiten haben.«

Der Senior schätzte den Polizisten wesentlich kompetenter als seinen vollbärtigen Kollegen ein und nickte Matthis anerkennend zu. Draußen vor der Tür bemerkte Georg, dass sie eine Sache vergessen hatten zu hinterfragen.

»Ah, Matthis, jetzt haben wir net gefragt, wieso sie den Job vor ein paar Monaten gewechselt hatte ... Sollen wir noch einmal klingeln?«

»Nein, lass! Ich habe extra nichts gesagt. Hast du nicht auch das Gefühl, dass Herr Radkowski uns irgendetwas verheimlicht?«

»Naa, warum? Etwa weil er in manchen Situationen ein wenig mit den Fingern gezuckt hat?«

»Das auch ... Aber hast du nicht gemerkt, dass er eigentlich nicht wollte, dass wir im Haus nach dem Handy suchen.«

»Mei, i kann des auch net haben, wenn jemand alle meine Privatsachen durchschaut. Das seh i noch net so dramatisch.«

»Ich sehe da eine mögliche Vertuschung und Unterschlagung von Beweismaterial. Bedenke, er hat mit keiner Silbe gesagt, dass sie erst seit Februar in der Reha-Klinik arbeitete und vorher in der Psychiatrie war.«

»Woas willst du jetzt tun?«, fragte Georg und schwang sich auf den Beifahrersitz des Caddys.

»Wir haben eine Menge Arbeit vor uns, es wäre sinnvoller, wenn wir uns aufteilen. Ich denke, du kennst die allgemein bekannte Quote, in der die Auflösung einer Straftat Tag für Tag geringer wird ...«

»Naa, kenn i net, in Bayern wird noch normal geschafft«, sagte Georg und unterband vorerst den in Matthis aufkeimenden Drang, über statistische Werte zu philosophieren.

»Dieser Richtwert hat sich aber nicht nur national, sondern auch international bewährt.«

»Auch das is mia wurscht ... Teilen mia uns jetzt auf oder net?«

»Also ... ja, wir sollten uns aufteilen ...«

»Ja, und wo soll i dann hi?« Der Kommissar schnaubte.

»Du gehst heute ins Büro. Ich fahre alleine in die Psychiatrie. Du weißt, was passiert war, als wir dort vor ein paar Wochen im benachbarten Krankenhaus ermittelt hatten.«

Georg erinnerte sich gut an diesen Tag zurück und hörte weiterhin seinem Kollegen zu, der mittlerweile losfuhr.

»Ich kann dich ja nicht jedes Mal aus der Nervenklinik rausholen, nur weil jeder wegen deiner Fauxpas denkt, dass du zu denen gehören musst.«

»Ja, ja, besser is … Was mach i dann in der Wache. I könnt ja heut Nachmittag auch mal einkaufen gehen.«

»Nerv mich nicht mit deiner Einkauferei, wir haben genug zu tun. Schreib dir die Aufgaben in dein Handy, wenn du schon kein Notizbuch hast.«

Widerwillig kramte Georg sein Handy aus seiner Uniform. Ein Handyfreund war er bis jetzt noch nicht geworden, aber er hatte sich Matthis zuliebe eines während ihres ersten Falls angeschafft. Beschweren konnte Matthis sich nicht. Der Kollege hatte das Handy rund um die Uhr an und den Akkustand im Blick und meistens ausreichend geladen. Gut, der Kollege suchte es jeden zweiten Tag, da er das Gerät immer woanders hinlegte. Auch sehr geschickt war, dass er das Muster seiner Schutzhülle natürlich so gewählt hatte, dass er es oft übersah. Da Matthis irgendwann keine Lust mehr auf die ständige Sucherei hatte und die Frage immer dieselbe war, nämlich ob das Gerät in der Wache lag oder in der WG, entschieden sie sich, das Handy mit dem des Revierleiters via einer Ortungsapp zu verknüpfen. Georg musste weniger suchen und Matthis hatte ein noch besseres Auge darauf, wo sich der Kollege während des Außendienstes so herumtrieb. So gewannen beide.

»Bist du so weit?«, fragte Matthis.

»Halt, Moment, i such noch …«

»Nach der App oder der PIN?«

»PIN hab i ausgemacht ... Also die App such i ... Woaßt du, wie die heißen könnt?«

»Auf deinem Model hat die App für Notizen einen sehr überraschenden Namen mit Notes.«

»Ja, da muss man a erst mal draufkommen!«, meinte der Kollege, ohne mit der Wimper zu zucken. Da Georg in einer ländlichen Gegend aufwuchs, waren es oft die Anglizismen, die ihn oft vor größere Schwierigkeiten brachten. Bei ihm zu Hause sprach man eben noch bayrischen Dialekt.

Georg fand die App und öffnete sie.

»Also, Georg, ich will im Großen und Ganzen erst mal, dass du die aktuell wichtigsten drei Schritte einleitest. Diese wären: ein Bewegungsprofil und die Ortung von Frau Radkowskis Handy. Dann die Ermittlung bezüglich dieser Barbara W. ... Ruf sie an und lade sie für morgen vor. Dann recherchiere bitte wegen eines Dirk Winterfelds, vielleicht wurde jener bereits vor Jahren erkennungsdienstlich behandelt.«

»Okay, und dann?«

»Nichts dann, so lange bin ich auch nicht fort und solltest du wirklich schon früher fertig sein, kannst du ja deine Serienmörderdatenbanken durchforsten.«

»Ach ja stimmt, das wollte ich auch noch tun.«

»Siehst du, es gibt also genug heiße Spuren!«

Kapitel 17

Während Dirk die schwere, verzogene Holztür aufzog, erhaschte der Junge einen Blick in das dunkle Innere und begriff, was ihm diese Nacht bevorstand.

Wenige Augenblicke später schleifte die Holztür über den harten, trockenen Boden in die andere Richtung. Er fand sich alleine in der kleinen, fensterlosen Hütte wieder. Obwohl es draußen noch nicht dunkel war, war es um ihn herum stockdunkel. Es war so dunkel, wie er es noch nie im Leben gesehen hatte. Erst in diesem Moment erkannte er, dass es wirklich so dunkel sein konnte, dass man seine eigene Hand vor den Augen nicht sehen konnte.

Die absolute Dunkelheit war aber nicht alles, was ihm sein neues Nachtquartier bot. Es gab ein paar weitere Faktoren, die ihm sofort zu schaffen machten. In der Hütte stand die Luft. Sie war nicht nur stickig und roch nach Holz, Lack und Gummi, sondern sie war auch gut von dem sonnigen Tag aufgeheizt.

Noch bevor der lachende Campleiter die Tür von außen zusperrte, versuchte der Junge, sich so viel wie möglich in diesem Raum einzuprägen. Jeglichen Komfort, wie etwa ein Bett oder wenigstens einen Stuhl, konnte er sich von Anfang an abschminken. Es gab eigentlich nur zwei Möglichkeiten, die er für sich in Betracht zog. Entweder folgte er in der dunklen Hütte der Wand bis zu einer Ecke. Hier könnte er sich mit seinem Bettzeug auf dem Boden ein Nachtlager einrichten. Oder er versuchte, in einem dieser Boote, die in der Mitte des Raumes lagerten, ein Bett zu bauen.

Es knackte laut. Der Junge erschrak. »Hallo, ist hier jemand?«, rief er. Doch eine Antwort oder ein weiteres Geräusch blieb aus.

Sekunden später war seine Entscheidung gefallen. Er wollte nicht auf dem Präsentierteller inmitten des Raumes hausen. Er suchte die Ecke und legte sein Bettzeug irgendwie aus. Es war alles andere als bequem, aber so konnte wenigstens nichts in seinem Rücken stattfinden. Dachte er zumindest.

Kapitel 18

Freudig tänzelte die Gestalt durch den Keller. Denn es war gleich wieder so weit.

Inmitten des feuchten Raumes, der einem Kerker glich, hatte sich die Gestalt eine Wand ausgesucht und sie mit allen möglichen Bildern und Ergebnissen seiner Recherche geschmückt.

Im spärlichen Licht, das mehr zur Wand ausgerichtet war, verschwammen die Konturen.

Das Bild einer Frau war mit einem roten X durchgestrichen. Frisch daneben hängte die Gestalt ein neues Bild auf. Wieder lächelte das Profilbild einer Dame aus den sozialen Medien die Gestalt an. Ob sie dem Fotografen dieses zuckersüße Lächeln geschenkt hätte, wenn sie gewusst hätte, wo dieses Bild landen würde?

Freudig strich sich die Gestalt übers Kinn, doch das Klingeln eines Handys riss sie aus den Gedanken. Die Gestalt erkannte den Klingelton nicht, das bedeutete, es musste *ihrer* sein. Ein Schatten wirbelte herum, drückte den Anrufer weg und schaltete das Gerät umgehend ab. Nun herrschte wieder Stille in dem Häuschen. Jene, die die Gestalt offenbar brauchte, um sich vorzubereiten. Sich erneut zu fokussieren und um Kraft für die nächste Tat zu sammeln.

Die nächsten Stunden verbrachte die Gestalt wie in Meditation. Sie spürte, wann der richtige Augenblick gekommen war, danach packte sie einen kleinen Lautsprecher ein, wählte ein Holzstäbchen mit der richtigen Punktzahl aus und verließ ihr unterirdisches Verlies.

Kapitel 19

Georg versuchte es noch einmal, aber es war immer dasselbe. »Bitte hinterlassen Sie eine Nachricht nach dem Signal.« Er legte auf und überlegte. Dabei lehnte er sich in seinem Bürostuhl zurück und legte die Füße auf seinen Schreibtisch. Herrlich, wenn der Kollege ihn mal alleine in der Wache ließ und er ohne Gemecker seinem Biorhythmus folgen konnte. Ja, und wenn schon. Wenn sich der Kommissar so eben am besten konzentrieren konnte, dann wollte er das auch so machen und nicht hören, dass sich so was nicht gehört.

Stirnrunzelnd ruderte Georg gedanklich wieder zurück. Sollte er ihr nicht doch auf das Band sprechen? Aber welche Aussicht hatte das? Gut, andererseits war es besser, als nichts zu tun. Aber was sollte er sagen? Schön, dass er sich die Frage erst stellte, als die Nummer bereits gewählt war und das Freizeichen erneut ertönte. »Ja, i ruf an, weil ... Äh ... Guat, bin i überhaupt richtig verbunden ...? Also sind Sie Barbara W Punkt? ... Dann wär's echt supernett, wenn Sie zurückrufen würden ... Sie könnten vielleicht eine Zeugin in einem Mordfall sein ... Hier san mia uns noch nicht ganz einig ... Vielleicht können Sie uns da mehr sagen ... Es wäre also echt nett, wenn Sie sich mal ...« Tut ... Tut ... Tut. Mist. Dann bemerkte er, dass er überhaupt nicht gesagt hatte, wer er war und bei wem sie sich überhaupt melden sollte. Also wählte er erneut die Nummer. Jedoch gab es nun keine Möglichkeit mehr, eine Nachricht zu hinterlassen. Er hatte wohl den Anrufbeantworter vollgequatscht.

Trotzdem machte Georg einen Haken hinter der zweiten Aufgabe.

Das Bewegungsprofil und die Ortung des Handys von Frau Radkowski hatte er auch bereits eingeleitet. Also was nun?, fragte er sich und schaute auf seinen virtuellen Notizblock.

Während er das tat, schlug sich sein Kollege mit einem anderen Problem herum.

Matthis hatte vergessen, den Caddy über Nacht zu laden. Das Piepsen des zu niedrigen Akkustands wurde immer lauter und die Anzeige gewährte ihm maximal ein paar hundert Meter. Das hatte auch den Grund, dass er gestern mit Georg nach dem Vorfall in der Rechtsmedizin gleich nach Hause gefahren war. Klar, sie wollten morgens auch gleich von der WG aus los und eine Ladestation gab es vor ihrem Mehrfamilienblock eben nicht. Außerdem wäre das auch bei sechs Parteien für Herrn Rumskob, den Vermieter und Hausmeister, eine unlösbare Aufgabe. Wie sollten bei dem Haus mit alten Stromleitungen ohne eine komplette Kernsanierung genügend Anschlüsse für die E-Autos der Bewohner angebracht werden? Außerdem, wie sollten die Werte des Stromverbrauchs dann auch noch richtig zugeordnet werden?

Endlich fand Matthis eine freie Ladestation. Die ersten zwei, die er angefahren hatte, waren bereits belegt und da niemand vor Ort war, war es natürlich auch nicht abzusehen, wie lange diese Ladesäulen denn noch besetzt sein sollten. Schon alles sehr praktisch, vor allem wenn man sich im Einsatz befindet und es eigentlich doch schneller gehen sollte. Obwohl Georg in der Wache war und damit ein paar Kilometer entfernt, konnte Matthis im Geiste das ewige Gemosere seines Kollegen hören, der oft sagte, wir entwickeln uns zurück, mit dem Esel ging es a net schneller. Auch wenn Matthis seinem Kollegen hier nicht recht gab und er an die Zeitenwende glaubte, wünschte er sich trotzdem eine Möglichkeit für schnellere Ladezeiten, denn nicht auszumalen, was wäre, wenn genau jetzt ein Notruf einginge, und es ging um Leben und Tod. Was sollte dann geschehen? Sollte er etwa sagen, warten Sie bitte, ich muss laden, aber ich schicke den Kollegen schon mal mit dem Fahrrad los?

Georg saß unbeeindruckt vor seinem Monitor und wog ab: Pudding oder Joghurt? Er wollte nicht beides auf seinen Einkaufszettel schreiben, da weder das eine noch das andere diese Woche im Prospekt war. Wenn er schon den vollen Preis zahlen musste, dann aber nur für eins von beiden, dachte er sich und grübelte weiter. Die Minuten vergingen, die Uhr tickte unermüdlich und trotzdem kam er zu keiner Entscheidung. Er entschied sich, dieses wichtige Thema hintenanzustellen und sich erst einmal seiner dritten Aufgabe zu widmen: der Recherche über einen ehemaligen Betreiber eines Sommercamps auf Norderney.

Matthis ärgerte sich wieder. Er fühlte sich wie ausgebremst. Eigentlich wollte er längst auf dem Rückweg sein, stattdessen stand er hier mitten in einem Wohngebiet und versuchte, sich mit seinem Handy irgendwie die Wartezeit zu vertreiben. Da ihm die erste Tageszeitung keine neuen interessanten Schlagzeilen bot, öffnete er seine E-Mail-App. Er fand ein paar neue E-Mails in seinem Posteingang. Das meiste war Spam und so schlecht geschrieben, dass es doch aussichtsreicher gewesen wäre, einmal mit der Stirn über die Tastatur zu donnern. Kaum vorstellbar, dass bei solchen dubiosen Betreffzeilen wirklich immer noch so manch einer glaubt, auf ein unfassbares Angebot einzugehen. Matthis wischte alle Mails dieser Sorte, ohne zu öffnen, in den virtuellen Papierkorb. Zwischen dem ganzen Müll war eine E-Mail von der Staatsanwaltschaft eingegangen. Er wurde aufgefordert, wie bei ihrem letzten Mordfall, einen täglichen Bericht zum Feierabend zu schicken. Der Revierleiter spürte so langsam den wachsenden Druck. Ein Haufen Arbeit traf auf viele ungestellte Fragen. Er schaute auf den Akkustand. Der Caddy hatte zehn Prozent. Matthis entschied, dass das reichen musste, und machte sich auf den Weg zur Psychiatrie.

Georg hackte mit seinem Zweifinger-Kampfsystem auf der Tastatur. Die richtigen Akten, wenn es überhaupt welche gab, konnte er noch nicht ausfindig machen. Dass das Telefon neben ihm klingelte, nahm er, so abgelenkt wie er war, nur teilweise zur Kenntnis. Ruppig wie der Metzgersohn nahm er den Hörer ans Ohr. »Ja, bitte! ... Naa, die haben mia gestern schon gefunden ... Bitte? ... Naa, die lag woanders. Ein Pool war da nicht auf dem Gelände, aber danke trotzdem, also

Pfiatdi ...« Eigentlich wollte der Kommissar schon auflegen, doch dann machte es klick. »Halt noch mal von vorne, wer san Sie jetzt? ... Und die Tote? ... Naa, da schau her, die haben wir noch nicht gefunden. Liegt die denn schon lange hier? ... Ja, woher soll i das jetzt wissen? ... Es würde schon helfen, zu wissen, wann sie noch gelebt hat ... Ah, sehen Sie, also heut Morgen war sie noch net tot und dann? ... Verstehe ... Verstehe ... Mhm ... Und warum sind Sie sich sicher, dass es kein natürlicher Tod war? ... Ach was, es steckt noch drin? ... Und Sie wissen net zufällig, wer's da rein ... Schad, aber meistens is es immer so naheliegend, da dacht i, frag i halt ma ... Mhm ... Ah ja, Adresse brauch i scho ... Passt, das find ma scho ... Hab's notiert ... Ja, nichts kaputt machen, reicht scho ... äh anfassen ... Und Sie war'n? ... Ach ja, hab i schon notiert ... Schön ... Naa, net schön, mein i ... I denk, mia werden kommen ... Naa, i mein, wir machen uns gleich auf den Weg. Mein Kollege ist grad in der Psychiatrie, aber den pfeif i glei zurück, dann san mia in a Viertelstund do ... Naa, mit dem Handy mach i des ... I schick a glei den Rechtsmediziner und die Spurensicherung los ... Naa, da brauch i net pfeifen, den dawisch i so ... dann bis glei ... Ja ... Ja ... Ja ... Pfiatdi«

Der Kommissar hatte von dem ganzen Palaver schon ein ganz heißes Ohr. Als er den Hörer auf sein Telefon legte, konnte er nicht glauben, was er da gerade gehört hatte. Umgehend nahm er den Hörer wieder auf. Matthis' Handynummer war auf der Kurzwahl gespeichert.

Matthis hatte gerade die forensische psychiatrische Klinik erreicht und lief schnurstracks auf den Eingang zu. Seine Hosentasche vibrierte und er erkannte sofort die Nummer der Wache. Jetzt war das mit Georgs Anrufen so eine Sache. Entweder brannte der Baum oder er hatte so eine belanglose Angelegenheit zu klären, die aber seiner Meinung nach keinen Aufschub duldete und sofort besprochen werden musste, wie zum Beispiel der Speiseplan für die nächste Woche. Etwas dazwischen gab es bei dem selbst ernannten Kommissar nicht.

Gestresst nahm er also den Anruf an. »Georg, was gibt's? Mach schnell, ich muss weiter! ... Du verarschst mich ... Das ist nicht dein Ernst ... Alles klar, ich komm sofort zurück.«

Georgs Finger und sein rechtes Ohr glühten. Fast schon routiniert spulte Georg das volle Programm ab und alarmierte alles, was es zu alarmieren gab. Damit beeindruckte er seinen Kollegen, der etwa fünfzehn Minuten später in die Wache sprintete. »Wo müssen wir hin?«, fragte er, ohne nach genügend Luft zu schnappen.

»Stadtrand, das müsste die kleine Wohnsiedlung hinter dem Gewerbegebiet sein.«

»Uih!«, rief Matthis. Auf seiner Stirn bildeten sich schwere Schweißtropfen und seine Stimme klang auf einmal einen Ticken höher und zittrig. »Was hast du gesagt, wann wir kommen?«

»So in a Viertelstund«, antwortete der Kommissar mit seiner bayrischen Gemütlichkeit.

»Sei so gut, ruf noch mal an. Wir kommen eine halbe Stunde später, der Caddy muss noch kurz laden ...«

»Matthis, i glaub, das muss keiner wissen!« So gestresst erlebte Georg seinen taffen Kollegen selten. Aber wenn es so war, wusste er, was zu tun war, um Matthis wieder auf die Spur zu bringen. Georg zeigte auf einen Stuhl. »Setz di doch kurz her. I erzähl dir alles, was i schon weiß.«

Kapitel 20

In der absoluten Dunkelheit wirkte es, als würde die Zeit stillstehen. Der Junge mit dem roten Bändchen wusste nicht mehr, ob er schon Stunden oder nur Minuten in der Einsamkeit verbracht hatte.

Was hatte er sich alles ausgedacht, was ihn hier in dem ominösen Bootsschuppen erwartete. Er sah vor seinem geistigen Auge so viele Grausamkeiten, die der Campleiter ihm antun könnte. Doch das alles waren nur Illusionen, denn die eigentliche Bestrafung war viel härter als alles andere, was er ihm hätte antun können. Und das, obwohl der Campleiter überhaupt nichts tat. Es war die reine Tatsache, ihn von der Gruppe zu isolieren und in ein dunkles Loch zu sperren, die seine Meinung über das alles hier veränderte. Wie gerne wäre er jetzt einfach in einer dieser schönen Holzhütten oder mit den anderen Kindern Stockbrot grillend am Lagerfeuer, den Klängen der Gitarre und der rauen Stimme des anderen Betreuers lauschend. Wie gerne würde er jetzt einfach frei und beschwingt die Lieder mitsingen, das Zirpen der Grillen hören und den Wind auf seiner Haut spüren. Er musste dem Campleiter recht geben. Sein Verhalten war von Anfang an nicht richtig gewesen. Hätte er sich doch bei der Begrüßung anders präsentiert, dann könnte er jetzt mit einem anderen Bändchen um sein Handgelenk einen ganz anderen Sommer verbringen. Schritt für Schritt erkannte der Junge sein Fehlverhalten. Vor allem auch seinen Eltern gegenüber. Er hätte sich die letzte Zeit auch anders verhalten können. Es gab doch überhaupt keinen Grund, alle ihre Regeln zu missachten. Der Junge fing an zu weinen. Hätte er das alles früher erkannt, wäre es wahrscheinlich niemals so weit gekommen, dass er demnächst in ein Internat gehen musste, und natürlich säße er jetzt nicht hier in diesem heißen, stickigen Loch. Ständig schwirrten irgendwelche Insekten um seinen Kopf. Er hätte die Mücken, die er anhand der Geräusche meinte, identifiziert zu haben, gerne gesehen. Der Schweiß tropfte ihm nur so von der Stirn, da er sich wegen der ganzen Pikserei um seine Füße unter seiner Decke verkrochen hatte. Dann hatte er ständig einen ganz trockenen Hals. Gnädigerweise hatte ihm der Campleiter, bevor er sein Gefängnis verschlossen hatte, eine große Wasserflasche hineingeworfen. Ihr Gewicht war schon deutlich weniger geworden. Aber wie viel er noch hatte und wie lange er sich den verbleibenden Inhalt des Lebenselixiers einteilen musste, das wusste nicht einmal der Wind.

Kapitel 21

Dr. Hinkelstein ging gerade vom Anwesen, um etwas aus seinem Fahrzeug zu holen, als das Rauschen des ramponierten Caddys die Stille brach.

Matthis war zuerst aus dem Fahrzeug gestiegen und lief auf den Rechtsmediziner zu. Georg folgte mit der gewohnten Latenz. Während er ausstieg, blickte er zu der gemeldeten Adresse. Sie gehörte zu einem Grundstück in einer ruhigen Nebenstraße.

»Habe die Ehre, sind die zwei Kiberer auch mal vor Ort«, schimpfte der Rechtsmediziner vor sich hin.

»Was haben wir hier genau?«, fragte Matthis den Rechtsmediziner, der gerade mit dem Kopf in seinem Kofferraum steckte und nach irgendetwas suchte. Erst als er das kleine Instrument, das wie eine spitze Feile aussah, gefunden hatte, widmete er sich den Inselcops, ging jedoch überhaupt nicht auf Matthis' Frage ein, sondern zeterte ungehemmt weiter. »Schön, dass sich die Herren auch mal sehen lassen. War der Weg nicht beschildert oder woran hat's gelegen.«

Matthis war sichtlich um eine Antwort verlegen. Georg bemerkte das, preschte vor und behauptete: »Wir hatten da a kleine Fahrzeugpanne.«

Der Rechtsmediziner zog eine Augenbraue an und schaute auf das sagenumwobene Gefährt. So wie der Caddy da stand, immer noch gezeichnet mit den Dellen und Kratzern, die ihr erster Fall hinterließ, konnte man dem Fahrzeug so einiges andichten.

»Ich dachte schon, ich muss jetzt hier mit der Spurensicherung alles alleine machen.«

»Tut mir wirklich leid! Wer ist denn von der SpuSi vor Ort?«, fragte Matthis den Doktor. »Ach, und wo wurde die Leiche noch mal gefunden?«

»Mach mal langsam. Von der SpuSi sind der Ahrens und die Frau Diekmann wieder im Einsatz und ums Haus herum ist ein Pool im Garten. Hier liegt das Opfer erstochen auf einem Liegestuhl. Der Tathergang ist absolut identisch mit unserem Mord von gestern. Der Einstich erfolgte auf Höhe des Herzens. Er war kraftvoll und die Tatwaffe bohrte sich tief in den Leichnam. Ich konnte die identischen Symptome wie bei Frau Radkowski feststellen.«

»Können Sie etwas zur Tatwaffe sagen?«

»Ja, die steckt!«

»Wie?«

»Kommt mit, was stehen wir hier auf der Straße vor dem Haus, wenn hinten die Musik spielt ... Seht es euch gefälligst selbst an oder glaubt ihr, ich hab jetzt auch noch ein Foto für euch parat?«

Die Inselcops folgten dem Rechtsmediziner über das großzügige Grundstück. Das Anwesen war eines der letzten in der ruhigen Straße. Diese grenzte an das Industriegebiet und verlief fast parallel zum Meer. Wenn nicht gerade die städtische Kläranlage ein paar Hundert Meter südlich wäre, hätten die Gebäude in der Straße, die nur zur Nordseite gebaut war, allesamt einen ungehinderten Meerblick. So war der ungehinderte und atemberaubende Blick nur aus dem Obergeschoss möglich.

Das Haupthaus war zwei Etagen hoch und bot eine große angebaute Garage. An dieser liefen sie seitlich vorbei, dem Rechtsmediziner dicht auf den Fersen.

Georgs Füße brannten schon wieder und er konnte das angeschlagene Tempo seiner Kollegen nicht erwidern, so kommentierte er seine Leistung trocken: »Ganz schön großer Grund.«

»Ja, ja, wir sind schon gleich da ... oder brauchst du eine Pause?«, fragte Dr. Hinkelstein. Bei ihm war man sich nie ganz sicher. War es diese typische wienerische sarkastische Art oder meinte der Rechtsmediziner es dann doch einmal bierernst und wartete auf die richtige Antwort. Georg entschied sich für eine Antwort.

»Naa, is scho recht, a kleines Stück pack i noch.«

Der steinerne Pfad, auf dem sie wandelten, machte eine Kurve und führte sie endlich auf die Rückseite.

Der Garten, der sich vor ihnen erstreckte, präsentierte an allen Ecken und Enden den scheinbar grenzenlos wirkenden Wohlstand der Bewohner. So befand sich nicht nur ein großer in die Erde eingelassener Pool, sondern auch eine überdachte Bar und ein Pavillon mit weißen Polstermöbeln in dem Garten. Um den Pool herum standen wie bei einem Hotel einige Liegen. Auf einer davon lag das Opfer. Die Verstorbene war vielleicht erst noch im Wasser gewesen, bevor sie sich zum Trocknen oder Sonnen, nur mit einem Bikini bekleidet, auf die Liege gelegt hatte. Aus der Entfernung konnte Matthis noch keinerlei Kampf- oder Abwehrverletzungen ausmachen. Die Dame mit den braunen

Haaren und der Sonnenbrille auf der Nase sah so friedlich aus. Fast schon so, als würde sie nur ein Nickerchen machen. Das Einzige, was dieses Bild trübte, war das gewaltige Messer, das oberhalb ihrer Brüste feststeckte. Lieblos und so, als ob der Täter oder die Täterin gestört worden war, steckte ein dünnes Holzstäbchen zwischen den nicht richtig verschlossenen Fingern. Matthis konzentrierte sich, um die Farben des Stäbchens zu erkennen. Diesmal waren es andere. Bei Kerstin Radkowski waren es rot und blau. Hier erkannte der Revierleiter, der weiter auf den Pool zulief, die Farben rot, gelb und blau. Hatte das etwa eine Botschaft? Warum sonst waren es heute andere Farben als gestern. Matthis drehte sich zu seinem Kollegen um, der zu ihm aufschloss und ihn gleich erreicht hatte. Seine Drehung endete mit einem furchtbaren Quietschen. Er fand keinen Halt mehr und fiel wie ein Fußballer bei einer seitlichen Grätsche. Der Beinfeger, den er versehentlich vollführte, erwischte Georg. Dieser kam ins Stolpern, knickte weg und stürzte im Bruchteil einer Sekunde nach vorne und direkt in den Pool.

»Siehst du, die Schuh san scheiße!«, rief der Kommissar, als seine lockige Pracht aus dem Wasser auftauchte.

Matthis war sprachlos. Was hatte er gerade getan? Er wusste im ersten Moment überhaupt nicht, wie er mit dieser Sache umgehen sollte. Der verunsicherte Revierleiter stand auf, ging zum Pool und reichte seinem Kollegen die Hand. »Georg, das tut mir leid. So was ist mir noch nie passiert.«

»Ja, is net schlimm, i wollt heut Abend eh baden, dann hät i das schon erledigt.«

»Echt, es ... es tut mir so leid«

»Mach dir da kein Kopf, das Wasser is herrlich. I glaub, i wär da eh noch reingeflogen, also warum net glei, dann haben mia des scho erledigt.« Matthis reichte ihm immer noch die Hand, doch Georg ging darauf nicht ein. »Naa, i bleib da noch a bisserl drin!«

Der Rechtsmediziner mischte sich nun ein. »Ich darf die Herren erinnern, dass wir hier an einem Tatort sind?«

Georg blickte aus dem Wasser heraus zu dem Herrn und dann wieder auf die ausgestreckte Hand, die Matthis ihm nach wie vor entgegenstreckte. »Ist mir schon klar, das war a nur so gesagt ... I muss trotzdem bis zur Leiter schwimmen ... Sonst endet das hier noch wie bei Dick und Doof.«

Der klatschnasse Kommissar stellte an dem Tatort ein Risiko dar. Das ganze Wasser, das von ihm heruntertropfte, könnte einige Spuren am Tatort wegwaschen. Daher ging Georg zu einem Platz außerhalb des Geschehens.

Matthis, der ein schlechtes Gewissen hatte, brachte seinem Kollegen einen Stuhl. So saß Georg also an einer sonnigen Stelle und wartete, dass die Kraft des Gestirns ihn trocknete.

Matthis hielt sich eine Zeit lang bei dem Rechtsmediziner auf. Jener untersuchte den Leichnam und zog die Tatwaffe aus dem leblosen Körper. Aus der Ferne hörte Georg sogar den Rechtsmediziner bestätigen, dass die Größe des Brotmessers auch zu Frau Radkowskis Verletzungen passen könnte.

Georg dachte nach. Warum blieb die Tatwaffe zurück? Entweder war das Werk vollendet und der

Künstler hatte sozusagen den Pinsel fallen lassen oder irgendetwas oder irgendjemand hatte den Mörder oder die Mörderin erschreckt. Welche Möglichkeiten gab es noch?, fragte er sich, doch seine Gedanken liefen allesamt ins Leere.

Matthis kam auf Georg zu. Ihm folgte ein junger Herr, sein Gesicht war mit Pickeln überzogen, rotblonde Haare ragten unter einer Kapuze mit Firmenaufschrift hervor. Georg erkannte den langsamen und lustlosen Blick des Poolwartes. Als beide auf seiner Höhe waren, entstand ein Moment des Schweigens. Der Poolwart schaute so, als müssten seine Augen sich erst noch mühevoll scharf stellen.

Georg grüßte und fragte: »Mei, kennen mia uns net aus dem Fischladen?«

Der junge Herr starrte sein Gegenüber reaktionslos an. In seiner Hand hielt er immer noch einen Poolkescher. Doch ehe man sich dachte, hier kannst du ruhig mit dem Schlappen draufhauen, da kommt nichts mehr, beantwortete der Poolwart endlich die Frage mit: »Stimmt!«

Georg, der sich noch gut an die damalige Situation erinnern konnte, hatte wenig Hoffnung, dass der Herr eine Hilfe wäre, trotzdem versuchte er die Situation einzuordnen. »Mei, und was machst du hier?«

»Ja, ich bin jetzt Poolwart hier!«

»Aha ... Nur hier oder auch woanders?«

Der junge Poolwart hielt inne. Matthis musterte ihn von der Seite. Georg hatte doch eine einfache Frage in annehmbarem Deutsch gestellt. Was sollte denn hier missverständlich sein?

Der Poolwart fand den Anschluss. »Ich mach das hier auf Norderney.«

»Also hast du mehrere Kunden?«

»Ich nicht … Aber mein Chef schickt mich ganz schön rum.«

»Und was is mit dem Fischladen?«

»Den gibt es auch noch.«

»Weiß i, die Wache steht nebenan.«

»Ach so, also, ja, da bin ich nicht mehr. Der Chef sagte, ich brauche nicht mehr wiederzukommen. Ich bin jetzt Poolwart hier auf Norderney. Ich darf die Pools reinigen und muss schauen, ob das alles mit dem Chlor stimmt.«

»Aha, jetzt wird an Schuh draus«, antwortete der Kommissar.

Der Junge schaute wieder so komisch. Also entweder brauchte er eine Brille oder er hatte während der Pandemie mit der ganzen Desinfiziererei etwas falsch verstanden und schluckte seitdem die Chlortabletten selbst.

Es war schon eine Sensation: Immer wenn man dachte, hier kommt nichts mehr, das Gespräch ist beendet, kam doch allmählich die nächste Antwort. »Was denn für ein Schuh?«

»Ja, woiß i noch net … Was machst du eigentlich noch hier?«

»Ich sollte doch warten und nichts kaputt machen.«

Jetzt dämmerte es Georg und er konnte sich dieses merkwürdige Telefonat erklären, das er vorhin geführt hatte. »Naa, du hast die Leiche gefunden?«

»Ja«, antwortete der Zeuge umgehend zum Schrecken aller Beteiligten.

Matthis mischte sich in die Unterhaltung ein. »Schön, dann erzähl uns mal alles, was du heute gesehen hast.«

»Okay ... Also heute Morgen habe ich Cornflakes gegessen und fast die Überraschung in der Packung mitgegessen ...«

Der Kommissar runzelte die Stirn und unterbrach den Zeugen: »Net so früh ... spul vor, bis du hier warst.«

»Okay ... Als ich mit meinem Sprinter kam, musste ich heute ein paar Meter weiter parken und alles viel weiter als sonst zum Pool schleppen. Als ich dann von da hinten kam ...« Er zeigte auf denselben Weg, den Matthis und Georg vorhin genommen hatten. »... hörte ich etwas Gurgelndes oder Sprudelndes. Ich dachte mir, Mist, der Rücklauf ist bestimmt wieder verstopft. Ich hatte alles auf dem Weg abgestellt und bin noch mal zurück und habe die Pumpe geholt. Als ich zurück war, war mein Koffer umgefallen und lag auf dem Weg, mein Kescher auf dem Boden. Ich bin dann zum Pool, aber da war zum Glück nichts verstopft. Ich sagte dann Frau Thiel, dass zum Glück nichts verstopft sei, aber sie antwortete nicht. Dann sagte ich, ›Oh Frau Thiel, Ihnen steckt da etwas in der Brust‹ ...«

»Lass mi raten, sie hat wieder nichts gesagt?«

»Richtig, Sie sind gut, Herr Kommissar ... Dann habe ich Sie angerufen.«

»Okay«, sagte Matthis. »Ist dir sonst noch irgendwas aufgefallen?«

»Nein.«

Georg schaute zu seinem Kollegen. »Wart, i glaub, bei dem musst du die Fragen umdrehen.« Matthis sah ihn fragend an und erst als Georg seine erste Frage stellte, verstand er. »Warum musstest du denn weiter weg parken?«

»Hier stand so ein großer grünlicher Geländewagen in der Einfahrt!«

»Weißt du die Marke?«

»Jeep«

»Weißt du zu dem Auto noch mehr?«

»Nein. Ich ärgerte mich noch, denn gerade als ich die schwere Pumpe ums Eck gezogen hatte, hörte ich, dass der laute Motor anging und der Wagen wegfuhr.«

»Hast du den Fahrer noch gesehen?«

»Nein!«

»Hatte Frau Thiel noch was zu dir gesagt?«

»Nein!«

»Hast du noch was, Matthis?«, fragte Georg.

Doch auch Matthis schloss sich den Worten des Poolwartes an und vollendete mit: »Nein!«

Der Poolwart wurde anschließend noch erkennungsdienstlich behandelt und seine Personalien wurden aufgenommen.

Da es an diesem Spätsommertag noch sehr warm war, trocknete Georg schnell. Alles ging seine geregelten Bahnen: Die Leiche wurde abtransportiert und der Tatort gereinigt. Für Matthis und Georg war es an der Zeit, zurück zur Wache zu fahren, um den neuen Spuren nachzugehen. Georg wusste noch nicht einmal ansatzweise, wie viel Matthis schon von der Spurensicherung und dem Rechtsmediziner erfahren hatte. Als er mit den Folgen seines Tauchganges beschäftigt war, saß er doch viel zu weit abseits, um alle Gespräche mitzubekommen.

Kapitel 22

»Also, unser Opfer heißt Diana Thiel. Sie ist ein Jahr jünger als unser erstes Opfer Kerstin Radkowski«, erzählte Matthis. Der tüchtige Revierleiter blätterte eifrig in seinem kleinen Notizbuch und runzelte die Stirn. »Und jetzt kommt es, Georg. Als ich mit der Spurensicherung im Haus war, fand ich in ihrem Festnetztelefon die eingespeicherten Einträge Schatz und Arbeit. Beide habe ich prompt angerufen. Bei Schatz meldete sich ein Herr Thiel, seines Zeichens ein Immobilienhändler. Er befindet sich aktuell wegen einer Geschäftsreise auf Föhr. Bricht natürlich alles ab und kommt sofort morgen zum Gespräch zur Wache. Frau Thiel ist Mutter von zwei erwachsenen Kindern. Eine Tochter studiert in Hamburg und ein Sohn lebt in der Nähe von Bremen. Der Vater verständigt beide und schaut, dass sie ebenfalls schnellstmöglich nach Norderney kommen.« Matthis schnappte nach Luft. »Dann habe ich den Eintrag Arbeit angerufen. Jetzt kommt's. Halt dich fest. Sie arbeitete in der forensischen Klinik St. Lippestrand, zu der ich heute wegen Frau Radkowski fahren wollte. Das bedeutet, dass es zwischen den beiden wohl eine Verbindung gibt oder gab. Also sie müssten sich zumindest von der Arbeit her kennen.«

»Möglich! Und was machte sie da?«

»Ja, halt dich fest«, sagte Matthis erneut. Georg ging dies schon auf den Keks, aber er sagte nichts.

»Sie ist gelernte Köchin und seit die Kinder aus dem Haus sind, arbeitete sie als Aushilfe in der Küche, dreimal die Woche.«

»Ergibt Sinn, die Kinder san groß, der Mann bestimmt viel unterwegs, also ja, auch wenn man koa Geld braucht, kann Arbeit auch als Zeitvertreib Spaß machen. I würd ja a net mit dem Ermitteln aufhören, wenn i reich wär.«

Matthis schaute auf die Uhr. »Gut, also heute ist es definitiv zu spät.«

»Und der Tag war zu lang!«, moserte der Kommissar.

»Jaja, du mich auch. Ich wollte eigentlich sagen, dass ich erst morgen früh zur Psychiatrie fahren werde. Das hat für mich mehr Sinn.«

»Ja klar, da hast du recht. Wissen wir schon etwas zum Täter? Wurden Spuren gefunden?«

»Ob wir Spuren an der Tatwaffe finden werden, konnte uns die Spurensicherung noch nicht garantieren. Aber sie fanden Fußabdrücke auf der anderen Seite ums Haus. Diese Spuren lagen ziemlich tief im Rasen und führten bis zur Straße. Also kann man mit Sicherheit sagen, dass es jemand eilig hatte. Unser Täter oder die Täterin muss also mindestens gejoggt sein, vielleicht sogar gesprintet. Das Profil passt mit dem bloßen Auge zu den Abdrücken, die wir bei den Radkowskis gefunden hatten. Aber Gewissheit haben wir erst, wenn es im Labor überprüft wurde.«

»Haben sie die Schuhgröße a ermittelt?«
»Ja, 42 wie bei den Radkowskis!«

»Also haben wir es mit einem Serienmörder zu tun, so wie i es befürchtet habe.«

»Nein, Serienmörder ist mir zu viel gesagt bei zwei Morden.« Matthis zuckte nicht schlecht zusammen, als sein Telefon auf dem Schreibtisch klingelte. Zügig nahm er ab. Georg konnte anhand der einseitigen Unterhaltung nicht folgen. »Wen hat's jetzt vom Stangerl gehaut?«, fragte er, als Matthis den Hörer auflegte. »Das war die Putzfrau ...«

»Waaaas? Naa, weißt du, wie schwer es is, a gutes Personal zu kriegen!«

»Was? Nein, sie kommt morgen später!«

»Gott sei Dank!«, sagte der Kommissar, bekreuzigte sich und dankte dem Vater, dem Sohn und dem Heiligen Geiste, Amen.

»Ah, i hab dir noch net gesagt, dass i die Barbara W. angerufen hab.«

»Und?«

»Sie is net hi ... Hab ihr dann aufs Band gesprochen.«
»Sehr gut!«

»Hab aber vergessen zu sagen, wer i bin und wo sie eigentlich zurückrufen soll, bevor der AB voll war.«

»Das ist natürlich nicht gut.«

»Meinst du, diese ominöse Barbara W. könnte unsere Mörderin sein?«

»Noch sehe ich hier überhaupt keinen zwingenden Tatverdacht oder überhaupt einen Verdacht. Warum sollte sie jetzt nach all den Jahren zurückkehren und erst die Frau eines Ex-Mitarbeiters ermorden und dann eine Küchenhilfe aus der Psychiatrie?«

»I denk ja da doch eher an einen Serienmörder. Der Küchenhilfenmörder ... Vielleicht ein Koch, der Amok läuft oder jemand, dem es einfach nicht schmeckt ...«

»Du redest Schwachsinn, Georg.«

»Naa, das seh i so noch net.«

Matthis zog die Stirn kraus und schüttelte den Kopf. »Sei so gut und behalte deine Vermutung jetzt für dich, denn ich muss noch den Staatsanwalt zurückrufen.«

Georg konnte von seinem Schreibtisch aus wieder nur den Gesprächsanteil seines Kollegen hören. Je mehr Matthis ins Straucheln kam, umso mehr steigerte sich auch Georgs Interesse und er spitzte die Ohren.

»Was heißt hier Mordkommission? ... Als ich die Wache übernommen habe, hieß es All-in-One-Cops für Fälle aller Art. Also warum sollen wir uns jetzt einer externen Mordkommission unterordnen?« Matthis wurde still und hörte zu.

»Wir haben unseren ersten Fall souverän gelöst und daher verstehe ich nicht, warum Sie so einen Wind daraus machen und auf eine Soko-Küchenhilfe bestehen.«

»...«

»Wo sollen wir zusätzliche fünfzehn Beamte hier unterbringen? Wir haben zwei Schreibtische und außerdem, was sollen diese Beamten hier machen? Wir haben unsere Spuren, denen wir heute und morgen nachgehen, und dann wissen wir sicherlich mehr. Nur weil wir dann zu siebzehnt wären, heißt das ja nicht, dass wir wirklich so viel Arbeit haben ... Ich garantiere Ihnen, so werden Sie die Ermittlungen nur erschweren, da wir uns alle selbst auf den Füßen stehen.«

»...«

»Nein, wir haben einen Doppelmord und ich kann morgen beweisen, dass es eine Verbindung zwischen den Opfern gegeben haben muss. Und ich sehe gerade niemanden, der hier auf Norderney Amok läuft. Also warum soll jetzt der Grundgedanke des Pilotprojektes schon wieder hinterfragt werden?« Matthis lauschte den Worten der Staatsanwaltschaft und beruhigte sich allmählich. »Ja, das können wir so machen. Das ist fair. Deal!«

Matthis beendete das Gespräch. Er atmete tief durch und sammelte sich. Als er so weit war, drehte er sich auf seinem Bürostuhl zu seinem Kollegen um. »Wir haben drei Tage, Georg, um diesen Fall zu lösen, sonst wird es hier auf Norderney eine Sonderkommission geben, wie es sie hier noch nie gegeben hat, und insgesamt fünfzehn weitere Beamte werden diesen Fall übernehmen und uns hier alles aus den Händen reißen.«

»Sauber! Warum eigentlich erst jetzt und nicht schon bei unserem ersten Fall?«

»Weil die Staatsanwaltschaft davon ausgeht, dass es sich bei dem Täter um einen geisteskranken Irren handelt, der es auf Küchenhilfen abgesehen hat, und die Presse wohl auch schon irgendwie Wind von der Sache bekommen hat.«

»Aha, da wären wir wieder bei meiner Serienmördertheorie!«

»Und wenn schon. Ich sehe das nicht so. Ich sehe hier eine Beziehungstat ... Also, nein, ich sehe hier Anzeichen, dass jemand mit den Opfern in irgendeiner Beziehung steht beziehungsweise stand. Ich denke, ich werde in der Psychiatrie morgen mehr herausfinden.«

»Gehört sonst noch woas zu dem Deal mit dem Staatsanwalt?«

»Ja, ich muss jeden Abend vor Feierabend ein Protokoll mit dem aktuellen Ermittlungsstand schicken, zusätzlich eine Tageszusammenfassung von dem, was wir gemacht haben.«

»Aber von heut noch net, oder?«

»Nein, warum?«

»Dass i gern schwimm, würd i gern für mich behalten.«

»Dann pass die nächsten Tage auf und reiß dich zusammen. Ich weiß nicht, wie der reagiert, wenn er von zahlreichen Pannen hört.«

Georg winkte ab und lehnte sich in seinem Bürostuhl zurück.

Matthis schaute ihn währenddessen auffordernd an. »Lass uns noch den Mord von Frau Thiel anhand eines Zeitstrahls rekonstruieren, bevor wir Feierabend machen.«

Widerwillig gab Georg klein bei. Im Hinterkopf hatte er, dass der Supermarkt in wenigen Minuten wieder schloss und sie immer noch nicht einkaufen waren. Aber die Zeit würde nicht mehr ausreichen, um auch nur einen Bruchteil seines Einkaufszettels zu finden. Aber morgen, entschied er, wenn Matthis ohne ihn zur Psychiatrie fährt, dann wird er sich voll und ganz seinem Einkaufszettel widmen. Denn drei Tage für einen Serienmörder, das war für einen Kommissar Pampelhuber doch mehr als genug. Wenn er am Telefon gewesen wäre, hätte er dem Staatsanwalt aber mal was erzählt. Drei, hätte er laut ausgerufen, dass dem Herrn die

Ohren geklingelt hätten, nein, nein, einem Pampelhuber reichen zwei Tage selbst mit ausgedehnter Mittagspause …

Georg erschrak, Matthis klatschte in die Hände und winkte ihm zur Begrüßung zu. »Was ist mit dir, brauchst du einen Arzt?«

»Warum?«, fragte Georg.

»Du schaust mich seit fünf Minuten entgeistert an und nickst … Wo zum Teufel warst du?«

»I bin alles noch mal durch!«, sagte der Kommissar und versuchte, seinen Aussetzer zu verbergen.

»Ja und?«

»War noch net fertig!«

»Dann nimm mich mit«, sagte der Revierleiter in einem auffordernden Tonfall.

»Also die gesuchte Person kam wohl mit einem Jeep … Sollten wir die gemeldeten Jeeps überprüfen?«

»Wäre eine Idee, die wir morgen aufnehmen könnten. Aber unsere Polizeisoftware ist nicht gerade die fixeste, also ohne Modell, ohne genaue Farbbezeichnung oder Teile des Kennzeichens wird es wirklich schwer in der Selektion. Dann finde ich, verschwenden wir vielleicht viel Zeit, um zwanzig Autos auf der Insel zu überprüfen und am Ende war es jemand von außerhalb und fährt hier zum Beispiel mit einem Münchner Kennzeichen spazieren … Also wenn uns der Staatsanwalt nicht so die Pistole auf die Brust gesetzt hätte, würde ich das morgen auch einleiten, aber so … ich weiß nicht.«

Georg nickte ihm zu. Matthis ging zurück zum Zeitstrahl. »Lass mich mal übernehmen. Der Jeep parkt vor dem Haus, jemand geht nach hinten und ersticht aus noch unbekannten Beweggründen Frau Thiel. Es wird ein Mikadostäbchen in ihre Hand gelegt ...«

»Mei, dann ist der Konrad aufgetaucht. Müht sich einen ab, murmelt bestimmt vor sich her. Der Mörder hört ihn kommen ...«

»Während etwas gurgelt ... Gut, das ist sicherlich die Symptomatik, wenn dir jemand ein Riesenbrotmesser ins Herz jagt. Der Stich soll ja tief gegangen sein und könnte auch die Lunge getroffen haben. Wenn sie vor Schock tief eingeatmet hat, hatte sie noch Luft in den Lungenflügeln, die entweichen will. Auch das Herz pumpte vielleicht noch nach. Da entsteht sicherlich ein Unterdruck und da ist der Atemreflex und sie kann nichts mehr einsaugen. Dann wird das Einzige, was durch ihre Luftröhre gelangte, wohl ein blutiger Auswurf sein ...«

»Mei, war das jetzt Dr. Matthis oder woas?«

»Du weißt doch, mein Bruder ist Hausarzt und da bekam ich von seinem Studium einiges mit.«

»Ja ... Guat, also, unser Konny wird dann zurückgegangen sein, um die Pumpe zu holen, währenddessen fielen sein Kescher und der Reinigungskoffer um ...«

»Bumm ... Der Täter erschrickt, ist wahrscheinlich doch nicht so professionell, wie wir annehmen. Da sein Opfer wahrscheinlich neben den sprudelnden Geräuschen noch andere Regungen und Zuckungen vorweist, denkt der Täter, der Mord ist noch nicht vollendet und lässt deshalb das Brotmesser im Opfer stecken ...«

»Mei und der rennt dann zum Jeep und wo ist jetzt der Konny? Wahrscheinlich mit dem Kopf im Sprinter und sucht die Pumpe!«

»Nein, der hörte den Jeep starten, als er mit der Pumpe auf Höhe seiner umgefallenen Werkzeuge war.«

»Dann hat er den Täter knapp verpasst.«

»Eine Frage ist dann aber auch: Weiß das der Täter? Oder hat dieser die Firmenaufschrift auf dem Van gelesen und will nun auf Nummer sicher gehen und somit wäre Konrad in höchster Gefahr?«

»Möglich ...«

»Wir sollten ihn aus der Schussbahn nehmen. Das kannst du gleich morgen früh machen. Also fahr ins Industriegebiet zur Poolreinigungsfirma. Warne alle und bring Konrad in Sicherheit.«

Georg stimmte Matthis zu. »Mei, jetzt kommt es mir erst. Wenn der Konrad uns gleich nach dem Leichenfund alarmiert hatte und er den Täter fast gesehen hätte, dann haben wir den Mordzeitpunkt auf unserer Anruferliste.«

»Stimmt, Georg. Ich schau gleich nach, wann der Anruf genau einging ... Aber noch einmal zu der Serienmördertheorie. Wenn wir es hier mit einem Serienmörder zu tun hätten, dann fehlt mir jetzt das Lied.«

»Woas für an Lied ... Ah, du meinst das Lied des Todes ... vielleicht hat er's gepfiffen.« Seiner Aussage verlieh er mehr Ausdruck, indem er die Hände auf die Tischplatte fallen ließ und sofort wieder nach oben nahm.

»Hätte Konrad das nicht gehört?«

»Das Pfeifen?«

»Nein, generell das Lied.«

»Du, mia haben ihn net gefragt. Bei seinem Tempo musst du den alles einzeln fragen.«

»Okay, dann check das bitte morgen früh auch.« Der Revierleiter wedelte mit seinem Zeigefinger.

»Klar!«, sagte Georg, als wäre es die selbstverständlichste Sache auf der Welt.

»Ich frage mich, was es mit den Mikadostäbchen auf sich hat.«

»Haben die bunten Ringe a Bedeutung?«, fragte der Kommissar und schaute kurz dabei in seine Schreibtischschublade.

»Ja, bei Frau Radkowski wären es zwei und bei Frau Thiel drei Punkte.«

»Wenn wir das kombinieren ...«, sagte der Kommissar, zog die Schublade zu und öffnete eine auf der anderen Seite.

»Dann wäre es ein Datum im März.«

»Hä?«

»Ja, 02.03. ...«

»Ach so ... ja. Winterpause für an Serienmörder noch vorm Herbstanfang wär a ein bissel zu früh, oder?«

»Daran glaube ich auch nicht, das ist kein Datum. Das hat irgendeine andere Bedeutung. Aber welche? ... Und kannst du bitte mit deinem Gekruschtel aufhören.«

»Mei, wenn i es halt net find. Irgendwo muss i doch noch an Stückerl Zahnseide haben.«

»Wie kann man nur immer irgendwas Ablenkendes haben. Du hast seit Stunden nichts zu dir genommen und jetzt stört dich was zwischen den Zähnen? Wo soll das denn jetzt herkommen?«

Georg legte seinen Kopf zur Seite, zog dabei die Schultern hoch.

»I weiß nur, dass mia jetzt Feierabend machen sollten, bevor mia für den Dienstanfang glei sitzen bleiben können.«

»Ist ja gut und ein bisschen Abstand und frische Energie hat noch nie geschadet.«

Noch während sie alle Geräte ausschalteten und die Wache schlossen, braute sich für die beiden etwas ganz Neues zusammen. Ein Sturm, stärker als jedes Gewitter. Einen Druck, den sie noch nie überstehen mussten, denn alle Zeitungen in Norddeutschland hatten dieselbe Titelschlagzeile für den morgigen Tag.

Amok auf Norderney! Der Küchenhilfenmörder schlägt erneut zu – selbst ernannter Inselkommissar geht baden.

Doch das war nicht die gesamte Tragödie, denn eine weitere Frage sollte sie in Kürze beschäftigen. Wer hatte das Bild geschossen, das den uniformierten Lockenkopf beim Auftauchen aus dem Pool zeigte, während sein Kollege ihm die Hand reichte?

Kapitel 23

Seit geraumer Zeit versuchte der Junge mit dem roten Bändchen einzuschlafen. Wie schön es doch wäre, wenn er einfach die Augen zubekäme. Er könnte in das Reich der Träume versinken und wenn er wieder zu sich käme, wäre seine Strafe abgesessen. Er freute sich richtig auf den Zeitpunkt, wenn der Campleiter auf den Schuppen zustiefeln, das schwere Schloss endlich knacken und sich die Tür wieder öffnen würde. Der Junge malte sich alles aus, was er dem Campleiter sagen wollte. Eins war für ihn klar: Eine Entschuldigung musste her, denn er sah sich schuldig in allen Verfehlungen, die ihm vorgeworfen wurden. Er war bereit, dem Campleiter seinen guten Willen zu beweisen, und er wäre aufmerksamer bei seinem nächsten Tobi-Dienst-Einsatz. So ein schlimmer Fehler mit dem unverschlossenen Tor würde ihm nie wieder passieren. Und wenn sich das Tor einmal nicht verschließen lassen würde, dann wäre es verdammt noch mal seine Aufgabe, die gesamte Nacht Wache zu schieben und das Tor persönlich zu sichern.

Seine Gedanken stoppten. Er hörte Schritte. Langsam und sanft schlichen sie durch das vertrocknete Gras auf den Schuppen zu. Mit gespitzten Ohren und ganz starr konzentrierte er sich auf das Knistern der Fußabdrücke auf dem von der Sonne braun gebrannten Rasen. Er erkannte, dass es sich um mehr als eine Person handeln musste. War das etwa sein Begrüßungskommando? Das hätte er sich doch eigentlich verdient, oder?

Die Schritte verstummten. Kein Laut durchzog die Stille. Plötzlich murmelte jemand nicht weit entfernt von ihm. Die Stimme war dem Jungen noch fremd. »Lass uns zum Schuppen gehen«, hörte er jemand Fremdes flüstern. Die dazugehörige Stimme war definitiv männlich, mehr konnte er aber nicht erkennen. »Warum willst du zu diesem dunklen Schuppen?«, flüsterte eine weibliche Stimme zurück.

»Weil man uns von dort hinten überhaupt nicht sieht, Diana«, antwortete die männliche Stimme. Halt, stopp, Diana, dachte der Junge. Diesen Namen hatte er doch schon im Zusammenhang mit Nina und Kerstin gehört.

Es ging alles viel zu schnell, der Junge hatte überhaupt keine Chance, seine Gedanken zu sortieren, da knarrten schon die ersten Bretter des Bootschuppens, als sich die erste Person, wahrscheinlich der groß gewachsene stämmige Junge aus der lila Gruppe, sich an die Wand lehnte.

Der Junge mit dem roten Bändchen atmete ganz flach. Sein einziger Wunsch war es, unbemerkt zu bleiben. Er spürte, wie sein Herz schnell und fest in seiner Brust schlug. Wieder knarrte ein Holzbalken. Anhand der Schwingung bemerkte er, dass sich irgendjemand ganz fest an das Holz direkt hinter ihm drückte. Auch wenn er wusste, dass die schweren Bretter, die zwischen ihm und der Freiheit lagen, stabil waren und ihn niemand sehen konnte, war es doch, so blind in der Dunkelheit, ein befremdliches Gefühl.

Weitere Stimmen tuschelten miteinander. Der Junge versuchte, jedes Wort zu verstehen, was ihm mit der Zeit auch immer besser gelang. Die Stimmen klangen, da alle flüsterten, für ihn leicht verfremdet, doch mit der Zeit konnte er eine weitere Stimme zuordnen. Nämlich die von Kerstin. Bis jetzt war Kerstin immer in Ninas Begleitung gewesen, bedeutete das etwa, dass sie auch gerade hier draußen war? So dicht bei ihm und doch so weit entfernt. Aber was sollte er tun? Eigentlich hatte er diese Woche Tobi-Dienst, das bedeutete, dass es seine Pflicht war, diesen Ausflug der Gruppe zu melden. Aber wie nur? Sollte er sich zu erkennen geben und die Gruppe aus seinem Verlies heraus anschreien und ihnen drohen, dass er sie, sobald er hier rauskommt, meldet? Oder sollte er schweigen, seine Strafe absitzen und morgen früh alles ordnungsgemäß melden? Aber was, wenn Herr Winterfeld ihm dann Vorwürfe machen würde, dass er die Gruppe nicht vorab durch eine Verwarnung zurückgeschickt hätte.

Die Gespräche wurden hektischer, irgendjemand kruschtelte etwas aus seiner Hosentasche. »Hier ist es«, sagte eine weitere männliche Stimme. Das musste bestimmt dieser Marco sein. »Was für ein Glück, dass uns die Idioten gestern das Tor aufgelassen haben ...«, sagte die Stimme. Der Junge mit dem roten Bändchen sah wieder die zahlreichen Fußabdrücke an dem nicht richtig verschlossenen Haupttor vor seinem geistigen Auge. Die vielen unterschiedlichen Fußabdrücke, ja klar, das waren ihre Fußabdrücke. Die lila Gruppe war es also, die sich gestern Nacht davongeschlichen hatte. Aber aus welchem Grund? Eines der Mädchen musste fürchterlich husten und riss ihn aus seinen Gedanken.

»Ich hoffe, dein Kumpel Steffen hat nicht nur diese langweiligen Kippen besorgt.« Er erkannte Maltes Stimme.

»Nein, sei unbesorgt, der Ausflug hat sich definitiv gelohnt. Steffen ist ein absoluter Nerd, wenn es um Medikamente geht. Er will später auch Medizin studieren, also was er zusammenmischt, das knallt richtig. Schaut, wir haben auch das hier!«

»Es ist dunkel, du Honk!«, hörte der Junge. Das war Kerstins Stimme.

»Ist das etwa ...?«, fragte der Junge, den er als Malte identifiziert hatte.

Doch Marco unterbrach ihn. »Richtig, die Wirkung dieser Brause soll wie bei Koks sein und Steffen sagte mir, dass dieses Wundermittelchen sogar noch ein bisschen mehr kann, da er es zusätzlich noch mit einer Überraschung gestreckt hat.«

Eine Zeit lang herrschte andächtige Ruhe, dann ertönte eine Stimme in normaler Lautstärke. Der Junge mit dem roten Bändchen erkannte die Stimme sofort. »Nein, Marco, ich habe es mir anders überlegt. Ich bin raus.«

»Das geht so einfach nicht, Ninchen. Wir sind alle hier draußen und wir hängen da alle zusammen drin. Du kannst hier nicht einfach abhauen.«

»Marco, ich bin raus. Du sagtest, du hast eine Überraschung für uns. Ich dachte da an Kippen und Schnaps, aber doch nicht an so was!«

Kerstin unterstützte sie. »Ja, Nina hat recht. Wir wissen ja nicht einmal, mit was das Zeug gestreckt wurde. Lasst uns den Beutel einfach im See versenken, aufrauchen und zurückgehen.«

Marco lachte herablassend. »Ich werfe hier überhaupt nichts in den See. Diese Tüte war teuer und wir werden jetzt alle zusammen dieses Wundermittel testen.«

»Ich bin bei dir, Bruder.« Der stille Zeuge erkannte wieder Maltes Stimme.

Ninas Stimme wurde lauter. »Lass mich los oder ich melde das einem Betreuer.«

»Du wagst es nicht«, ertönte Marcos Stimme kalt. »Wir hängen hier alle mit drin und wir machen alle hier mit. Es gibt keine Ausreden!«

»Dann schreie ich jetzt, so laut ich kann, und glaub mir, das hören alle. Also lass mich los!«

»Nichts da«, sagte der Wortführer und es klatschte einmal richtig, so als ob er ihr mit voller Wucht die Hand auf den Mund schlug und ihn anschließend zuhielt. Sie setzte sich zur Wehr und versuchte, sich zu befreien. Es polterte schwer gegen die Holzbretter. Anhand der Geräusche musste es zwischen Marco und Nina eine Rangelei geben.

Der Junge mit dem roten Bändchen hatte immer mehr Angst, sich in den Augen des Campleiters in dieser Situation falsch zu verhalten. Das Mädchen, das ihn interessierte, schien in Gefahr zu sein. Also irgendetwas musste er sagen, aber was? »H... HA... HATSCHII!«

»Kam das gerade aus der Hütte?«, fragte Malte und das Gerangel stoppte.

»Mist, ist da jemand drin?«, sagte Diana.

»Verdammt! Wir können keine Zeugen gebrauchen und außerdem habe ich Steffens Namen erwähnt«, sagte Marco und machte sich an der schweren Holztür zu schaffen.

Kapitel 24

Kaum nachdem die ersten Sonnenstrahlen den neuen Tag begrüßt hatten, düste der ehemalige Golfcaddy mit Georg am Steuer durch das Industriegebiet. Der Kommissar rauschte wie der Wind über den Fahrbahnbelag des neuen Gewerbegebiets. Es ging rauf und runter. Das Einzige, was ihm folgte, war der Duft der salzigen Gischt, der sich wie fest in seine Nase eingebrannt hatte.

Der Kommissar folgte einmal der Abbiegung nach rechts, kam zurück, fuhr nach links, wendete erneut, streifte einen Poller, kam dadurch ins Schlingern und schleifte mit dem Vorderrad am Bordstein. Der in Gedanken versunkene Fahrer fuhr trotz alledem unbeirrt weiter und versuchte es in einer schmaleren Nebenstraße.

Da hatte es an jenem Morgen sein Kollege wesentlich einfacher, denn Matthis hatte das Fahrrad genommen, um zu der Psychiatrie zu fahren. So viele Fragen lagen ihm auf der Zunge und er konnte es kaum erwarten, das große längliche Gebäude unweit der Inselklinik zu betreten. Ach ja, was das betrifft, so war der große bayrische Inselkommissar währenddessen noch weit vom Betreten entfernt. Georg haderte mittlerweile mit sich selbst. Also so groß war die Insel auch nicht. Der Gewerbepark hatte nur sechs Straßen und es war ja nicht so, dass er fünf davon bereits mehrfach befahren hatte.

Aber wo zum Teufel war nur diese neue Bürgermeister-Jensen-Straße? Vielleicht waren die Behörden ja noch nicht so weit und das Schild fehlte noch, dann wäre es gut zu wissen, wie die Straße vorher hieß. Genau in diesem Moment sah er einen Passanten mit einer großen Bäckereitüte in der Hand.

Georg beschleunigte und hielt genau auf der Höhe des Mittvierzigers mit kurzen dunklen Haaren an. »Wissen Sie zufällig, welchen Namen die Bürgermeister-Jensen-Straße vorher hatte?«, fragte er.

»Ja … keinen, also die Straße ist neu gebaut.«

»Mei, super, danke für die Info!«, sagte Georg, trat aufs Gaspedal und schon verschwand die Silhouette des Passanten im Rückspiegel. Während der Kommissar die Nase gegen den Wind streckte, war sein Kollege ein Stückchen weiter. Matthis wurde, nachdem er die psychiatrische Klinik Lippestrand betreten hatte, umgehend zu dem Büro des Klinikleiters Prof. Dr. Neermann gebracht. Die Stimmung in dem alten, kalten und steril wirkenden Gebäude war bedrückend. Der Revierleiter durfte auf einem alten gepolsterten Stuhl Platz nehmen und auf den feinen Herrn warten. Er fühlte sich an jenen Moment zurückerinnert, bevor es für ihn fest auf die Insel Norderney ging. Sein Bruder hatte erst vor nicht allzu langer Zeit seine eigene Hausarztpraxis eröffnet. Da Praxen auf dem Land nur rar gesät waren, war das Wartezimmer seines Bruders immer gut befüllt und so musste auch er genügend Wartezeit aufbringen, um seinen Bruder für ein privates Gespräch zu erreichen.

Solange Matthis noch warten muss, schauen wir zurück zu Georg. Dieser ärgerte sich 1,2 Kilometer Luftlinie entfernt wieder über sich selbst. Der Herr vorhin wusste, dass die Straße neu gebaut worden war, dann hätte er sicherlich auch gewusst, wo sich diese neue Straße befand. So ein Mist aber auch. Georg fuhr nun durch den kleinen Gewerbepark im Kreis. Immer wieder sah er auf einen Van, den er irgendwo schon einmal gesehen hatte. Als er den Wagen zum achten Mal ins Auge fasste, machte er langsamer und erkannte das Fahrzeug. Das war der Dienstwagen der Spurensicherung. Aber was machte diese denn hier vor Ort? War etwa etwas passiert und er und Matthis waren telefonisch noch nicht erreichbar gewesen?

Georg legte den Rückwärtsgang ein und parkte hinter dem Fahrzeug. Als er ausstieg, bemerkte er, dass der Bus das Schild der Bürgermeister-Jensen-Straße verdeckte und seine Adresse, die Poolreinigungsfirma Gramberg, ebenfalls direkt dahinterlag. Georg schwante Böses. Wenn die Spurensicherung schon vor Ort war, war er sicherlich schon zu spät und der Serienmörder hatte bestimmt schon den kleinen armen Konrad ausradiert. Kalter Schweiß tropfte ihm von der Stirn. Er wusste sofort, dass er das hätte verhindern können. Der Kommissar fühlte sich an allem, was ihn gleich erwarten sollte, mitschuldig. Er atmete tief durch und ging auf den Haupteingang zu, während Matthis gerade von Prof. Dr. Neermann in Empfang genommen wurde.

»Kommen Sie doch herein, Herr Jüllich«, sagte der Mediziner und forderte Matthis mit einer freundlichen Handgeste auf, sein Büro zu betreten. Der Professor trug einen weißen Kittel, hatte seine Haare lässig nach hinten gekämmt wie ein einst angesagter Sitcomstar und er trug eine moderne Brille auf der Nase.

Beide fanden ihren Platz um den Schreibtisch.

»Es ist furchtbar, was passiert ist, aber ich habe leider nicht die Zeit, um mich mit allen meinen Mitarbeitern persönlich auszutauschen. Ich kenne Frau Thiel nicht persönlich und kann Ihnen nur bedingt weiterhelfen.«

»Ich bin nicht ausschließlich wegen Frau Thiel da ...«

»Sondern?«, fragte ihn der Professor überrascht. »Haben Sie etwa schon einen Tatverdächtigen?«

»Nein, aber was ich habe, das sind zwei Mordopfer ...«

»Ja, ich weiß, ich habe bereits die Tageszeitung mit großer Freude gelesen ...«

»Was meinen Sie mit Freude?«

»Sagen wir es so, der Bildbeitrag hat Sie gut getroffen. Haben Sie die Zeitung noch nicht gesehen?«

»Nein ...«

»Nehmen Sie sich gerne ein Exemplar aus dem Wartezimmer mit. Kann ich sonst noch etwas für Sie tun?«

»Ich habe noch nicht einmal angefangen, Herr Prof. Neermann. Ich habe, wie ich bereits versuchte zu erklären, zwei Mordopfer. Frau Thiel, eine aktuelle Küchenhilfe, und Frau Radkowski, eine ehemalige Küchenhilfe, also irgendwo muss es hier eine Verbindung geben ...«

»Frau Radkowski war nie eine Küchenhilfe bei uns ...«

»Wollen Sie diese Tatsache etwa abstreiten?«, fragte Matthis in aller Deutlichkeit.

Der Professor schielte ihn über seine Brillengläser an. »Jetzt sollten Sie mich aussprechen lassen. Frau Radkowski war hier nie eine Küchenhilfe. Sie war lange Zeit unsere Küchenchefin.«

»Ach was, das wusste ich noch nicht. Aber warum ...?«

Der Professor vervollständigte Matthis' Gedanken. »Fängt jemand dann in einer kleinen Reha-Klinik als Küchenhilfe an? ... Das fragen wir uns hier auch ... Frau Radkowski hatte uns gegenüber ihre Beweggründe nie genannt. Ich hatte mich auch bei ihren Kollegen umgehört, aber es sei angeblich nie etwas vorgefallen. Ein Angebot mit besseren Bezügen und deutlich mehr Geld lehnte sie auch ab, bevor sie die Arbeitsstelle wechselte.«

»Das ist schon sehr merkwürdig ... Dann würde ich vorschlagen, dass ich der Reihe nach alle Ihre Mitarbeiter befrage. Haben Sie eine aktuelle Mitarbeiterliste für mich?«

Der Mediziner lehnte sich in seinem Chefsessel zurück. »Wir haben hier rund zweihundert Angestellte, wenn Sie über Putzkolonne bis Küchenpersonal mit allen sprechen möchten. Das bringt mir die gesamte Einrichtung durcheinander ... Und ich schätze, Sie kommen auch nicht viel weiter. Frau Thiel war zudem noch nicht lange hier. Ich denke, nicht jeder meiner Angestellten kannte sie ... Und Sie haben wirklich noch nicht in die Zeitung geschaut?«

Matthis schüttelte den Kopf.

»Seien Sie so gut, Herr Jüllich, und gehen Sie in das Wartezimmer, den Gang runter, dritte Tür links. Ich habe da eine Idee, wie ich Ihnen wahrscheinlich besser weiterhelfen kann. Außerdem habe ich meine eigenen

Beweggründe, ich möchte nicht, dass meine Klinik in Verruf kommt, und außerdem interessieren mich als Klinikleiter natürlich Frau Radkowskis wahre Beweggründe. Zusätzlich gab es weitere unbegründete Kündigungen von Mitarbeitern. Ich möchte verstehen, was hier vor sich geht, und wenn hier jemand aus dem Kollegium hinter diesen Taten stecken sollte, wäre ich ebenfalls erpicht, den Täter schnellstmöglich zu überführen. Tun Sie mir einen Gefallen und sprechen Sie hier in der Klinik mit niemandem über Ihre Ermittlungen. Ich muss etwas mit meiner Sekretärin klären. Wir treffen uns in fünf bis zehn Minuten wieder in meinem Büro.« Matthis folgte der Aufforderung, auch wenn er sich wunderte.

Georg wartete an der Eingangstür. Er hörte deutlich die Stimme seines Kollegen von der Spurensicherung. »Ja, ich weiß, Malte. Aber nach Zufall sieht das für mich nicht aus.«

»Marco, ich finde, es ist keine gute Idee, hier aufzutauchen. Es ist zig Jahre her und für mich mehr wie vergessen.«

»Vergessen heißt nicht verjährt, mein Freund.«

»Ach, und wer soll hier etwas beweisen? Du arbeitest doch an der Front, also mach das, was du für nötig hältst, und verschwinde von hier. Ich will nicht, dass irgendjemand uns gemeinsam sieht, denn nur so können wir uns das alles selbst zerstören, verstanden?«

Diese Unterhaltung klang für Georgs Ohren mehr als verdächtig. Was hatte Marco Ahrens mit dem Herrn in der Poolreinigungsfirma zu tun? Der Kommissar musste schnellstmöglich herausfinden, wem die zweite Stimme gehörte. Dafür lehnte er sich vorsichtig an den geöffneten Türspalt. Mit seiner Stirn drückte er die Tür sanft ein paar Millimeter auf. Nun erkannte er Herrn Ahrens' Rücken. Um sein Gegenüber besser zu sehen, musste er sich noch ein bisschen nach vorne strecken ... Klingelingeling, das Glöckchen an der Eingangstür hatte den Kommissar verraten. Die beiden Herren zuckten zusammen und wechselten sofort das Thema. »Dann können Sie mir das Ersatzteil für die Pumpe besorgen?«, fragte Herr Ahrens scheinheilig.

»Selbstverständlich. Wir würden Ihnen die Pumpe morgen Vormittag liefern.«

»Ausgezeichnet, dann bis morgen.« Damit beendete Herr Ahrens das fingierte Gespräch, drehte sich um und verließ den Laden. Dabei warf er Georg einen scharfen Blick zu, so als ahnte er, dass der Kommissar bereits viel zu viel mitgehört hatte und ihr lang gehütetes Geheimnis in Gefahr war. Doch auch hierfür hatte der Kollege von der Spurensicherung schon eine Idee im Hinterkopf. Er musste für dieses Geheimnis einfach alles tun, was notwendig war. Egal wie und vor allem wer ihn mit seinem Wissen bedrohen könnte. Das Risiko war einfach viel zu groß. Er musste handeln, aber nicht sofort und vor allem nicht hier. Es sollte, wenn schon, dann auch perfekt ins Bild passen und dafür wusste er genau, wo er den Kollegen aus der Inselwache hinlocken musste. Um den bayrischen Polizisten nicht aus den Augen zu verlieren, parkte er seinen Van um und wartete ab, denn vorerst sollte sich dieser Polizist noch in falscher Sicherheit wähnen.

Matthis war mittlerweile wieder zurück und wartete vor dem Büro der Klinikleitung. Der Professor hatte nicht übertrieben. Das Bild vom auftauchenden Lockenkopf und die zerreißende Überschrift kam ihnen nicht gerade zugute. Matthis dachte auch an das Image seines Pilotprojektes. Die scharfe Kritik an ihrer Arbeitsweise war auch nicht gerade zwischen den Zeilen angedeutet. Aber woher wusste die Presse so viel über den Fall? Irgendwo musste es eine undichte Stelle geben. Einen Maulwurf, der versuchte, sich mit einem Gegenfeuer zu schützen. Aber was hatte derjenige von der Tatsache, dass die Inselwache in ein schlechtes Licht gerückt wurde? Schlussendlich hatten sie sich noch nicht so viele Feinde gemacht. Die Auflösung ihres ersten Falls ist auch noch nicht so lange her und alle Beteiligten waren mit ihren Haftstrafen von der Bildfläche verschwunden. Matthis schaute auf seine Armbanduhr und stellte fest, dass der Professor ihn ganz schön warten ließ. Die angekündigte Zeitspanne war verstrichen, also was dauerte jetzt hier so lange?

Georg wusste, dass er etwas mitgehört hatte, was ihm der Besitzer der Poolreinigungsfirma bei einer Nachfrage garantiert nicht auf dem Silbertablett servieren würde. So geheimnisvoll, wie sich Herr Gramberg mit Marco Ahrens aus der Spurensicherung unterhielt, war der Kommissar sicherlich einer ganz heißen Spur auf den Fersen. Solang er nichts Handfestes hatte oder eine Verbindung der beiden beweisen konnte, war es für ihn jedoch das Wichtigste, die Herren in falscher Sicherheit zu lassen. Es wäre einfach schade, wenn er die beiden durch belanglose Fragen aufschrecken würde, denn so erreichte man nur, dass beide ihre Spuren noch gründlicher verwischen.

Georg ließ sich somit nichts anmerken und stellte
sich normal bei Herrn Gramberg vor. Malte Gramberg
war der Besitzer der Poolreinigungsfirma und damit
Konrads Chef. Der Betreiber war durch seinen Mitarbeiter schon im Bilde. »Eine schreckliche Sache. Konrad, der Arme, war gestern fix und fertig. Ich hatte ihn
dann auch sofort in den Feierabend geschickt.«

»Ja, das passt scho. Kannten Sie das Opfer, Frau Thiel,
persönlich?«

Herr Gramberg schüttelte eifrig den Kopf. »Diana?
Nein!«

»Schön, i kenn ja a immer alle Vornamen von Leut,
die i net kenn, auswendig. Also noch mal von vorn.«

Malte Gramberg bemerkte seinen Versprecher und
versuchte, sich aus der Situation zu befreien. »Ja, also
ich kannte Frau Thiel nicht persönlich, nur über die Ab-
rechnungen ... Also wir betreuen ja Poolanlagen von
der Wartung bis zur Reinigung. Meine Mitarbeiter sind
täglich auf Achse und den Pool der Thiels kontrollier-
ten wir einmal die Woche. Das schon seit über zehn
Jahren und somit kommen da ein paar Rechnungen zu-
stande. Und diese laufen eben über den Kundennamen
Diana Thiel.«

»Soso«, sagte der Kommissar mit einem verwegenen
Lächeln. »Mei, i bin ja eigentlich aus einem ganz ande-
ren Grund da. Es geht um Konrad. Mia können mit Si-
cherheit sagen, dass sich der Mordzeitpunkt und seine
Anwesenheit überschneiden. Mia wissen, dass er den
Täter net gesehen hat. Aber weiß das der Täter a?«

Malte Gramberg schaute irritiert dem Kommissar zu,
der bei seinen Worten wie ein Detektiv hin und her

stiefelte und mehrmals mit seinem Daumen und Zeigefinger sein Kinn streifte. Gut, dass er dringend pieseln
musste, ahnte ja der Befragte nicht. Aber dennoch verlieh ihm diese Aktion einen ganz besonderen Stil.

»Worauf wollen Sie hinaus, Herr Pampelhuber?«,
fragte Herr Gramberg mit weit geöffneten Augen.

»Mia befürchten, dass sich Konrad in Gefahr befindet,
und deshalb wollen wir ihn zur Sicherheit von der Insel
schaffen.«

»Denken Sie das im Ernst?«

»Freilich!«

»Und jetzt?«

»Ja, wo is er denn?«, fragte der Kommissar, als ginge
es um einen Hund.

»Seine Schicht hatte vor zehn Minuten begonnen. Er
ist nicht der Schnellste, dann schätze ich mal, dass er
jeden Moment hier eintreffen wird.«

Apropos eintreffen. Matthis saß zur selben Zeit wieder auf dem ekligen, alten, braun gepolsterten Stuhl
vor dem Büro der Klinikleitung. Er hatte sich an einem
Getränkeautomaten eine Limo gezapft, ansonsten gab
es bei ihm noch nichts Neues, aber bei Georg klingelte
das Glöckchen an der Ladentür.

»Ah, da ist er ja!« Herr Gramberg grüßte den etwas
verstrubbelten und verschlafen dreinblickenden Konrad.

»'tschuldigung, bin ich zu spät?«, fragte der junge Mitarbeiter. Herr Gramberg schüttelte leicht den Kopf.
»Nein, heute ist es egal, du hast wohl ein paar Tage frei.«

»Hab ich schon Urlaub?«

Georg musste grinsen. Was ist das für ein Vogel. »I glaub, das fällt unter Sonderurlaub«, erklärte der Kommissar mit einem zwinkernden Auge. »Mia wissen nicht, inwieweit der Mörder von gestern di gesehen hat. Er könnte dich bereits observieren und hier irgendwo auf di lauern, deshalb bring i di jetzt zur Wache und dann kommst du ein paar Tage an einen sicheren Ort.«

Der Junge schaute einen Augenblick zwischen Georg und seinem Chef hin und her. »Cool, das ist ja wie im Fernsehen.«

Stichwort Fernsehen, den könnte Matthis aktuell zum Zeitvertreib ganz gut gebrauchen. Er fühlte sich ein wenig veralbert und entschloss sich, dem feinen Herrn Professor noch genau fünf Minuten zu geben, dann hätte er genug und würde sich auf die Suche nach dem Klinikleiter machen.

Vor der Fahrt zur Wache ging Georg noch kurz in den Laden auf die Toilette. Anschließend setzte er sich mit Konrad in den Caddy. Sie fuhren aus der Seitenstraße. An der ersten Kreuzung erkannte Georg den Van seines Kollegen aus der Spurensicherung. Er winkte ihm freundlich zu.

Als der Caddy seine Strecke geschafft hatte, brachte Georg seinen Gast in die Wache. »So, pass auf«, sagte er, um ihn einzuweisen. »Deine Fähre geht heut um zwölfe rum. Mein Kollege, der Matthis, bringt di hi. Der woas a, wie es dann auf dem Festland weitergeht und erklärt dir alles. I muss jetzt schnell fort. Also sei so guat und warte hier einfach. I mach die Wache natürlich zu und du machst keinem auf. Verstanden?«

»Jawohl!« Konrad kicherte. Ihm war der Ernst der Lage noch nicht so ganz bewusst. Bevor Georg die Wache verließ, fragte Konrad: »Wann kommt denn der Kollege?«

»Der kommt bestimmt gleich.«

»Und das klappt dann sicher wegen der Zeit?«

»Mei, wenn koiner babbt, streikt oder sich in den Weg stellt, dann passt das schon.«

Matthis hatte die Schnauze gestrichen voll. Jetzt war aber Schicht im Schacht, dachte er, während er endlich am Ende des Ganges den Professor mit seinem lässigen Gang auf ihn zukommen sah. Den weißen Kittel trug er lässig offen und ein breites Grinsen hatte sich in seinem Gesicht breitgemacht. »Das hat jetzt doch alles etwas länger gedauert als gedacht, aber ich denke, das wird Ihnen mehr weiterhelfen.« Der Professor bat Matthis mit derselben Geste wie vorhin in sein Büro. »Nehmen Sie Platz.« Matthis folgte der Aufforderung. »Also gut, Herr Prof. Neermann. Was haben Sie für mich herausgefunden?«

»Als täglicher Zeitungsleser ist mir das ganze Pilotprojekt der Inselwache ja nicht neu und ich muss gestehen, ich habe Ihre Schlagzeilen jedes Mal mit einem Schmunzeln verfolgt. Ich gestehe, ich bin ein Fan Ihres Kollegen. Mich fasziniert die Psyche. Wie kann ein Mensch so ungeschickt sein und in jedes Fettnäpfchen treten und am Ende doch eine Riesenverschwörung aufdecken ... Wir haben aktuell ein paar freie Kapazitäten und ich biete Ihnen an, dass wir Ihren Kollegen undercover hier einschleusen. Niemand von der Belegschaft würde sich wegen der Schlagzeilen über ihn wundern. Wir führen sowieso schon zu Studienzwecken eine Akte über Ihren Kollegen. Wenn wir ihm einen Ausraster andichten könnten, könnte das schon reichen und mit der Akte, die meine Sekretärin gerade frisiert und neu auflegt, könnte er sich frei zwischen den Stationen bewegen. Was denken Sie?«

Matthis dachte nach. Die Worte ergaben irgendwie Sinn. Die Zeit, die ihm die Staatsanwaltschaft gab, war auch sehr knapp bemessen. Wenn er wirklich alle Mitarbeiter einzeln befragen würde, würde das zu lange dauern. Außerdem, in welchem Polizeihandbuch stand bitte, dass sich die guten Spuren immer zwangsweise aus Befragungen ergeben müssen? Es war doch schon immer besser, aus dem Verborgenen zu ermitteln, bevor diverse Spuren verwischt wurden, wenn sie zu viel Lärm machten. So akzeptierte Matthis und willigte ein. »Aber nur für zwei Tage.«

»Das lässt sich doch so einrichten. Wir sollten umgehend beginnen, noch spricht die Belegschaft über den grausamen Vorfall. Wissen Sie, wo sich Ihr Kollege aktuell aufhält?«

»Wenn er sein Handy dabeihat, dann ja.«

»Sie tracken Ihren Kollegen?«

»Ja, aber auf eigenem Wunsch ...«

»Falls er sich hier verläuft?«, fragte der Professor und riss dabei seine Augenbrauen nach oben.

»Nein, er sucht oft sein Handy und so ...«

»Das ist aber gut. Können Sie schauen, wo er sich gerade aufhält?« Matthis musste nur eine App öffnen. Kurz drehte sich ein Rädchen und ein blauer Punkt präsentierte den Standort. »Was macht er denn hier?«, rief Matthis auf und zeigte dem Professor sein Display.

Kapitel 25

Manches konnte man einfach nicht mehr auf die lange Bank schieben. Manchmal musste man sich eben die Zeit nehmen. Dann soll eben mal etwas anderes warten, dachte Georg, während er den Caddy vor einer kleinen Filiale des Inselsupermarktes abstellte. Heute führte kein Weg mehr dran vorbei, wusste der Kommissar. Er hatte auch im Vorfeld an alles gedacht. Konrad war in der Wache eingesperrt. Er hatte ihm Wasser und einen halben Schokoriegel dagelassen. Seinen Einkaufszettel hatte er in der Jackentasche, eine Münze für den Einkaufswagen in der Hand. So konnte die Jagd beginnen.

Die kleine Amelie hatte heute überhaupt keine Lust auf Einkaufen und quengelte. Ihre Mutter war mehr als gereizt und versuchte irgendwie, ihre Liste abzuarbeiten. Sie schaltete auf stur und ignorierte das Genörgel ihrer Tochter. Wieder lief sie um das frische Gemüse, das der Supermarkt direkt am Eingang des Marktes aufgebaut hatte. Dass ihre Tochter nun meinte, die Supermarktschranke sei ein Turngerät, interessierte sie nicht. Stattdessen suchte sie nach frischem und makellos glänzendem Biogemüse, denn nur ohne Zusätze und ohne mögliche genveränderte Stoffe konnten die Paprikas, Gurken und Karotten so perfekt wachsen und gedeihen.

Georg schob seinen Einkaufswagen an der Eingangsbäckerei vorbei. In seiner Hand hielt er den besagten Einkaufszettel. Beschrieben war mittlerweile die Vorder- und die Rückseite. Gefühlt hatten sie überhaupt nichts Essbares mehr in der WG. Der Kommissar stiefelte auf die Obst- und Gemüseabteilung zu. Die Schranke öffnete sich schwungvoll nach innen und schon durchzog ein lauter Aufschrei den Markt. Dem kindlichen Schrei folgte ein Geräusch wie dem eines fallenden menschlichen Körpers. Der Kommissar verstand nicht, was gerade passiert war, aber sein Blick fiel auf das kleine ohnmächtige Mädchen auf dem Boden. Ihre Stirn war knallrot und mit dem Markennamen Eduka von der öffnenden Supermarktschranke gestempelt. Als die Mutter den regungslosen Körper ihrer Tochter am Boden sah, war das Geplärr groß. »Was fällt Ihnen ein«, schrie die fürsorgliche Mutter, ohne nach ihrem Kind zu sehen. »Haben Sie keine Augen im Kopf. So was schimpft sich Polizist.«

»Mei, wo kommt das Madl jetzt her?«, fragte der Kommissar noch ganz erschrocken. Die Mutter schrie ihn stattdessen weiter an. Georg platzte der Kragen. »Mei, was kann i dafür, wenn Sie dahoam nichts Gescheides kochen. Denn wenn die Oberstube net genug Nährstoffe bekommt, wird ma halt blöd.«

»Sagen Sie, wie reden Sie mit mir?«

»Ja, wo kommt das Madl denn her? Sie haben net aufgepasst oder was macht sie da hinter der Schranke?«

»Wollen Sie etwa das Ganze mir in die Schuhe schieben?«

»Freilich, wer lässt denn sei Balg unbeaufsichtigt durch die Gänge stolzieren. I net!«

»Ich glaube, ich spinn ... Das wird ein Nachspiel haben!«, sagte die Mutter mit gesteigerter Aggression in ihrer Stimme, während ihre Tochter aufwachte und zu weinen begann.

»Drohen brauchen Sie mia net.« Georgs Stimme überschlug sich. »Wer hat hier net aufgepasst? I? Soll i jetzt a noch auf eure Kinder aufpassen und sie belehren, dass sich Schranken öffnen und schließen können, wenn einer kommt.«

»Sie sind ja nicht ganz bei Trost. Sie schreien hier rum wie ein Wahnsinniger.«

»I geb dir glei Wahnsinniger, du ... du Trulla du. I meld das dem Jugendamt, dass Sie zu überfordert waren, um auf Ihr Kind aufpassen, so schaut's aus«, schrie der Kommissar, ohne Luft zu holen. Die beiden Herren, die sich ihm von hinten näherten, bemerkte der eitle Kommissar nicht. Aber die Jacke, die sie ihm umstülpten, machte seinen Oberkörper bewegungsunfähig. Der Kommissar verstand nicht, was es mit der Jacke auf sich hatte. »Naa, was soll jetzt des? Weg mit eurer damischen Schmusejacke«, schrie er mit hochrotem Schädel. Doch die beiden Herren waren zu kräftig und geübt. Sie hievten Georg raus aus dem Supermarkt, der sich wehrte wie ein zorniger Stier. Gekonnt zerrten sie ihn umgehend auf ein Fahrzeug mit Aufschrift und Emblem der hiesigen Psychiatrie zu. »Woas soll das? Ihr habt den Falschen, den Falschen«, schrie Georg wie am Spieß, doch seine Widersacher sagten nur »Schluss mit dem Geschrei auf Norderney« und wuchteten ihn in den Van. Im Handumdrehen war die Türe zu, der Motor gestartet und eine himmlische Ruhe im Supermarkt.

Kapitel 26

Ob Matthis die richtige Entscheidung getroffen hatte, sollte sich in den nächsten Tagen zeigen. Dass es alles so schnell ging, war ihm im Nachhinein doch nicht so ganz recht gewesen. Eine kleine Einweisung wäre für den Fall sicherlich nicht falsch gewesen. Aber gut, vielleicht nahm Prof. Dr. Steffen Neermann auch einmal Georg zur Seite und klärte ihn über den Sachverhalt auf. Es war ja nicht so, dass er Georg in die Obhut eines geisteskranken Killers gab oder dass Georg aus anderen Gründen in Gefahr war.

Matthis hatte bereits den Caddy vom Inselmarktparkplatz geholt und parkte ihn auf seinem angestammten Platz im Hof der Wache. Ohne Georg war es richtig ruhig. Matthis sperrte die Wache auf und schlenderte auf seinen Schreibtisch zu. Er setzte sich und grübelte. Welcher Aufgabe sollte er sich als Nächstes zuwenden? Die Uhr an der Wand tickte und die Augen, die ihm aus dem Hintergrund anschielten, bemerkte der Revierleiter nicht. »'tschuldigung!«, sagte Konrad, der mittlerweile an dem Schreibtisch von Georg saß. »Wann geht denn mein Boot?«

Matthis zuckte zusammen und wirbelte herum. Er sah das ungewohnte Gesicht an Georgs Schreibtisch und ein kleiner Aufschrei entkam seinen Lippen. »Was machst du denn hier?«

»Der Kollege musste dringend fort und sagte, Sie wissen mehr.«

»Unfassbar, er hat dich einfach so hier gelassen?«

»Klaro, mit einer Flasche Wasser und einem angekauten Schokoriegel.«

»Gnädig, der Herr Kommissar. Weißt du, warum du hier bist?«

»Das ist doch wie im Fernsehen, was sagen die immer? Zeugenschutz?«

»Ja, das tangiert es in etwa«, sagte Matthis. Für eine ausführliche Belehrung war er aktuell nicht bei Laune. »Dann schauen wir mal, dass ich dich in Sicherheit bringe. Komm, wir fahren zusammen zum Hafen.«

Konrad nickte und folgte dem Polizisten nach draußen zu dem kleinen Caddy. Auf dem Weg zum Bootsanleger kam Matthis eine Frage in den Sinn. »Sag mal, Konrad, als du Frau Thiel gefunden hast, hast du da im Vorfeld Musik gehört?«

»Nein, mein Abo ist abgelaufen und ich …«

»Nein, nein, ich meinte, lief bei Frau Thiel Musik?«

»Ja, ich glaub, da war so ein Radio, aber als ich die Pumpe holte, war es schon wieder aus.«

»Kannst du dich an das Lied, das da lief, erinnern? Klang das zufällig elitär, also ich meine, etwas militärisch oder wie aus einem Mittelalterrollenspiel?«

»Ich weiß nicht, vielleicht eher wie von einem Spielmannszug!«

Matthis stockte der Atem. Es war für ihn unfassbar, das Lied kam also doch wieder zum Einsatz. Der Mörder oder die Mörderin verfolgte also stets dasselbe Muster. Aber warum? War also Georgs Theorie mit dem Serienmörder vielleicht doch nicht so übertrieben? Aber waren die Morde wirklich willkürlich gewählt? Denn wir haben dieselben Mordverletzungen, hinterlassene Fußspuren, ein ominöses Lied, das die Opfer womöglich kennen, vielleicht sogar irgendeine Emotion triggert, und das sie so überrascht, dass sie für einen kurzen Moment handlungsunfähig in Gedanken verloren sind. Dann haben wir noch das Mikadostäbchen, das wohl irgendeine Botschaft suggerieren soll. Und beide Opfer waren alleine zu Hause und auch bei Frau Thiel fand die Spurensicherung kein Handy. Alles in allem ergab sich ein krankhaftes und detailliertes Muster. Also, was, wenn es sich nicht um die Parallele des beruflichen Umfeldes der Küchenhilfen handelte, sondern wenn das Motiv in einer anderen Verbindung zu finden war? Sollte das alles so sein, dann stellte sich ihm nun folgende Frage: Wer sollte der Nächste sein?

Kapitel 27

Ängstlich kauerte sich der Junge mit dem roten Bändchen in seiner dunklen Ecke zusammen. Schwere Schläge und Tritte donnerten gegen das Holz der Tür. Der Lärm war sicherlich meilenweit zu hören, aber die Täter waren so in Rage, dass sie mit vereinten Kräften weiter die Tür bearbeiteten. Immer wieder fragte eine Stimme, wer denn da drin sei. Der Junge meinte zu erkennen, dass es sich um Kerstins Stimme handeln könnte. Sicher war er sich nicht. Aber die nächste Stimme erkannte er sicher. Nina, die aktuell nicht mehr in Marcos Würgegriff gefangen war, da jener mit Malte die Tür bearbeitete, setzte sich für ihn ein. »Hört jetzt auf. Ihr macht einen gewaltigen Lärm und denkt doch mal nach. Wer immer da drin ist, hat es sich bei den Betreuern ziemlich verschissen. Meint ihr, irgendjemand wird ihm glauben? Wenn die sehen, wie die Tür jetzt aussieht, wird der noch ein paar Tage länger da drinbleiben. Also Schluss jetzt. Wir versenken alle Beweise im See und gehen wieder zurück. Niemand wird uns diesen Abend nachweisen können. Also was ist, wer ist bei mir?«

Die Jungen ließen von der ramponierten Tür ab. »Das würde dir so passen.« Der Junge mit dem roten Bändchen erkannte Marcos Stimme. Die nächsten Geräusche klangen nach einem Kampf und der Junge mit dem roten Bändchen geriet in Sorge um seinen Schwarm. »Hört auf«, rief er, doch sein angedachter mutiger Aufruf war eher ein klägliches Winseln. Kerstin identifizierte die jämmerliche

Stimme sofort. »Ist das nicht der Kleine, der mich von der Düne geschubst hat?«

Die immer lauter werdenden Geräusche, die von einer neuen Rangelei ausgingen, besorgten den kleinen Jungen. Marco hatte wohl alle Hände voll zu tun, um Ninas Fluchtversuche zu verhindern. Der Junge mit dem roten Bändchen wünschte sich nichts mehr, als sie zu beschützen. Doch leider war ihm das in seinem Gefängnis nicht möglich.

Marco schimpfte und fluchte, schlussendlich sagte er: »Mir reicht es jetzt.« Es folgte ein Geräuschmix eines aufreißenden Gegenstandes, Schnappatmung, ein zugehaltener Mund, Hustenreiz und Maltes, der sagte: »Spinnst du? Ich glaube, das war viel zu viel!«

Kapitel 28

Was war nur geschehen? Das kann doch nur eine Verwechslung sein, oder?, fragte sich Georg, der sich mittlerweile in einem kleinen Zimmer in der forensischen Psychiatrie befand. Sein Zimmer war merkwürdig ausgestattet. Es ähnelte mehr einer Zelle als einem Patientenzimmer. Außer einem Bett inmitten des Raumes und einem fest montierten Eisenklo in der hinteren Ecke gab es in dieser Zelle nichts weiter. Die Eingangstür war eine Gittertür wie in einem Gefängnis, nur dass die Tür zusätzlich mit Panzerglas zwischen den Stäben komplett verschlossen war. Hinter der Tür schloss eine massive Eisentür die Isolationszelle vom Hauptgang ab. Fenster gab es zwei in diesem kleinen quadratischen Raum. Eines zeigte nach draußen auf den Klinikgarten. Die schwere Panzerglasscheibe war aber so eingebaut, dass sich dieses Fenster nicht öffnen ließ. Ein weiteres Fenster zeigte in einen anderen Raum. Dieser war wohl ein Büroraum der Pflegekräfte. Also war seine Aufgabe klar, er musste umgehend Kontakt zu dem Personal aufnehmen und alle über die vermeintliche Verwechslung aufklären und für seine sofortige Freilassung plädieren. Gut, Georg sah ein, dass er sich gerade im Supermarkt falsch verhalten hatte. Ja, so wie er rumgeschrien hatte, hätte man sagen können, Obacht, da dreht grad einer durch. Er sollte vielleicht doch mal an seinem Auftreten arbeiten und seine bayrische Wirtshausmanier, wie Matthis sie stets bezeichnete, ablegen. Denn eigentlich hatte er überhaupt nicht so schnell schauen können, wie er sich in diese missliche Lage manövriert hatte. Das Pflegepersonal hatte ihn schnell in die Klinik gebracht. Ohne dass ihm einmal jemand zuhörte, stand er auch schon nackt zur Leibesvisitation in einem engen kühlen Raum. Seine Uniform war ihm sofort abgenommen worden und er wurde in eine Einheitskleidung der Klinik gesteckt und anschließend in diesen merkwürdigen Raum gebracht.

So wie er nun in seiner kleinen Zelle saß, alleine und isoliert von der Außenwelt, fühlte es sich für den stolzen Bayer weniger wie eine psychiatrische Einrichtung an, sondern eher wie eine Inhaftierung in einem Hochsicherheitsgefängnis. Aber ganz ehrlich. Er war in der Geschlossenen, also Parallelen zu einem Gefängnis waren definitiv vorhanden.

Wo war nur Matthis? Er musste ihn doch bereits vermissen oder war er selbst noch mit seinen Befragungen vor Ort? Das konnte er ja eigentlich einfach herausfinden. Er musste sich nur über die Fensterscheibe zur Pflegestation bemerkbar machen und nach Hilfe rufen. Sobald ihm jemand seine Aufmerksamkeit schenkte, musste er nur fragen, ob sie vom schlaksigen Beamten mit dem breiten Zahnpastalächeln bereits befragt wurden. Wenn das nicht funktionierte, müsste er einfach laut nach seinem Kollegen rufen. Vielleicht war er ja in einer Befragung in der Nähe seiner Zelle und würde die Verwechslung umgehend korrigieren.

Bumm ... bumm ... bumm. Der Kommissar hämmerte seine Faust gegen die Fensterscheibe. Waren die da drin etwa taub? Niemand reagierte. So begann der Ermittler mit Phase zwei seines unüberlegten Plans. Er schrie, so laut er konnte. »Matthis, Matthis, bist du hier? Kannst du mi hören? Matthis ...« Um die Stimme gut zu verteilen und garantierte Aufmerksamkeit zu bekommen, wanderte er dabei durchs Zimmer.

Da nichts geschah, rief er immer lauter und lief paradoxerweise auch immer schneller. Als er an einer Kante vom Bett mit dem Fuß hängen blieb, stolperte und zu Boden klatschte, hatte er endlich die Aufmerksamkeit auf seiner Seite und die Pfleger und Pflegerinnen standen reihum an der Fensterscheibe, um zu überprüfen, ob der Insasse wieder aufstand. Georg sah dies über einen Spiegel an der Decke. Über diesen Spiegel konnten die Pfleger die komplette Zelle jederzeit einsehen. Georg stellte sich bewusstlos und wartete. Nach ein paar Minuten öffnete sich die schwere Eisentür und drei Pfleger und eine Pflegerin bauten sich vor der letzten Zellentür auf. Die Pflegerin übernahm das Wort. »Herr Pampelhuber, ist bei Ihnen alles in Ordnung?«

Georg schreckte auf. »Bitte, wie haben Sie mi genannt?«

»Ja, bei Ihrem Namen. Pampelhuber. Georg Pampelhuber.« Die Pflegerin wirkte sehr freundlich, obwohl sie keine Miene verzog.

Sein Name versetzte ihm einen Stich. Es war so, als platzte sein Herz gleich vor Erleichterung. Er wurde erkannt. »Mei, bin i erleichtert, dass sie mi kennen. I muas nämlich dringend wieder raus und meinem Kollegen bei den Ermittlungen helfen.«

»Ihr Kollege kann warten, Herr Pampelhuber ...«, sagte die Pflegerin mit einer unglaublichen Ruhe.

Georg fuchtelte wild mit seinen Händen. »Naa, kann er net. Mia haben doch nur drei Tage vom großen allmächtigen Staatsanwalt bekommen, um unseren Fall zu lösen. Sonst wimmelt es hier von Beamten auf der Insel und das kann ja koaner wollen. Verstehen mia uns?«

»Jetzt ist es erst einmal wichtig, dass Sie wieder gesund werden, Herr Pampelhuber.«

Georg verstand nicht. Sein Gesicht erstarrte zu Eis. »Woas soll i? Mia fehlt do nix.«

»Ja, deshalb sind Sie auch hier. Sie müssen lernen, mit Ihrer Krankheit umzugehen, und Sie müssen erkennen, dass Sie gefährlich für Ihre Mitmenschen sind. Denn das Gefährlichste ist, wenn man denkt, man sei nicht gefährlich.« Die Pflegerin sprach furchtbar monoton und übertrieben deutlich.

»Naa, i bin net gefährlich und mia fehlt a wirklich nichts. Ihr hab mi verwechselt ...«

»Nein, Herr Pampelhuber. Sie müssen lernen, mit Ihrer Erkrankung zu leben. Sich eingestehen, dass Sie an einer schizophrenen Demenz leiden.« Noch immer verzog die Pflegerin keine Miene.

»W... Wo... Woas is jetzt des?«, antwortete der Kommissar irritiert.

»Ich möchte es Ihnen ganz einfach erklären. Verstehen Sie, ich bin nur eine Pflegerin. Der Chefarzt wird Sie später noch besuchen und anfangen, Sie medikamentös einzustellen. Dann wird es Ihnen auch umgehend besser gehen ...«

»Aber mia fehlt doch nix ...«, sagte der Kommissar mit einer Abgeschlagenheit in seiner Stimme.

»Ja, das ist genau das Trügerische an dieser Erkrankung und deshalb sind Sie auch vorerst zur Akklimatisierung in der Isolationszelle. Also zurück zu Ihrem Befund, Herr Pampelhuber. Sie leiden an einer schizophrenen Demenz, das bedeutet, Sie leiden unter Wahnvorstellungen, verwechseln Gefühle und Emotionen und können jederzeit austicken und gefährlich werden. Wenn Sie so einen Anfall hatten, ist das Gefährliche an Ihrer Erkrankung, dass Sie die Ausraster vergessen. Was übrig bleibt, sind Lücken in Ihrer Erinnerung. Das fängt im Anfangsstadium ganz harmlos an. Sie vergessen vielleicht mal, wo Sie ein Auto geparkt haben oder fragen sich, woher die neue Delle an Ihrem Auto stammt. Das ist im Einzelnen auch nicht weiter schlimm, aber in Ihrem Fall kam ein kleines Mädchen im Inselmarkt zu Schaden und ab hier gibt es leider keine andere Möglichkeit mehr.«

Dem Kommissar entwich jegliche Farbe aus dem Gesicht. Konnte das wirklich stimmen? Er wurde ganz leise und in sich gekehrt. Einzelne Erinnerungen zogen wie bei einer sterbenden Person vor seinem geistigen Auge an ihm vorbei. Da war der schwere Kopftreffer an der Laterne, der vergessene Caddy, der vergessene Leihwagen, einiges, was er für Matthis erledigen sollte, aber nicht mehr wusste, was es war, weil er es auch gerade in diesem Moment vergessen hatte, oder die komische Situation in der Wache, als ihm Matthis zuwinkte und fragte, ob er einen Arzt brauchte. Vielleicht hatte Matthis hier ja einen Arzt geholt und das alles eingeleitet. Noch bevor seine Bilder aus seinem Kopf verschwanden, rief er »Ach du Scheiße!« aus. »Was ist mit Matthis? Kann ich ihn sprechen?«

»Nein, Prof. Neermann hat Ihnen jeglichen Kontakt zur Außenwelt untersagt, bis Sie von den Medikamenten optimal eingestellt sind.«

»Aber i sollt das wenigstens Matthis melden. Er is ja ganz allein ohne mi!«

»Machen Sie sich um Ihren Kollegen keine Sorge. Er war heute Vormittag hier und hat die Einlieferungspapiere unterschrieben und uns mit Ihrer Unterbringung beauftragt.«

»Matthis hat mi hier eingewiesen?« Georg entwich jegliche Hoffnung und seine Mundwinkel bogen sich leicht nach unten.

»So sieht es aus. Jetzt beruhigen Sie sich und kommen erst einmal zur Ruhe. Heute Nachmittag wird Sie der Oberarzt für Ihre erste Behandlung abholen und Sie für die entsprechende Station einteilen.«

Kapitel 29

Matthis hatte Konrad zum richtigen Schiff gebracht und ihn damit erfolgreich von der Insel geschafft. Es war nicht anzunehmen, dass der Täter oder die Täterin diesen Schachzug durchschaute, und damit war für Matthis die Angelegenheit erledigt. Am Festland waren die Kollegen bereits alarmiert. Sie sollten Konrad in Empfang nehmen und ihn für ein paar Tage an einen sicheren Ort bringen.

Elegant und durch den Rückenwind beflügelt, brauste das kleine Einsatzfahrzeug den kurzen Weg vom Hafen zur Wache zurück. Auf den Terrassen der Cafés, an denen Matthis vorbeirauschte, herrschte reger Betrieb. Es duftete herrlich nach frisch gemahlenem Kaffee. Matthis, der eine Schwäche für guten, starken Kaffee hatte, überlegte, ob er nicht eine kleine Pause einlegen sollte. Am liebsten in dem Café, das nur ein paar Hundert Meter von der Inselwache entfernt lag, doch schon von Weitem erkannte Matthis den großen Van der Spurensicherung vor der Wache. Deshalb entschied er sich um und fuhr auf die Wache zu. Er parkte direkt vor der Hütte und blockierte damit die Einfahrt aufs Gelände.

Herr Ahrens presste beide Hände gegen die Fensterscheibe, um nicht vom Spiegelbild der Sonne geblendet zu werden und etwas erkennen zu können. Als der

Caddy anbrauste, drehte er sich um und grüßte mit einer verhaltenen Geste den Polizisten. Hinter ihm waren noch deutlich die Spuren seines beschlagenen Atems auf der Fensterscheibe zu sehen. Er musste also schon länger dort gestanden und reingeschaut haben, was Matthis sehr irritierte.

»Herr Ahrens! Was machen Sie denn hier?«, fragte Matthis.

»Ich habe Neuigkeiten für Sie. Aber, Herr Ahrens war mein Vater, Sie können mich gern Marco nennen. Wollen wir nicht lieber reingehen?«

»Gerne doch, Marco. Und wegen einer Neuigkeit kommen Sie jetzt persönlich vorbei? Wäre ein Fax nicht schneller gewesen?«

»Ich war sowieso in der Nähe und treffe mich ab heute Nachmittag mit einem alten Freund, da dachte ich, ich schaue vorher lieber persönlich vorbei.«

Matthis nickte dem Kollegen zu, während er die Wache aufschloss. Beide Herren fanden im Pausenraum einen Platz um den runden Tisch.

»Also, was haben Sie für mich?«

»Ich habe alle Fingerabdrücke vom Sicherungskasten auswerten können. Die Sicherung war, wenn sie rausgeflogen ist, auf natürliche Weise rausgesprungen. Es waren nur Fingerabdrücke von Kerstin und Ralf Radkowski auf dem Kasten. Damit können wir ausschließen, dass jemand Fremdes im Keller war. Ist das nicht einfach gut zu wissen?«

»Und das wollten Sie ... Pardon, wolltest du mir persönlich sagen?«

»Ja ... Ah, und ich brauche zu Vergleichszwecken die Fingerabdrücke Ihres Kollegen. Wo finde ich ihn denn?«

»Das ist nicht notwendig. Seine Fingerabdrücke sind genau aus solchen Gründen bereits in eurer Datenbank hinterlegt.«

»Perfekt ... Ach, und wegen dem Sturz in den Pool wäre es gut, wenn ich noch eine Haarprobe bekommen könnte. Wir haben am Abfluss Haare gefunden und möchten ausschließen, dass es sich um die Lockenpracht des Kollegen handelt. Also, wo ist Herr Pampelhuber denn?«

»Auch das ist nicht nötig. Georg hat an seinem Schreibtisch eine Haarbürste liegen. Da sind genug Haare drauf. Also, ist sonst noch was?«

»Ja ... aber das würde ich wirklich gerne mit Herrn Pampelhuber persönlich klären ... Du weißt, Datenschutz und so weiter ...«

»Wenn es wichtig ist, musst du es mit mir klären. Georg ist die nächsten Tage im Einsatz.«

»Ach, nicht so wichtig!« Marco winkte ab. »Dann frage ich ihn die Tage, wenn er mir über den Weg läuft. Dann mach ich mal weiter.«

»Alles klar, wo geht's hin?«

»Ah, ich treffe mich nur mit Ste... also einem alten Freund. Wir wollten gemeinsam ein bisschen das gute Wetter genießen.«

»Dann viel Spaß!«, rief Matthis ihm hinterher und der Kollege war auch schon verschwunden. Das war ja mal ein merkwürdiger Auftritt. Was wollte Marco nur Wichtiges mit Georg besprechen? Ihm kam es fast vor, als wäre Georg der eigentliche Grund seines Besuches und nicht die Info, dass sie auf dem Sicherungskasten keine fremden Fingerabdrücke gefunden hatten. Der Haarprobe, die er angeblich so dringend benötigte, hatte er ebenfalls keine weitere Beachtung geschenkt. Also, was wollte er wirklich? Hatte die Spurensicherung etwa bei einer Poolprobe etwas anderes gefunden? Wie einen bösen Erreger oder Indizien dafür, dass mit Georgs Gesundheit etwas nicht stimmte?

Kapitel 30

Ein ziemlich auffälliger Geländewagen fuhr durch das neue Industriegebiet auf Norderney. Der Wagen wurde langsamer und stoppte an der Kreuzung zur Bürgermeister-Jensen-Straße.

Die zierliche Gestalt drückte die Fahrertür beim Aussteigen sanft zu. Mit leisen Sohlen wandelte sie auf die Poolreinigungsfirma Gramberg zu. Unter ihrem Arm klemmte ein kleiner kabelloser Lautsprecher, denn gleich war es wieder so weit und das Lied war zum Abspielen bereit.

Ein neues, langes, stabiles Brotmesser hatte sich die Gestalt an den Gürtel gesteckt wie ein Ritter sein Schwert. Aus der Jackentasche ragte das Ende von einem Holzstäbchen hervor. Die zahlreichen Banderolen waren abwechselnd rot-blau-rot-blau-rot. Es war also alles bereit für die nächste Runde.

Die Poolreinigungsfirma Gramberg hatte einen kleinen Laden mit Zubehörartikeln, diesen Zugang zum Gebäude hatte die Gestalt angesteuert. Aber die Tür war entgegen den ausgeschriebenen Öffnungszeiten verschlossen. Ungläubig rüttelte die Gestalt an der Tür. Doch es war nichts an der Tatsache zu ändern, dass der Laden verschlossen war. Durch das Schaufenster sah sie, dass im Laden kein Licht brannte.

Getrieben vor Zorn schlich die Gestalt weiter ums Haus, aber selbst die Büroräume lagen im Dunkeln.

Hinter keinem Fenster spiegelte sich Leben und das, obwohl er noch nicht mit seiner Tat begonnen hatte.

Die Gestalt wanderte einmal komplett um das Gebäude herum und starrte an der Einfahrt zum Grundstück auf den vollzähligen Fuhrpark der Firma.

Zornesröte erreichte ihr Gesicht, denn die Gestalt erkannte, dass ihr nächstes Opfer ihr einen Schritt voraus war und sicherlich bereits die Insel verlassen hatte. Es musste also entweder eine neue Reihenfolge oder ein anderer Plan her.

Kapitel 31

Da war aber mal Stimmung in der Bude. Matthis hatte, alleine in der Wache, alle Hände voll zu tun, die zerstrittenen Familienmitglieder der Familie Thiel zu beruhigen. Es wimmelte von Schuldzuweisungen und da Matthis weniger Räume als zu befragende, streitende Personen hatte, blieb ihm nichts anderes übrig, als die erhitzten Gemüter zu separieren. Vater Thiel brachte er in die Verhörecke, die etwas leisere Tochter in den Pausenraum und den erregten Sohn mit hochroter Birne führte er auf die Terrasse direkt neben das Dixi-Klo.

Die Streitereien brachten ihn nicht wirklich weiter. Es gab aber eine Übereinstimmung, bei der sich alle Familienmitglieder einig waren: Die Kinder gaben ihrem Vater die Schuld daran, dass ihre Mutter viel zu viel alleine zu Hause hockte und deshalb aus Langeweile den Job in der Psychiatrie angenommen hatte und somit dem Küchenhilfenmörder ins Auge gefallen war. Der Vater machte seinen Kindern Vorwürfe, dass sie ihre Zukunft auch auf Norderney hätten aufbauen können, dann hätte ihre Mutter auch keinen Job aus Langeweile gebraucht.

Erst als alle Türen zugezogen waren und alle Beteiligten akustisch abgetrennt waren, konnte Matthis mit seiner eigentlichen Befragung beginnen.

Der Revierleiter fing mit dem Vater an. Er war ein schmieriger Fink und erinnerte ihn an den ehemaligen stellvertretenden Bürgermeister Freddy Bartsch. So wie der Herr mit seinem feinen Zwirn vor ihm saß, könnte er glatt dessen Bruder sein.

»Hallo, Herr Thiel«, sagte Matthis. »Erst einmal möchte ich Ihnen mein herzliches Beileid aussprechen. Dann möchte ich Ihnen den Wind aus den Segeln nehmen und Ihnen mitteilen, dass wir zwar mit Sicherheit sagen können, dass es bei beiden aktuellen Morden Parallelen gibt. Wir sind aber noch lange nicht so weit, garantiert von einem Täter zu sprechen …«

Herr Thiel unterbrach ihn. »Das ist ja mal wieder klar. Bei unseren Behörden kann nie etwas nachgewiesen werden. Aber bei der Steuer seid ihr fix …«

»Herr Thiel … Ich meine damit nur … Die Medien bauschen das sehr auf. Die wollen natürlich auch eine gewisse Auflage täglich verkaufen und deshalb schreibt man doch schneller kranker Serienmörder anstatt etwas weniger Aufputschendes. Verstehen Sie, was ich meine?«

Der Herr nickte arrogant und verzichtete auf einen Kommentar.

»Also, ich habe Sie hier einbestellt, weil ich nicht an einen kranken Serienmörder, der wahllos Küchenhilfen killt, glaube. Ich bin überzeugt, dass es zwischen den beiden Opfern Kerstin Radkowski und Diana Thiel eine Verbindung gibt. Und ich habe bereits eine Verbindung gefunden. Beide arbeiteten eine Zeit lang für die Psychiatrie Lippestrand. Als Ihre Frau anfing, kündigte Frau Radkowski kurze Zeit später und wechselte in einen ihrer Fähigkeiten entsprechenden unterqualifizierten Job. Warum? Hatte Ihre Frau irgendetwas diesbezüglich erzählt oder sogar damit zu tun?«

»Ich weiß nicht, was Sie meinen oder was mich andere Leute angehen?«

»Ich meine, man sitzt beim Essen und sie erzählt: Da ist eine blöde Kollegin, die hat mich auf dem Kieker. Oder: Stell dir vor, der hat was mit dem in der Küche gehabt. Oder so ähnlich ...«

»Für Tratsch interessiere ich mich nicht. Fragen Sie lieber meine Tochter, sie telefonierte öfter am Wochenende mit ihrer Mutter.« Der Herr wirkte nicht niedergeschlagen oder wie in Trauer, sondern eher wütend, als ob ihm jemand etwas kaputt gemacht hätte. Oder eine Delle ins neue Auto gefahren hätte.

»Fällt Ihnen sonst irgendetwas Ungewöhnliches ein?«, fragte der Revierleiter. Der feine Herr zeigte keine weitere Regung, deshalb wurde der Polizist konkreter. »Also, Sie wohnen ja nicht gerade in einer Durchgangsstraße. Wenn Sie also jemand mal ein paar Tage auskundschaften würde, könnte man ja einmal ein ungewöhnliches Fahrzeug oder sonst etwas bemerken.«

»Sie müssen wissen, ich verkaufe Immobilien. Die meisten Objekte, die ich betreue, liegen auf Föhr, Amrum, Sylt und Pellworm. Ich bin zwecks Besichtigungen und Verkaufsgesprächen sehr viel unterwegs. Die letzte Zeit war ich ein ... maximal zwei Tage die Woche zu Hause. In dieser Zeit ist mir nichts aufgefallen.«

»Alles klar. Kennen Sie zufällig einen Ralf Radkowski?«

»Wer soll das sein? Noch nie von ihm gehört. Steht er etwa in Verdacht ...«

»Nein, nein, das ist der Ehemann unseres ersten Opfers.«

Der Herr rollte arrogant mit den Augen. »Was sollte die Frage? Soll ich jetzt mit ihm mal einen Kaffee trinken gehen?«

»Herr Thiel, Sie müssen verstehen, dass wir in alle Richtungen ermitteln müssen und werden.« Matthis schaute kurz in sein Notizbüchlein. »Gut, dann fasse ich gerade noch mal zusammen. Sie waren zum Todeszeitpunkt nachweislich auf Föhr und haben für mich keinen Anhaltspunkt. Ihnen fällt niemand ein, der einen Groll gegen Ihre Frau hegte, noch können Sie sich die Verbindung zu Frau Radkowski erklären.« Der Herr nickte jeden Punkt einzeln ab. Es wirkte so, als ob ihm das Tatmotiv und die Ermittlungen eigentlich völlig egal waren. Matthis' Eindruck sollte sich sogar noch bestätigen. »Gut, Herr Thiel, dann wären wir so weit durch. Bitte halten Sie sich für weitere mögliche Fragen zur Verfügung und verlassen Sie, wenn möglich, nicht die Insel.«

»Wie stellen Sie sich das vor? Ich habe einen vollen Terminkalender. Ich kann doch wegen so was nicht ...«

Matthis konnte nicht anders und unterbrach den Befragten. »Das ist ja schön, wenn die Geschäfte laufen, aber ich denke, die Auflösung eines Mordfalls, gerade auch der Ihrer Frau, sollte Ihnen da doch etwas mehr wert sein. Haben Sie noch einen schönen Tag!« Diese Antwort kam für den Herrn doch sehr überraschend, ebenso, dass Matthis aufstand und ihn einfach sitzen ließ.

Saskia Thiel, die Tochter des Opfers, saß ganz ruhig im Pausenraum. Ihr Gesichtsausdruck verriet, dass sie erst vor wenigen Augenblicken geweint hatte. Die feuerroten Haare, die ihr ins Gesicht baumelten, konnten diese Tatsache nicht vollumfänglich verdecken. Akustisch untermalte dies ein Schniefen. Matthis versuchte, die kommende Befragung viel behutsamer zu führen, und nahm alle Daten auf. Doch es fiel ihm schwer, nach dem anstrengenden Gespräch mit dem Vater runterzukommen. Seine Stimme war noch nicht so einfühlsam und freundlich, wie er sie gerne hätte. Die dreiundzwanzigjährige Theaterwissenschaftsstudentin lebte aktuell in Hamburg und war in der letzten Zeit nicht auf Norderney. Mit ihrer Mutter hatte sie einen regen Austausch, wenn sie einen Tag mal nicht chatteten, telefonierten sie.

»Haben Sie das nicht auf dem Handy meiner Mutter gesehen?«, antwortete die Studentin auf die erste richtige Frage des Revierleiters.

»Nein, leider nicht. Ich muss gestehen, ihr Handy fehlt seit dem Mord. Es ist wie vom Erdboden verschluckt. Eine Ortung brachte mich ebenfalls nicht weiter.«

»Merkwürdig ... aber irgendwie auch gruselig.« Die junge Frau wickelte eine rote Haarsträhne um ihren Zeigefinger. »Wissen Sie, was ich meiner Mutter für Bilder geschickt hatte? Sie hatte ihr Handy schon ziemlich lange, da ist dann doch auch eine ganz große Lebensspanne abgebildet.«

»Wenn Sie so viel mit Ihrer Mutter geschrieben und gesprochen haben, kennen Sie sicherlich auch mehr Geschichten aus ihrem beruflichen Umfeld.« Matthis kratzte sich gedankenverloren mit einem Finger an der Backe.

»Ja, ein paar Sachen weiß ich schon. Aber was soll ich da jetzt erzählen?« Saskia Thiel ließ ihre Strähne fallen und zupfte sich am Ohrläppchen.

»Fangen wir mit ihren Kollegen und Vorgesetzten an?«

»Also, in der Küche fühlte sie sich pudelwohl und sie liebte es einfach, wieder unter Leuten zu sein und die Gespräche am Arbeitsplatz. Probleme oder Streitereien aus der Küche sind mir nicht bekannt, aber ...« Sie stockte abrupt.

»Aber was?«, fragte der junge Revierleiter.

»Na ja, ich weiß, dass der Klinikleiter Prof. Steffen Neermann nicht gerade ihr Fan war.« Jetzt war ihr anderes Ohrläppchen fällig.

»Wie das?«

»Er hat ja eigentlich mit der Küche nichts zu tun. Das Personal, das hier kocht, gehört ja zu einem anderen Subunternehmen, somit hatte meine Mutter von ihm auch nie etwas zu befürchten. Auch wenn er sie auf dem Gang schon ein paar Mal blöd angesprochen hatte. Mehr weiß ich aber dazu nicht. Also ein Arschloch rennt doch in fast jeder Führungsebene herum, oder?«

»Sagt Ihnen der Name Kerstin Radkowski etwas?«

»Tatsächlich ja. Also sie hat wohl überraschend die Firma verlassen, wurde wohl auch oft blöd vom Professor angesprochen. Der ist ja noch nicht so lange Klinikleiter hier auf Norderney.«

»Ach, das ist mir neu!«, sagte Matthis. Seine Stimme war mittlerweile auf dem Level, das er haben wollte.

»Ja, der Prof ist erst so ein oder zwei Jahre im Amt und hatte nach dem Studium eine Zeit lang irgendwo in Osteuropa in einer forensischen Psychiatrie gearbeitet und Mama sagte, dass er schon hin und wieder schlechte Stimmung in das Haus bringt.«

»Das klingt, als müsste ich mich noch mal mit dem Professor unterhalten. Fällt Ihnen sonst noch etwas ein, was mit der Tat in Verbindung stehen könnte? Hatte Ihre Mutter Feinde oder etwas beobachtet, was sie nicht hätte sehen sollen?«

»Da ist mir nichts bekannt.«

Matthis kamen noch ein paar Fragen in den Sinn, aber diese hätte er sich eigentlich auch sparen können, denn sie brachten ihm keine neuen Erkenntnisse ein.

Als Nächstes befragte Matthis den Sohn des Opfers. Seine Birne hatte mittlerweile wieder die Farbe eines normalen Menschen angenommen. Der Ultras-Anhänger eines Bremer Fußballvereins arbeitete als Tischler in einem Vorort von Bremen. Am Wochenende galt seine komplette Aufmerksamkeit dem Fußball. Seit Jahren hatte er jedes Spiel seines Herzensvereins live im Stadion verfolgt. Egal ob zu Hause oder auswärts, keine Reise war ihm zu weit. Seine Mission hatte er direkt auf dem Oberarm tätowiert. *Scheiß Fußballverband* stand breit unter dem Logo des Vereins. Schon witzig, dass es genau diese Menschen sind, die diesen Fußballverband füttern und finanzieren, denn sie sind diejenigen, die jedes Spiel, das der Verband ansetzt, mit teuren Tickets in den Händen und singend unterstützen, dachte Matthis. Matthis hielt es mit dem Fußball so lala. Er hatte etwas Grundwissen und schaute mit seinem Kollegen hin und wieder mal ein Länderspiel in der WG. Also eine Fachsimpelei kam mit ihm weniger infrage.

Nachdem er die Daten und das Alibi aufgenommen hatte, fragte er Jonas Thiel nach dem Verhältnis zu seiner Mutter.

»Ja, ähm, wir haben nichts gehabt. Also kein Streit oder so, aber viel gesprochen haben wir auch nicht.«

»Wann haben Sie Ihre Mutter das letzte Mal gesehen oder gesprochen?«

»Gesehen, puh, ich glaube, das war in der Sommerpause, da war ich mal vier Tage auf Norderney.«

»Sommerpause?«, fragte Matthis.

»Ja, von der Liga!«

»Ach so, ich verstehe, und wann gab es das letzte Gespräch, Telefonat oder Chat?«

Jonas Thiel schaute kurz nach rechts, dann nach links, ehe er seine Antwort fand. »Ich glaube, das war vor Leverkusen ...«

»Ich kann Ihnen nicht folgen!«

Der Befragte klatschte in die Hände. »Warte ... Doch ... Klar, das war vor Leverkusen. Ich sagte ihr noch, dass ich gerade im Stadion bin, also gegen Leverkusen, und ich sie nach dem Spiel zurückrufe.«

»Und dann?«

»Haben wir haushoch verloren. Ich hab mir an einem Bengalo den Arsch verbrannt und hab's dann wohl vergessen.« Der Herr winkte ab, war wohl so ein gebrauchter Tag, einfach zum Vergessen.

»Wenn wir jetzt noch wüssten, wann das Spiel war, wäre ich zufrieden«, sagte Matthis und unterdrückte ein leichtes Schmunzeln.

»Das können wir rausfinden«, sagte Jonas Thiel und zückte sein Mobiltelefon. »Das Spiel war ... Mist, vor drei Wochen.«

»Okay, dann hatten Sie in der letzten Zeit überhaupt nichts mit Ihrer Mutter zu tun und wir können die Befragung abkürzen. Wissen Sie von Problemen an ihrem Arbeitsplatz?«

Jonas Thiel schüttelte den Kopf. »Nein!«

»Hatte Ihre Mutter Feinde?«

»Nein!«

»Sagt Ihnen der Name Radkowski was?«

»Ja, der spielt bei Köln!«

»Danke schön. Damit wären wir so weit mit der Befragung durch. Sollten sich neue Fragen ergeben, würde ich mich melden.«

Es war geschafft und die Wache war wieder leer. Matthis schnaufte einmal tief durch und setzte sich an seinen Schreibtisch. Er zog eine Schublade auf und holte eine Getränkedose heraus. Es zischte und der Revierleiter nahm einen großen Schluck. In diesem Augenblick war es ihm egal, dass er die dunkle Brause noch nicht im Kühlschrank der Wache kalt gestellt hatte. In seinen Gedanken sortierte er all das, was er die letzten Minuten erfahren hatte. Also Prof. Dr. Neermann war definitiv eine Spur, aber es war vereinbart, dass er den Kontakt zur Klinik die nächsten zwei Tage meiden sollte, um die verdeckten Ermittlungen nicht zu gefährden. Deshalb musste diese Spur fürs Erste auf die lange Bank geschoben werden. Was hatte er sonst noch Neues? Seine Gedanken kreisten.

Mensch, irgendeinen neuen Anhaltspunkt musste er doch haben. Mit dem Zeitdruck im Nacken fiel es ihm schwer, die Konzentration aufrechtzuerhalten. Doch dann erinnerte er sich plötzlich an eine Aussage von Saskia Thiel. Lebensspanne ... Lebenszeit ... Oh Mann!

Der Täter oder die Täterin entwendet womöglich die Handys wegen der ganzen Bilder. Diese stehen symbolisch für die Lebenszeit, die der Täter oder die Täterin womöglich nicht hatte, und deshalb wird hier den Hinterbliebenen das Gleiche angetan. Mit dieser neuen Erkenntnis eröffnete sich für Matthis ein ganz neuer Sachverhalt und seine Finger tanzten über der Tastatur.

Kapitel 32

Georg hatte sich die letzten Stunden gut akklimatisiert und den ersten Schock verdaut. In diesem Zustand war er bereit für die nächste Hürde. Ein Oberarzt namens Dr. Meißner hatte ihn aus seiner Zelle abgeholt und in einen kleinen Therapieraum gebracht. In seiner ersten Aufnahmesitzung ging es hauptsächlich um die Einstufung, auf welche Station er denn musste. Zur Auswahl standen die Abteilungen mit den höchsten Sicherheitsstandards, die der mittleren Sicherheitsstufe, die Abteilung für Drogenabhängige oder die Abteilung mit der niedrigsten Sicherheitsstufe.

Dr. Meißner hatte einige Formulare vor sich auf dem Tisch ausgebreitet. Auch dieser Herr sprach sehr deutlich und beruhigend auf Georg ein. »Ich finde, das Siezen ist eine furchtbare Barriere und deshalb möchte ich, dass wir uns fortan duzen. Ist das für Sie in Ordnung?«

»Passt scho«, grummelte der Bayer vor sich hin.

»Georg, wir werden uns jetzt ganz offen und ehrlich unterhalten. Bitte nimm dir diese Regel zu Herzen, denn nur wenn wir uns nicht belügen, kannst du in die richtige Station aufgenommen werden. Ich denke, du bist schlau und weißt, dass du die besten Heilungschancen in der richtigen Abteilung mit den besten für dich ausgebildeten Therapeuten hast.«

»Freilich!«

»Schön, dann fangen wir an.« Dr. Meißner ließ den Kugelschreiber klicken und schaute auf eines der Formulare vor ihm. »Zuerst einmal möchte ich dein empathisches Empfinden testen, dafür habe ich einen aktuellen Zeitungsartikel mitgebracht. Es geht um eine achtzehnstündige Geiselnahme. Was empfindest du, wenn du so etwas hörst?«

»Respekt, i muast ja scho nach zwoa Stund pieseln und je nachdem, wie spät es wird, irgendwann würd i a wegknicken.«

»Verstehe.« Dr. Meißner ging auf Georgs Antwort nicht ein und machte sich derweil ein paar Notizen. Als er aufschaute, fragte er: »Was empfindest du bei Musik?«

»Kommt drauf an. Wenn sie schön is, mach i sie gerne laut, aber bei vielem Neumodischen, da bin i raus.«

Dr. Meißners Kugelschreibermine kratzte ein wenig beim Schreiben. »Hast du selbst einmal Musik gemacht?«

»Früher hab i mal getrommelt.« In Georgs Augen funkelte es leicht.

»Wie war das? Also fandest du dich gut?«

Der ehemals musizierende Kommissar wippte leicht mit seiner lockigen Haarpracht. »I denk, i war net der Schlechteste, aber wenn i mir den Gustl anschau, der hat gegroovt wie Sau, auch wenn er das Crashbecken immer mit der Stirn gespielt hat.«

»Verstehe ... Georg, ich will, dass du dich jetzt zurücklehnst. Dich etwas treiben lässt, so als wärst du schwerelos in Raum und Zeit, wie im Weltall. Alles unter dir ist weit weg und so lächerlich von oben betrachtet. So armselig und auch klein. Wie fühlt sich das für dich an?«

»I glaub da ja net dran. I bin so schwer, i glaub, i schlapp da einfach durch.«

»Wo?«

»Ja, in so a Raumstation im Weltall.«

»Du glaubst also nicht an das Weltall?«

»Woas, naa des scho, aber i schlapp da halt durch, wenn alle um mi herum schwerelos Pirouetten drehen.«

»Verstehe ...« Schon wieder rauschte der Kugelschreiber in einem atemberaubenden Tempo über das Formular. Als der Doktor von seiner krakeligen Handschrift aufsah, fragte er: »Wie fühlst du dich, wenn du jetzt an das kleine Mädchen denkst?«

»Mei, do werd i sauer.« Georg ließ seine Faust auf die weiße Tischplatte fallen. »Woaßt, wenn du dir etwas aufbauen willst. Bis du das mal etwas etabliert hast, das dauert Jahre, aber wenn du wen zamhaust, da wissen es gleich alle. Da brauchst koan Marketingbetreuer. Das is doch net normal!«

»Fühlst du dich manchmal beengt, beobachtet oder verfolgt?«

»Naa, aktuell nicht.«

»Das heißt?«

»Ja, i glaub, das war um die 2007, da war i versehentlich mal in einer Sekte.«

»Wie kann ich das verstehen?«

»Das war in der Zeit meiner Firmung. Da mussten wir einmal sonntags in der Nachbargemeinde zum Gottesdienst und ja, da bin i an einer Kreuzung mit dem Mofa falsch abgebogen und saß versehentlich in so a falschen Kirche und dann is mia net aufgefallen, dass die Leut alle fremd waren und erst als der Pfarrer kam, merkte i, dass es schon zu spät war und i hab da dann a was ausfüllen müssen, sonst wäre i net rausgekommen, und ja, schon wurde es blöd.«

»Verstehe ...« Der Kugelschreiber kratzte immer lauter und die Farbe der Schrift wurde immer blasser.

»Ja, die san mia dann a eine Zeit lang immer hinterher und wollten an mein Geld und dass i mi erleuchte oder so an Schmarrn.«

»Verfolgt dich die Sekte immer noch?«

»Naa, scho a Weil nimmer. Als i Polizist wurde und dann a meine Waffe bekam, da hörte das dann ganz schnell auf. Gut, vielleicht gab es da auch einmal einen Warnschuss, vielleicht auch versehentlich einen sauberen Treffer in die Kniescheibe, aber zum Glück glauben die Sektenmitglieder nicht an die Schulmedizin, wenn sie verstehen, was i meine.« Der wirre Kommissar zwinkerte ihm zu.

»Verstehe ... Schaust du gerne Fernsehen?«

»Freilich, aber die Werbung ... Also früher war die ja wirklich schön, aber heut ... I versteh nicht mehr, was die von mir wollen. Gestern, da saß so a Strizerl do und wollt mia a ETirgendwas verkaufen. I würd es ja nehmen, wenn i wüsst, was des is und wo i das herbekomm und a wenn i wüsst, warum i es brauch. Da saß dann so ein junger Kerl grinsend in der Küche und nickte in sein Handy rein. Also dafür muss i doch nichts kaufen. Das kann i schon alleine. Früher, da wusstest du, wenn du den Stuhl kaufst, kannst du drauf sitzen. Aber heut ...«

»Erregt dich diese Werbung?«, fragte ihn Dr. Meißner.

»Total, i will wissen, warum i eine Sache kaufen soll und net rätseln, was die Kasper von mia wollen könnten. Also wo soll i hin mit meinem Geld? I würd das doch sehr gerne wissen.«

»Kann es sein, dass es nicht nur die aktuelle Werbung ist, die dich in Rage versetzt?«

»Freilich, das ist auch unsere ganze Zeit. I versteh einfach vieles nicht mehr. Zu Hause in Prutting bei der alten Post, mein Stammlokal, da haben sie die Resi, die Wirtin, jetzt abgemahnt, weil sie einen Toast Hawaii auf der Speisekarte hat. Was denken die sich? Etwa Jubelströme auf den Straßen, Tausende Menschen, die frohlocken auf den Straßen von Honolulu? Endlich, ja, endlich haben sie es geschafft und sich aus der Unterdrückung befreit, weil die Resi zahlt siebenhundert Euro Strafe. I glaub, die Welt hät grad andere Probleme, oder?« Georg holte kurz tief Luft. »Schau doch mal in die Zeitung. Gestern, da haben sie gesagt ...«

»Wer hat was gesagt?«, fragte ihn der Oberarzt.

»Ja, irgendwelche Stimmen halt. I hab das auf dem Klo gelesen. Also ein Wirt auf Baltrum gibt seine Kneipe auf und sucht einen Nachfolger. Man darf sich ab sofort für die Bewirtung mit Konzept bewerben. Das gab es doch früher net und dann haben mia wieder Fachkräftemangel. Was willst du für ein Konzept? Trinken kaufen, kühlen, Ausschank, fertig. Wenn Küche, dann Bratwurst, Schwein, Geflügel und vegan. Brötchen dazu und der Veganer Schorsch bekommt sei Würstl ohne Brötchen brennend heiß auf die Pfote, fertig.« Der Bayer schnaufte wie nach einem Marathon.

»Geht's wieder?«

»Sorry, aber das musste jetzt mal raus. So frei kann i auf der Wache oder in der Öffentlichkeit als Polizist einfach net reden«, sagte Georg erleichtert. »Das war dann wohl doch alles ein bisserl zu viel die letzten Monate. I mein, die Versetzung, der angedrohte Rauswurf, dann doch net, dann der Mordanschlag in der WG, mein Stirnrendezvous mit der Laterne ...«

»Ja, und genau dafür sind wir doch hier«, sagte Dr. Meißner, stand auf und klopfte dem einstigen Kommissar auf die Schulter. »Gemeinsam schaffen wir das schon. Du darfst jetzt gerne zum Abendbrot in die Kantine gehen, später zeigt dir jemand dein neues Zimmer.«

Kapitel 33

Matthis' komplette Unwissenheit verflog allmählich und endlich hatte er einen Plan, wonach er in der Polizeidatenbank suchen musste. Die angezeigten Akten beliefen sich auf über eintausendsiebenhundertzwölf Fälle. Eine weitere Einschränkung konnte er in der Suchmaske nicht eingeben, somit musste er jede Akte kurz einsehen, um zu schauen, ob er seine Vermutung belegen konnte.

Eine ältere Dame schlich durch das Hafenviertel auf die Inselwache zu. Das traumhafte Blau, das sich vom Himmel in den Wellen widerspiegelte, nahm sie nicht zur Kenntnis. Mit ihrem bunten Kopftuch und der Sonnenbrille auf der Nase wirkte sie wie aus einem billigen Bankwerbespot entflohen.

Als sich die Dame vor dem Fenster der Wache nach vorne beugte, um einen besseren Einblick zu erhaschen, fiel ihr eine schneeweiße Haarsträhne ins Gesicht.

Matthis schaute gerade von seinem Bildschirm auf, so als spürte er den musternden Blick. Zügig und unerschrocken stand er auf und marschierte zu der Eingangstür.

»Kann ich Ihnen helfen?«, fragte er umgehend die Dame.

»Ich bin mir nicht ganz sicher. Mein Name ist Barbara Winterfeld und ich hatte einen merkwürdigen Anruf

auf meiner Mailbox. Ich soll mich als Zeuge melden ...
Ich habe mittlerweile mit den Polizeibehörden vom
Festland gesprochen, aber da wollte niemand mit mir
sprechen und ein netter junger, blonder Herr von der
Küstenwache meinte, dass der Anruf von Ihnen stam-
men könnte.«

Matthis nickte der Dame zu. »Ja, der Anruf kam von
meinem Kollegen ...«

Frau Winterfeld ließ den Beamten nicht aussprechen.
»Ist er im Haus?«

»Nein, der ist aktuell eingefangen in der ... äh ... im
Einsatz. Ich ermittle aber ebenfalls in dem Fall. Also
kommen Sie doch bitte rein.«

Freundlich bot Matthis der Dame etwas zu trinken an
und setzte sich mit ihr in die kleine Verhörecke der Wache.

»Schon einmal vorweg, Ihr Kollege meinte, ich
könnte Zeuge eines Mordes sein, da seien Sie sich aber
nicht so sicher ... Ich kann Sie beruhigen, mir ist da
nichts bekannt.«

»Machen Sie sich keine Sorgen. Mein Kollege, der re-
det auch mal gerne am Thema vorbei.« Matthis machte
eine abwertende Handgeste. »Sie sind nicht tatverdäch-
tig und auch keine Zeugin eines Verbrechens. Sie können uns aber trotzdem sehr weiterhelfen.«

Die Dame, die sich für einen Kaffee entschieden hatte,
führte ihre Tasse leicht zittrig zum Mund.

»Also, Frau Winterfeld. Wir haben einen Zettel im
Müll gefunden, auf diesem war eine Botschaft für Ralf
Radkowski. Was hat es damit auf sich?«

Mit weit geöffneten Augen stellte die Dame ihre Tasse zurück auf den Untersetzer. »Was? Kerstin hat den Zettel weggeschmissen? Dann kann ich ja lange auf einen Anruf von Ralf warten.«

»Ja, und da Frau Radkowski, was Sie sicherlich den Medien entnehmen konnten, Opfer eines Tötungsdeliktes wurde ...«

»Kerstin ist tot?«, fragte Frau Winterfeld erschrocken.

»Haben Sie nichts über den Küchenhilfenmörder in der Zeitung gelesen?«

»Nein, ich lese keine Zeitung mehr. Mich beschäftigen die ganzen Themen zu sehr, deshalb habe ich irgendwann entschieden, nur noch im Hier und Jetzt zu leben. Gerade auch diese machtgeilen Gewerkschaftsvorsitzenden, die aktuell nur noch streiken, um ihr Foto in der Zeitung zu sehen, das regt mich zu sehr auf ...«

»Das kann ich nachvollziehen, aber zurück zu unserem Fall. Wir wissen, dass Ralf Radkowski vor Jahren Ihr Arbeitskollege war.«

Frau Winterfeld wollte gerade wieder ihre Tasse aufnehmen, entschied sich aber um und schaute dem Revierleiter tief in die Augen. »Das hatte er Ihnen erzählt? Ich denke, Arbeitskollege ist doch eine maßlose Reduzierung. Also mein Mann Dirk war mit Ralf von klein auf befreundet. Sie waren früher nicht die engsten Freunde, aber als Jugendliche waren wir, also Ralf, mein Mann, ich und ein paar andere, Teil einer Clique. Als der Ernst des Lebens begann, wurden Dirk und ich ein Paar. Wir hatten beide studiert und uns entschlossen, ein Feriencamp auf Norderney zu eröffnen. Die ersten Jahre waren hier richtig schwer. Wir verfolgten nämlich einen Ansatz, der seiner Zeit gerade in Mode kam.«

»Wenn ich mich da kurz einklinken dürfte«, sagte Matthis. »Ich kenne mich in diesem Bereich noch nicht so gut aus. Was meinen Sie mit Ansatz?«

Die Dame nahm einen Schluck aus ihrer Tasse. »Na ja, es geht hierbei um Kinder und Jugendliche, die den rechten Weg aus den Augen verloren hatten und wieder zurück auf den wahren Weg geführt werden mussten. Wir hielten uns dabei natürlich streng an die christlichen Werte.«

Matthis bekam allmählich ein Bild in den Kopf und hörte weiter gespannt der Dame zu.

»Irgendwann, als wir aus den roten Zahlen herauskamen und sich unser Camp zu einem Geheimtipp unter wohlhabenden Geschäftsleuten und Politikern entwickelte, die ihre verwöhnten und unerzogenen Kinder ungesehen im Morgengrauen zum Ferienbeginn abschoben, entschieden wir, personell aufzustocken. Dirk verwendete von Anfang an Methoden, die in den Vereinigten Staaten erlaubt waren, aber hierzulande nicht so ganz. Deshalb war es für uns naheliegend, eine Person zu engagieren, der wir vertrauen können. Zu Ralf standen wir die gesamte Zeit immer im Kontakt und so überzeugten wir ihn, sich unserem Projekt anzuschließen. Aber der große Traum meines Mannes war es, ein Camp in den Vereinigten Staaten zu gründen. Irgendwann ergab sich die Chance. Der Dollar stand günstig. Wir ließen alles zurück und kauften mit dem Gewinn und dem erzielten Grundstückspreis ein neues Camp im Norden der USA, direkt an der kanadischen Grenze. Ab diesem Zeitpunkt waren unsere Handlungsweisen auch nicht mehr in einer rechtlichen Grauzone und wir konnten arbeiten, wie wir es wollten ...«

»Wenn ich mich hier auch noch mal einklinken dürfte, Frau Winterfeld«, sagte Matthis. Er wollte eigentlich die Befragte in ihrem Redefluss nicht unterbrechen, aber bei gesetzlicher Grauzone konnte er nicht anders, als nachzufragen.

»Sie müssen verstehen, Herr Jüllich, in Deutschland war es damals noch erlaubt, Kinder in der Schule mit einer Ohrfeige oder einem Schlag auf die Finger zu züchtigen. Aber sollte so eine Erziehungsmaßnahme wirklich das gewünschte Ergebnis liefern? Mein Mann und ich sagten Nein, und wir sagten Nein zu Gewalt gegen Kinder, aber wir hatten andere Methoden, um eine Bestrafung mit lang anhaltender Wirkung zu erzielen, wie zum Beispiel zwölf Stunden mit dem Bauch auf dem Boden liegen, natürlich mit dem Gesicht gerade zum Boden. Das wurde zu dieser Zeit in den Vereinigten Staaten bereits praktiziert, in Deutschland wurden die Rahmenbedingungen dafür erst ein paar Monate später offiziell erprobt.« Matthis atmete tief durch. Nun brauchte er kurz einen Schluck Wasser, bevor er wieder der Dame konzentriert zuhörte.

»Es stand von Anfang an außer Frage, dass uns Ralf bei unserem neuen Camp begleiten würde. Es war alles geplant. Er hatte schon eine Wohnung neben unserer auf dem Gelände und ein Container, um all sein Hab und Gut einzuladen, war auch bereits auf dem Weg zu seinem Elternhaus. Das war genau der Punkt, an dem Ralf wohl kalte Füße bekam. Er rastete komplett aus und schickte die Umzugshelfer wieder fort. Also flogen wir alleine nach Amerika. Wir hatten noch ein paar

Mal versucht, ihn umzustimmen, und berichteten ihm, wie schön alles war, aber das war früher auf diese Entfernung nicht so einfach mit dem Telefonieren oder Briefeschreiben wie heute. Fakt ist, Ralf blieb stur und kam uns nicht einmal besuchen, obwohl wir ihn sogar hin und wieder einluden. Einmal boten wir ihm sogar an, ihm die Flugtickets zu spendieren. Aber auch das änderte seine Meinung nicht und wir hörten nicht mehr viel von ihm.« Die Dame trank ihre Tasse aus. Das Einzige, was übrig blieb, war ein roter Lippenstiftrand auf der Kaffeetasse.

»Okay ... Die Geschichte hatte ich leicht abgeändert beziehungsweise weniger detailliert schon von Ralf gehört. Was sich mir dann aber für eine Frage stellt: Woher kennen Sie seine Frau? Diese hatte Ralf doch erst viel später kennengelernt.«

»Das ist falsch. Lieben gelernt, ja, das hat er sie erst ein paar Jahre später, aber gekannt haben sie sich bereits bei uns im Feriencamp.«

»Wie können Sie sich da so sicher sein?«

»Kerstin war zwei Sommer lang bei uns Gast. Im zweiten Jahr war Ralf schon einer der Betreuer. Da die Schulferien in jedem Bundesland unterschiedlich sind, waren einige Kinder früher und andere später angereist. Ich weiß, dass Ralf der Betreuer ihrer Gruppe war. Ich glaube, die Gruppe war die lila Gruppe, aber nageln Sie mich nach all den Jahren nicht fest.«

»Lila Gruppe bedeutet?«, fragte Matthis mit einem großen Fragezeichen auf der Stirn.

»Ach, mein Mann hatte da ein System. Kinder, die er als gefährlich einstufte, also Querulanten, Schläger usw., bekamen ein rotes Bändchen. Lila war die Farbe der Wiederholungstäter. Also Kinder, die bereits einen Sommer hier verbracht hatten, sich gut benahmen und deshalb einige Freiheiten mehr bekamen, von denen andere Kinder noch träumten.«

»Aha. Jetzt stellt sich mir natürlich die Frage: Was machen Sie hier auf Norderney und warum hat Kerstin Ihren Zettel bekommen?«

»Mein Mann ist voriges Jahr verstorben. Wir hatten all die Jahre unseren Traum gelebt und alleine wollte ich ihn nicht mehr weiterleben. Ich verkaufte das Camp, setzte mich zur Ruhe und ja, irgendwie hat es mich zurück zu meinen Wurzeln gezogen und ich lebe wieder hier auf Norderney.«

»Und wie kommt da jetzt der Zettel ins Spiel?«

»Die Insel ist ja nicht so groß und beim Einkaufen ist mir mehrfach eine Frau über den Weg gelaufen. Das Gesicht kam mir bekannt vor. Aber bei so vielen Kindern, die ich all die Jahre betreute, könnte das natürlich auch eine Einbildung sein. Aber irgendwie beschäftigte mich diese Frau. Diese Gesichtspartie. Eines Tages traf ich sie wieder und sie trug Arbeitskleidung und ein Namensschild mit der Aufschrift K. Radkowski. Dann war bei mir der Groschen gefallen. Im Laden ignorierte Kerstin mich und tat so, als ob ich sie verwechseln würde. Sie ließ mich eiskalt stehen. Ich hatte ihr dann in aller Eile einen Zettel geschrieben und bin zu der Klinik, deren Name auf ihrem Schild stand, gefahren. Kerstin war gerade mit den frisch eingekauften Lebensmitteln an der Laderampe und war alles andere als erfreut, mich wiederzusehen. Widerwillig nahm sie meinen Zettel an und versprach mir, ihn Ralf zu geben. Sie sagte aber, dass sie nicht wüsste, ob Ralf sich melden möchte, da er auch nicht mehr der Fitteste sei, und ich sollte, wenn ich nichts hörte, seine Entscheidung akzeptieren und mit der Vergangenheit abschließen. Das habe ich dann auch getan.«

»Das hilft uns doch schon sehr weiter. Vielen Dank für Ihre ehrlichen Worte. Jetzt ist es so, dass wir noch ein zweites Opfer haben. Diana Thiel. Sagt Ihnen der Name etwas?«

»Puhhh!« Die Dame schnaubte. »Wir hatten wirklich viele Kinder und das Camp auf Norderney ist über vierzig Jahre her. Alle Namen kann ich Ihnen da nicht mehr sagen. Also der Nachname Thiel sagt mir überhaupt nichts, aber Dianas gab es sicherlich einige. Der Name war wegen der englischen Kronprinzessin in den Achtzigern und Neunzigern doch sehr beliebt.«

Matthis ließ einen Moment seinen Blick durch die kleine Wache schweifen und überlegte. »Gibt es Aufzeichnungen über die Sommer, in denen Kerstin im Ferienlager war?«

»Ja klar, Dirk hatte über jedes Kind eine Akte und da die Eltern wohlhabend waren, bewahrte er auch jede Akte auf und nahm sie sogar mit in die Staaten. Er sagte immer, er möchte es einfach wissen, wenn aus einem seiner Campbesucher mal jemand Bedeutendes werden sollte. Er führte da auch tatsächlich eine Statistik. Also jemand wurde zum Beispiel Schauspieler, vier Kinder wurden bedeutende Musiker, es gab aber auch Fälle, die in der Psychiatrie endeten oder sogar Geschäftsleute, die mit ihren Ideen scheiterten und heute in der Gosse leben, und sehr viele, von denen wir nie wieder etwas hörten.«

»Kann ich diese Akten sehen?«

»Mein Mann hatte unter dem Büro des Camps ein beachtliches Archiv. Aber als ich das Camp verkauft hatte, habe ich auch alle Geschäftsunterlagen den Nachfolgern überlassen. Ich weiß also nicht, ob die Akten in Amerika noch existieren oder ob Ihnen die neuen Betreiber überhaupt einen Einblick gewähren würden.«

»Schade, das hätte vielleicht eine Spur sein können. Denn ich vermute, dass es irgendeine Verbindung zu Frau Radkowski und Diana gab oder vielleicht sogar ein dunkles Geheimnis zwischen ihnen und einer weiteren Person stand.«

»Wenn, dann sicherlich nicht über das Camp. Wir hatten uns maximal in einer Grauzone bewegt und schlimmere Vorfälle hatten wir auf Norderney nicht«, flunkerte die Dame zum Abschluss ihrer Vernehmung.

Kapitel 34

Georg folgte Dr. Meißners Worten. Als Patient mit der mittleren Sicherheitsstufe konnte sich Georg einigermaßen frei in dem Gebäude bewegen. Wenigstens konnte er sich so auf eine normale Kantine freuen und musste sein Abendessen nicht vorgeschnitten vom Pappteller mit den Händen essen wie die Patienten mit der höchsten Sicherheitsstufe. Diese durften ihre Zimmer nicht verlassen und wegen der erhöhten Gefahr maximal mit einem kleinen Plastiklöffel speisen. Messer und Gabel waren für die Patienten dieser Klasse natürlich tabu.

Georg stieg schon von Weitem dieser Geruch in die Nase. Gut, wenn man richtig Hunger hatte, freute man sich doch über alles.

Niemand stand vor ihm an der Essensausgabe. Eine kräftige Küchenhilfe lächelte ihm freundlich entgegen. Die Dame mit den dunklen Haaren war nicht besonders groß. Ihre Tätowierungen an den Armen signalisierten jedoch, dass mit ihr nicht zu spaßen war.

»Grüß Gott«, sagte Georg, der, wenn er sich gehen ließ, stärker in seinen bayrischen Dialekt verfiel. »Mei, riecht das guat. Wo haben Sie nur so kochen gelernt?«

Die Dame schaute ein wenig empört. »Das ist der Abfluss, der stinkt, wenn sich das Wetter ändert. Heute gibt es nur Brot, Wurst und Käse. Was darf ich dir auf den Teller packen?«

Nachdem Georg seine Wahl getroffen hatte, schaute er sich in der Kantine um. Es gab nur kleine Tische für zwei Personen und alle Tische waren belegt. Außer einem. Daran saß ein freundlich aussehender Senior. Rein vom Optischen erinnerte er Georg an seinen Großvater Heinrich, den er schon lange nicht mehr gesehen hatte.

Georg stiefelte auf den freien Platz zu und setzte sich zu dem Herrn. Dieser schaute ihn irritiert an. »Hallo, ich bin Martin und ich tanze gerne alleine.«

»Herrlich, und i schmetter Arien auf dem Klo. Also los geht's.«

»Warum bist du hier?«, fragte der ältere Herr, nachdem er aufgegessen hatte.

»I bin wohl durchgedreht«, sagte der Kommissar und ergänzte: »I kann mi aber net so richtig daran erinnern. Laut meiner Erinnerung war das ein Unfall und i bin unschuldig angemacht worden, aber na ja.« Der einstige Kommissar schnaufte tief durch. »Wer weiß! ... Warum bist du hier?«

»Pssst, nicht so laut. Ich habe ja nichts. Ich bin kerngesund. Ich bin hier nur untergetaucht ...« Der Mann brach ab und schaute sich paranoid um. »... weil mich der Bundesnachrichtendienst verfolgt. Nur hier bin ich sicher.«

»Du weißt scho, dass die Klinik eine staatliche Einrichtung ist?«

»Waaaaaasssss!«, rief der Herr mit leicht verdrehten Augen aus, aber Georg schenkte dem keine Beachtung, weil ihm etwas anderes ins Auge fiel. Etwas, was seiner Auffassung nach überhaupt keinen Sinn ergab.

Der Kommissar saß nämlich so an seinem Tisch, dass er den Eingang und damit den Flur fest im Blick hatte und auf diesem lief gerade Prof. Dr. Neermann, den er von einem Foto auf dem Flur erkannte, in Begleitung von Herrn Ahrens aus der Spurensicherung vorbei. Was macht denn die Spurensicherung hier vor Ort?, fragte sich Georg. Diese Bemerkung war der Funke, den der frustrierte Kommissar brauchte, um eine neue Flamme zu entfachen. Tief in ihm drin kamen Zweifel auf. Er dachte daran, wie er Herrn Ahrens bei Herrn Gramberg belauscht hatte, und schlussfolgerte, dass hier etwas nicht stimmte. Vielleicht war seine ganze Einweisung ja auch eine Farce, um ihn, den großen Kommissar, aus dem Weg zu räumen. Ja, das konnte doch nur so sein und Matthis, der war sicherlich auch aufs Glatteis geführt worden. Ihm kam sowieso das ganze Thema mit den Aussetzern spanisch vor. Wahrscheinlich war die ganze Supermarktgeschichte von Anfang an eine Falle für ihn. Denn er hatte ja zwischen Malte Gramberg und Marco Ahrens etwas belauscht, das sie in Verbindung setzte, und auch der Name Kerstin fiel. Also war das wohl die Verbindung, die Matthis qualvoll suchte. Aber was will man machen, er hatte es halt nicht so in den Genen verankert wie er, der große bayrische Starermittler. Deshalb war jetzt auch Schluss und er würde wieder ermitteln, heimlich und undercover in der Psychiatrie, und sicherlich würde er das Rätsel um den Küchenhilfenmörder lösen. Und selbst wenn nicht, er hatte ja nichts anderes zu tun. Drei Tage hatte ihnen der Staatsanwalt gegeben, erinnerte er sich. Also wenn er mit dem guten Herrn telefoniert hätte, dem hätte er aber mal schön die Leviten gelesen.

Also drei Tage für einen Kommissar Pampelhuber, das war ja viel zu viel ...

Ein lauter Pfiff holte den Kommissar aus seinen Gedanken. Georg schreckte auf. Dr. Meißner stand mittlerweile neben ihm am Tisch. Noch während er bemerkte, dass seinem Gegenüber ein Beruhigungsmittel gespritzt werden musste, fragte sich der Kommissar: Oder habe ich vielleicht doch Aussetzer?

»Schön, dass du deinen Zimmerkollegen schon kennengelernt hast.« Der Oberarzt lächelte ihm freundlich ins Gesicht. »Georg und Martin, kommt mit, ich bringe euch nun in euer Zimmer.«

Kapitel 35

Der Abend war angebrochen und Matthis tippte in der Wache noch seinen versprochenen Tagesbericht für die Staatsanwaltschaft ein, als das Telefon klingelte. Er schaute auf das Display und erkannte die Vorwahl von Norderney. Mit einer gewissen Vorahnung speicherte er seinen halb fertigen Bericht ab und nahm den Anruf entgegen.

»Inselwache Norderney, mein Name ist Jüllich«, sprach der junge Revierleiter selbstbewusst in den Hörer. Er klemmte den Hörer zwischen Ohr und Schulter, lauschte und tippte gleichzeitig an seinem Bericht weiter. Dann rief er mit etwas zu hoher Stimme: »Alles klar, Frau Gramberg, ich mache mich umgehend auf den Weg zu Ihnen.«

Was war denn momentan hier los?, fragte sich der Revierleiter, als er den Caddy erneut vom Hof jagte.

Kurze Zeit später hielt Matthis den Wagen vor einem schicken Häuschen in der Nähe des Weststrandes. Das Wohngebiet um den Weststrand war eine etwas noblere Wohngegend. Direkt in der Nähe befand sich auch die besagte Bürgermeistervilla, die noch vor ein paar Wochen das Ziel ihrer Aufmerksamkeit gewesen war.

Die Anruferin, Bianca Gramberg, wartete sehnsüchtig auf den Polizisten und empfing Matthis schon vor dem Haus.

»Was genau kann ich für Sie tun?«, fragte Matthis, nachdem er sich ordentlich vorgestellt hatte.

Die Frau war ganz aufgeregt. »Wir haben gleich halb acht durch. Mein Mann schließt um achtzehn Uhr den Laden und kommt anschließend immer direkt nach Hause. Da ist bestimmt was passiert.«

Matthis versuchte, die Frau zu beruhigen. »Frau Gramberg, Sie wissen doch, es kann einem immer mal etwas dazwischenkommen …«

»Ja klar«, erwiderte sie und ging nicht weiter darauf ein. »Aber dann ist er wenigstens erreichbar. Im Geschäft ist er nicht. Die Firma war seit heute Vormittag geschlossen, nachdem Ihr Kollege vor Ort gesichtet worden war, und dann war ja auch noch sein neuer Mitarbeiter derjenige, der das Opfer des Küchenhilfenmörders gefunden hatte.« In ihren Augen war ein Ausdruck purer Angst zu erkennen. Matthis nahm sich den Sorgen an.

»Okay, ich gebe Ihnen recht, das klingt merkwürdig, und in diesem Fall können wir die Vierundzwanzigstundenregel sicherlich außer Acht lassen.«

»Was können Sie dann tun?«

»Ich werde Ihren Mann umgehend zur Fahndung ausschreiben und mich vorher in seinem Laden kurz umsehen. Vielleicht war er ja im Einsatz, denn wir haben Konrad von der Insel geschafft, um sicherzugehen, dass der Täter ihn nicht hier auf Norderney zu fassen bekommt.«

»Okay.« Die Dame schnaubte.

»Woher wissen Sie eigentlich, dass mein Kollege vor Ort war?«

»Ja, als mein Mann nicht wie normal von der Arbeit kam und auch nicht an sein Telefon ging, bin ich zum Laden gefahren. Dieser war verschlossen. Ich traf aber noch jemanden von der Schreinerei gegenüber an. Der Schreinermeister sagte mir, dass er sich gewundert hatte, was für ein Idiot heute Morgen mit dem Polizeicaddy ständig im Kreis um das Industriegebiet gefahren ist. Kurz nachdem er gehört hatte, dass der Caddy irgendwo hängen geblieben sein musste, hatte er den Polizisten bei meinem Mann am Laden herumschleichen sehen. Es sah so aus, als ob der Herr etwas belauschte, wohl ein Kundengespräch, ist dann aber unbeholfen durch die Tür gestolpert. Später hätte er dann gesehen, dass der Laden zu war und ein Kunde mehrfach an der Tür rüttelte und sogar einmal komplett ums Haus ging und dann wieder verschwand. Schon alleine das ist untypisch für meinen Mann. Die Öffnungszeiten sind ihm heilig und falls der Kunde einen Termin hatte, dann ist das ein Anzeichen, dass etwas passiert sein musste, weil mein Mann Termine noch nie vergessen hat.«

»Alles klar, Frau Gramberg. Ich benötige für die Fahndung ein aktuelles Bild von Ihrem Mann sowie eine Beschreibung und die Info, welche Kleidung er heute Morgen trug, als Sie ihn zuletzt gesehen haben.«

Die Frau nickte dem Polizisten zu und forderte ihn auf: »Folgen Sie mir ins Haus.«

Als Matthis alles zusammen hatte, fuhr er ins Gewerbegebiet zu dem Laden. Die Straßen waren nicht allzu stark befahren, außer ein paar Touristen, die sich auf den Weg zur letzten Fähre des Tages machten, fiel

Matthis nichts Besonderes auf. Als er an der Bürgermeister-Jensen-Straße ankam, bemerkte er, dass die Schreinerei zu dieser späten Stunde bereits geschlossen war. Der Poolladen lag ebenfalls dunkel und verlassen auf seiner gegenüberliegenden Seite. Da Frau Gramberg Matthis mitgeteilt hatte, dass sie einen Schlüssel für den Laden besitze und sie dort bereits nach ihrem Mann geschaut habe, entschied er, diese Dunkelheit als unveränderten Zustand zu betrachten, und fuhr, ohne auszusteigen, zurück zur Wache.

Noch bevor er sich wieder an seinen Bericht setzte, leitete er die Fahndung nach Malte Gramberg ein und ging noch einmal alle Möglichkeiten im Kopf durch. Was hatte Georg belauscht? Gab es etwa eine Verbindung von Malte Gramberg zu dem Täter? Oder gab es eine weitere Verbindung zu Frau Thiel? Hatte der Täter oder die Täterin vielleicht mit Herrn Gramberg gerechnet anstatt mit einem seiner Mitarbeiter?

Immer mehr Fragen kreisten um ihn herum und er wäre in diesem Moment wirklich gerne jeder einzelnen nachgegangen. Aber ohne Indiz und ohne Spur konnte er nichts tun und musste auf einen möglichen Fahndungserfolg hoffen. Denn wie sagte einmal der Kommissar abends zu ihm: *Wir können jetzt auch im Kreis hüpfen, das bringt genauso viel.*

Kapitel 36

Georg hatte sein kleines Doppelzimmer bezogen. Er lag gerade auf seinem Bett und beobachtete seinen nervösen Zimmerkollegen. Der bayrische Patient hatte eine furchtbare Lektion gelernt. Manchmal war es wohl besser, jemanden in seinem Glauben und seiner Überzeugung zu lassen. Auch wenn seine Ansichten doch irgendwie seiner Meinung nach der Wahrheit entsprachen, hätte er sie unbedingt für sich behalten sollen. Jetzt war Martin, der nette Zimmergenosse, der dachte, er würde von der Bundesnachrichtenagentur verfolgt, noch nervöser. Martin fuchtelte auf seinem Bett wild umher. Er hob sogar mehrfach sein Kopfkissen an und tastete die Matratze ab. Wahrscheinlich suchte er nach einer Abhörwanze.

Die neunmalkluge Bemerkung, du woaßt scho, dass wir in einem staatlichen Gebäude san, bereute Georg mittlerweile zutiefst. Denn immer wenn Georg versuchte, seine Schuhe auszuziehen, schrie Martin wie am Spieß, was ihm einfalle. Er solle gefälligst so wie er die Schuhe anlassen, weil sie schnell sein müssten, wenn der Bundesnachrichtendienst kommt. Natürlich hatte Martin ihn, um ihn zu schützen, von seinem Bett aus fest im Blick. Georg, der auf seinem Bett mit Hausschuhen lag und sich im kargen Zimmer umschaute, bekam nicht viel zu sehen. Neben seinem Bett gab es einen Schrank und ein kleiner Schreibtisch zog sich auf seiner Seite an der Wand entlang bis zur Tür. Martin hatte ebenfalls einen Schrank neben seinem Bett. Dieser stand aber an der Wand länglich und schloss somit von der anderen Seite mit dem Türrahmen ab. Direkt hinter Martin war ein Fenster. So hatte sein paranoider Gefährte immer einen Blick auf das Gelände und konnte im Notfall rechtzeitig mit der Flucht beginnen. Es war egal, dass das Fenster auf den klinikeigenen Garten zeigte und der Haupteingang und die Straße auf der anderen Seite lagen. Der Kommissar erkannte anhand der Konturen einer wankenden Baumkrone, dass ein sanfter Wind über die Insel wehte. Nicht mehr lange, ehe sich die Blätter golden färbten, und er sollte seinen ersten Herbst auf Norderney hinter den verschlossenen Türen verbringen?, fragte er sich in einem Anflug aufsteigender Melancholie. Hatte er nicht eigentlich andere Pläne im Leben? Er entschied sich, diese Gedanken schleunigst zu unterdrücken und für Ablenkung zu sorgen.

»Gibt es hier koan Fernseher?«, fragte der Kommissar seinen Zimmerkollegen, der ihn nach wie vor regelrecht anstierte.

»Nicht in diesem Zimmer. Ich habe ihn entfernen lassen. Denn der Bundesnachrichtendienst ...«

»Jaja, i woaß. Die schaun raus und du schaust nei.«

»Wa... Wa... Was?«, rief sein Zimmergenosse schockiert aus. Georg begriff, dass er unbedingt lernen musste, seine Gedanken bei sich zu lassen. »Mei, warum hast du dann den Fernseher entsorgen lassen?«

»Ja, wegen der Strahlung, die der Bundesnachrichtendienst zur Gedankenkontrolle verwendet.«

»Ach so, freilich.« Georgs Blick schweifte erneut durch das Gemach. »Ja, ganz schön langweilig. Was macht man denn hier den ganzen Abend ohne Fernseher?«

»Du kannst ja gucken gehen, wenn du deinen Geist benebeln lassen möchtest, dann bitte nur zu!«

»Wo?«

»Die Türen sind nicht verschlossen und den Gang runter gibt es den Aufenthaltsraum.«

»Mei, dann schau i mia den mal an. Magst du mit?«

»Nein ... Aber lass die Schuhe an!«, rief er dem eloquenten Bayer hinterher.

Es war noch nicht spät und trotzdem war der lange Flur menschenleer. Der Gang erinnerte Georg an das nahe gelegene Inselkrankenhaus. Es war im selben Stil gebaut. Der einzige Unterschied waren die helleren Gitterstäbe an den Fenstern.

Aus einem Zimmer vor ihm flackerte ein buntes Licht. Die zusätzliche Geräuschkulisse verriet das laufende TV-Gerät. Der immer besser vernehmbare Dialog ließ den Kommissar Trash-TV vom Allerfeinsten erahnen.

Der bayrische Lockenkopf stach optisch nicht aus der Gruppe um die Flimmerkiste heraus. Als der nächste Werbeblock Georg aufschauen ließ, schweifte sein Blick zum Flur. Das Klackern von festen Schuhsohlen erweckte seine Neugierde. Die Personen hatten einen flotten Schritt drauf und kamen immer näher. Georg befürchtete, dass in wenigen Augenblicken Pfleger oder Ärzte dem heiteren Abend ein Ende versetzen würden und sie alle zurück in ihre Patientenzimmer schickten. Es war noch nicht so spät und der Kommissar fürchtete sich vor einer langen schlaflosen Nacht.

Der weiße Kittel, der sich in sein Blickfeld bohrte, versetzte ihm einen kleinen Schrecken, jedoch interessierte sich dieser Klinikleiter Prof. Dr. Neermann nicht für sie. Bewaffnet mit einer Akte unter dem Arm marschierte er an dem Zimmer vorbei, dicht gefolgt von Marco Ahrens. Was machte denn dieser Kerl so spät immer noch hier? fragte sich der Kommissar und entschied sich endgültig, dem nachzugehen.

Vorsichtig nahm er die Verfolgung auf. Die beiden Herren waren viel zu vertieft in ihrer Unterhaltung. Sie bemerkten nicht, dass sie beobachtet und belauscht wurden.

»Ich versteh dich nicht, Steffen«, sagte Marco Ahrens von der Spurensicherung. »Wir haben sie. Du hast sie fest in der Hand und trotzdem bringst du sie wieder runter in das Archiv. Warum?«

Georgs Neugier stieg nun ins Unermessliche. Er kniete sich in der Nähe eines Feuerlöschers nieder. Seine Gelenke knackten und für einen kurzen Moment rutschte ihm sein Herz in die Hose. Die beiden Herren diskutierten jedoch ungestört weiter.

»Ganz einfach. Das Archiv wird immer wieder auf Vollständigkeit überprüft. Also, warum sollten wir dieses Risiko eingehen?«

Zornesröte stieg ihm Gesicht von Marco Ahrens auf. »Wir sollten diese Akte verbrennen und uns in alle Himmelsrichtungen zerstreuen, das ist meine Meinung.« Der Professor zog seine rechte Augenbraue an. »Deine Meinung war schon immer nicht die beste. Denn wer hat es denn übertrieben? ... Wer ist durchgedreht vor Angst, ertappt zu werden? ... Ich nicht.«

Mist … die beiden Herren gingen wieder ein Stück weiter und die Stimmen wurden leiser. Georg musste um den Feuerlöscher herum. Er befürchtete, dass es ihm beim Aufstehen wieder über die Arschbacke schoss, da ihm momentan einfach immer Ischias zwickte, und entschied leise auf allen vieren ein Stück nach vorne zu krabbeln. Nach seiner Auffassung geschah dies elegant wie bei einer Katze. In Wahrheit konnte er froh sein, dass sich die Herren im Augenblick nicht umdrehten, denn sein linkes Knie quietschte sogar etwas über dem Boden.

Marco Ahrens war sauer und hatte alle Mühe, dass sich seine Stimme nicht überschlug. »Du warst an jenem Abend nicht einmal dabei.«

»Und trotzdem hänge ich auch mit drin. Du hast mit deinem Besuch bei Malte schon genug Schaden angerichtet. Also bleib cool und vertrau mir. Eine fehlende Akte zieht Kontrollen nach sich und es wird viel zu viel Aufsehen erregen und gewisse Personen werden sich fragen, was in der Akte drinsteht … Aber so, bei so vielen Akten, wer interessiert sich da für eine Akte aus dem Sommer 1984? Und selbst wenn, dann suchst du nach dem entsprechenden Patientennamen und wirst diese Akte niemals einfach so herausziehen. Außerdem, was steht denn drin?«

»Nun ja, viel zu viel meiner Meinung nach.«

Der Professor machte eine abwertende Geste mit seinem Kopf. Das war knapp. Fast hätte er Georg, der es gerade in der Hocke versuchte, gesehen. Optisch erinnerte er an Gollum mit Hexenschuss. »Ja, aber für wen denn? Ein Außenstehender würde unsere Namen als Zeugenaussagen erkennen und fertig. Gefährlich kann uns nur jemand werden, der das wahre Geheimnis kennt. Außer diesem bayrischen Kommissar, den du auf die Spur gebracht haben könntest, gibt es niemanden, der uns mit dieser Akte einen Strick drehen könnte.«

»Deinen Optimismus hätte ich gern.« Marco Ahrens verzog sein Gesicht. Er überlegte sicherlich gerade, ob er sich die Akte nicht gewaltsam aneignen sollte.

»Denk logisch, mein Freund. Diana und Kerstin sind tot. Es gibt nur noch Malte, mich und dich, die die Wahrheit kennen. Nicht einmal dieser Winterfeld kannte je die komplette Wahrheit. Also vertrau mir. Wir haben die Wahrheit jetzt über vierzig Jahre erfolgreich vertuscht, dann schaffen wir das doch noch einmal mindestens genauso lang.«

»Dafür muss uns aber etwas für diesen Polizisten einfallen«, sagte Herr Ahrens. In seiner Stimme schwang etwas Unberechenbares mit.

»Und auch hier war ich schon fleißig, um deinen Fehler zu beheben, lieber Marco.«

»Das ist mir alles noch zu vage. Ich hätte da eine bessere Idee.«

»Diese habe ich dir doch vorhin schon ausgeschlagen. Weißt du, was das für Aufsehen erregen würde?«, fragte der lässige Professor.

»Ja, aber eine wirkliche Nachhaltigkeit vermisse ich bei deinem Plan auch.«

»Nur weil du ihn nicht komplett kennst.« Irgendetwas rumpelte und der Professor wollte sich gerade umdrehen, als ihn Herr Ahrens angiftete. »Dann kläre mich auf oder gib mir die Akte und ich verbrenne sie noch heute.«

»Jetzt fängst du schon wieder an. Du bist aber unbelehrbar. Pass auf, hier geht es steil Treppen runter.«

Oh Mist, dachte sich Georg. Gerade jetzt, wo es spannend wird, stiegen die beiden Herren die Treppen hinab. Es half ja nichts. So oder so, er brauchte die Akte und er wollte wissen, was hier gespielt wurde. Also folgte er ihnen vorsichtig mit Abstand in die dunklen Katakomben. Er spürte seine vor Spannung feuchten Hände und ging eng am Treppengeländer hinab in die Tiefe. Womöglich war doch alles nur inszeniert.

Kapitel 37

Geschmeidig wie eine dreibeinige Katze huschte der Kommissar durch die zufallende Tür. Gerade rechtzeitig. Das Licht in dem Archiv fiel von zahlreichen nackten Neonröhren von der Decke. Die alten Starter brauchten zum Glück einen Moment, und so konnte Georg sich, bevor der Raum taghell wurde, hinter einem schweren, hohen Regal verstecken. Der Professor zog ein verwegenes Grinsen auf. »Mit dem Pampelhuber läuft doch alles wie am Schnürchen. Diesen Jüllich konnte ich von hier weglotsen, indem er denkt, sein Kollege ermittelt hier undercover, weil mein Personal eine so eingeschworene Truppe sei und sie so schneller und effizienter an die gesuchten Infos kommen. Mein Personal weiß von alledem natürlich nichts und behandelt den Polizisten wie einen normalen Patienten.«

Marco Ahrens schüttelte den Kopf. »Das mag vielleicht eine gute Idee für ein paar Tage sein, aber langfristig gehen wir so vor die Hunde und alles fliegt auf.« Nun wurde er etwas lauter. »Oder willst du das? Willst du alles verlieren?«

Der Professor ließ sich nicht anstecken und blieb ruhig. »Ich halte mich im Fall Pampelhuber vollständig zurück und habe einen fingierten Befund dem Oberarzt Dr. Meißner vorgelegt. Du musst wissen, wir fingen den Polizisten nach einem Ausraster im Supermarkt ein. Besser konnte es uns der Zufall nicht bescheren. Dann glaubt der Typ ernsthaft das, was wir ihm auftischten. Besser kann es doch nicht laufen.«

»Aber was, wenn ihm Zweifel kommen? Was, wenn er dem Ganzen nichts mehr abverlangt und eine unabhängige medizinische Überprüfung bei Dr. Meißner beantragt? Irgendwann informiert er sich vielleicht über seine Rechte und dann haben wir den Salat.«

Der Klinikleiter legte seinen Zeigefinger vor den Mund, wieder schüttelte er abwertend seinen Kopf. »Beim Einstufungsgespräch ist uns der feine Herr auch noch durchgefallen. Also laut der Einschätzung von Dr. Meißner liegen bei dem Herrn einige schwerwiegende Diagnosen vor, allerdings keine gefährlichen, die eine Unterbringung in der höchsten Sicherheitsstufe befürworten würden. Das ist gut, denn in der obersten Klasse muss alles viel genauer dokumentiert und begutachtet werden. In der mittleren Sicherheitsklasse fädelt sich der Herr viel besser ein. Ab morgen nach dem Laborergebnis von Blut und Urin wird Herr Pampelhuber medikamentös behandelt. Ich habe die Empfehlung von Dr. Meißner auf dem Fragebogen heimlich etwas nach oben korrigiert. Der denkt so schnell an keine Rechte. Mit der Dosis würde sogar ein sprechender Elefant nur noch Sterne sehen und wirres Zeug reden.«

»Gut, das klingt nach einem Plan«, sagte Marco Ahrens. Seine Körperhaltung wurde etwas lockerer. »Aber was, wenn sein Kollege Zweifel hegt oder seine Familie hier auftaucht und misstrauisch werden sollte.«

»Auch dafür ist gesorgt. Manchmal denke ich, du kennst mich nicht.«

»Da bin ich mal gespannt.«

»Du weißt, dass ich ein paar Jahre nach dem Studium im Ausland war ...«, sagte der Professor selbstsicher.

»Ja ... du warst aber nicht aus der Welt, sondern nur in Tschechien.«

»Denkst du, Kamerad.« Der Professor lachte auf.

»Jetzt bin ich aber mal gespannt.«

»Du hast schon recht, ich war die ersten zwei Jahre in Tschechien, um an meiner Studie zu arbeiten. Es gab aber in der Klinik einen Zwischenfall, der auch mein Budget reduzierte. Ich konnte die Studie mit so viel Wirbel und Aufmerksamkeit um die Klinik nicht weiterführen und suchte nach neuen Finanzierungswegen. Und ich fand einen. Die letzten drei Jahre meiner Forschungsarbeit verbrachte ich in einem Labor in einer Stadt, die nicht einmal einen Namen hatte ...«

»Steffen, ach du Scheiße!«

»Ich sagte doch, du kennst mich überhaupt nicht richtig.«

»Was hast du jetzt mit diesem Polizisten genau vor?«, fragte der Herr von der Spurensicherung.

Gut, dass die Frage fiel, Georg hatte schon mit dem Kopf starr zwischen den Akten überlegt, ob er selbst fragen sollte.

»Sagen wir es so ... Es ist schon jemand unterwegs, um ihn zu holen. Die können immer Versuchskaninchen für ihre Forschungen gebrauchen.«

»Und das erregt dann kein Aufsehen?«

»Nicht über den Weg, den der Kommissar gehen darf.«

»Dieser wäre?«

»Ich arbeite immer noch mit der Prager Klinik zusammen. Da diese mittlerweile auf Medikamentenunverträglichkeiten spezialisiert ist und außerdem in diesen Fällen auch unser offizieller Partner ist, wäre es kein Einzelfall, wenn sich der Kommissar zur Einstellung und Linderung der Nebenwirkungen dort einer weiteren Behandlung unterziehen müsste. Diese kommen bei der Dosis, die der Kommissar bekommt, auch vor. Deshalb werden wir ihn schon hausintern zur Behandlung in unserer Partnerklinik in Tschechien vorschlagen und ihn dahin überführen. Sein Kollege ist ein Mensch, der das, was in Akten steht, hinnehmen wird, vertrau mir da. Und in der Prager Klinik verschwindet der Kommissar von der Bildfläche. Vielleicht im Rausch der Nebenwirkungen, vielleicht aber auch aus einem anderen Grund, wer weiß. Ich garantiere dir, niemand wird sich dort für den Fall interessieren oder ernsthaft nach einem entflohenen Deutschen in Tschechien fahnden. Nach ein paar Tagen wird sich die ganze offizielle Suche auf Bayern oder Norderney konzentrieren und der Kommissar sitzt dann schon längst in einem Labor in einer Stadt, die es offiziell nicht gibt ... Also gibt es irgendwelche Zweifel oder kann ich die Akte endlich wieder einsortieren?«

»Okay, okay, ich vertrau dir.«

»Na endlich«, sagte Prof. Dr. Neermann. Er zog eine Schublade raus und sortierte die Akte ein. Georg hatte die Hände des Mediziners fest im Blick. Geistesgegenwärtig zählte er die Fingerbewegungen mit. Es mussten also sechzehn oder siebzehn Akten sein, die die Finger des Professors streiften. Die beiden Herren verließen das Archiv und löschten das Licht.

Der Kommissar weilte noch eine gewisse Zeit im Dunklen, um sicherzustellen, dass seine Widersacher verschwunden waren. Seine Atmung war ruhig und flach. Doch sein Herz hüpfte vor Freude. Er war also nicht verrückt, das musste er unverzüglich Matthis mitteilen. Am besten mit den Informationen aus der Akte.

Als sich Georg sicher fühlte, machte er das Licht an und öffnete die Schublade, in der die Akte hing. Seine Finger streiften über das Register. Er zog ein paar infrage kommende Akten heraus und überprüfte sie, bis ihm die Akte eines Eugen von Seggern in die Hände fiel.

Mit großem Staunen folgte sein Blick Zeile um Zeile und alles ergab auf einmal einen Sinn.

Kapitel 38

Vor dem Bootsschuppen kehrte eine bedrohliche Ruhe ein. Ein leichtes Stöhnen und Schmatzen durchbrach die Stille. Das Geräusch klang fast so, wie es ein gestrandeter Karpfen machen würde. Der Junge mit dem roten Bändchen konnte sich nicht vorstellen, dass es die gleiche Bedeutung hatte.

»Marco, du hast es übertrieben«, sagte Kerstin. Malte stimmte ihr zu. »Du hast ihr nahezu das ganze Päckchen in den Mund gestopft.«

»Sie braucht sofort Hilfe«, meinte Diana und wäre am liebsten zu den Betreuern gerannt.

Aber Marco stoppte sie. »Denkt einmal nach. Wollt ihr wirklich so enden wie der Junge im Bootsschuppen und diesen Sommer in der roten Gruppe verbringen? Wenn das rauskommt, sind wir geliefert. Was würden eure Eltern sagen und machen, wenn sie diese Geschichte hören. Außerdem vergesst nicht, wir haben hier einen Zeugen in dem Schuppen und den sollten wir loswerden.«

»Verdammt.« Der Junge mit dem roten Bändchen konnte diesen kurzen Ausruf Kerstin zuordnen. »Was wäre, wenn wir das dem Freak in die Schuhe schieben? Also er stellte Nina von Anfang an nach und schaute sie immer sehr merkwürdig an.«

»Gute Idee, Kerstin«, sagte Malte. In seiner Stimme schwang ein Hauch von Erleichterung mit.

»Dann schlagen ich und Malte die Tür ein«, sagte Marco.

»Ja, und wir holen die Betreuer und sagen, dass der Junge kam und Nina fortgelockt hatte und wir sie so fanden.«

Malte preschte vor. »Ihr wisst, was das bedeutet. Das bleibt für immer unser Geheimnis.«

Einem Augenblick absoluter Stille folgten schwere Schläge und Tritte gegen die Tür. Diese war bereits so beschädigt, dass sie dem Angriff nicht standhielt und aufschwang.

Das helle Mondlicht brannte dem Jungen mit dem roten Bändchen in den Augen. Ohne sich zur Wehr zu setzen, ließ er sich von den beiden Jungen packen und nach draußen schleifen. Sie zogen ihn einmal um die Hütte und dann sah er sie auch schon. Nina, wie sie in der Blüte ihres Lebens zitternd mit schäumenden Lippen auf dem Boden krampfte. Der Junge fiel vor ihr auf die Knie und streichelte sanft ihre Wange. Sie war so wunderschön und endlich konnte er bei ihr sein. »Was ist mit dir? Frierst du?«, fragte er das Mädchen, während er sich an sie kuschelte, um sie zu wärmen. Das Zittern beruhigte sich und Nina wurde ruhiger. Die Krämpfe schienen nachzulassen und der Junge schlang seinen Arm um sie. Er spürte, wie er ihr mit seiner Körperwärme weiterhalf. Zum ersten Mal fühlte sich der Junge geborgen und zu Hause. Ihren letzten Atemzug realisierte der kleine Junge nicht.

Das Letzte, was der Junge mit dem roten Bändchen in jener Nacht zu sehen bekam, war ein heranstürmender Campleiter, gefolgt von der Betreuerin Barbara. Sie kamen, um an Nina zu rütteln und zu schütteln. Das passte dem Jungen natürlich nicht, denn gerade eben war Nina doch erst so ruhig und friedlich in seinen Armen eingeschlafen. »Lasst meine Freundin in Ruhe«, sagte der Junge und stand auf, um sich schützend vor das Mädchen zu positionieren.

Das geschah unmittelbar, bevor ihn ein unkontrollierter Faustschlag vom Campleiter im Gesicht traf. Das war das Letzte, was der kleine Eugen von Seggern spürte, bevor er in der psychiatrischen Klinik Lippestrand die Augen aufschlug.

Kapitel 39

Mit der Akte unter dem Arm schlich der narrische Bayer die Treppe rauf und zurück in den Gang. Er musste einige Zeit in dem Archiv verbracht haben, denn mittlerweile bot sich ihm ein komplett anderes Bild. Der Gang war verlassen und duster. Das Flackern des Fernsehers, das den Flur zuvor noch erhellt hatte, war erloschen. Georg lauschte. Nicht das kleinste Rascheln war zu vernehmen. Ein Blick auf die Uhr an der Wand verriet ihm, dass es kurz vor Mitternacht war. Gut, die Unterlagen waren wirklich ausführlich und Georg hatte sie komplett gelesen, aber dass er weit über zwei Stunden dafür gebraucht hatte, überraschte ihn schon.

So kurz vor der Geisterstunde hatte er definitiv andere Probleme, die er bei seinem spontanen neuen Plan vorab lösen musste. Eigentlich wollte er sich in eines der Stationszimmer schleichen, um telefonisch seinen Kollegen zu alarmieren. Um für Ablenkung zu sorgen, wollte er im Aufenthaltsraum einen blöden Spruch raushauen, wie vorhin bei Martin. Irgendetwas Wirres, das die anderen Patienten so verunsicherte, dass diese Radau machten und das Pflegepersonal aus dem Zimmer holten. Jetzt war der Aufenthaltsraum leer und still. Nur das Ticken der Uhr und der tropfende Wasserspender machten Geräusche.

Der Kommissar befand sich in dem langen Flur, an dem auch sein Zimmer lag. Nachdenklich blickte er ins Auge des dunklen Schlunds. War es eine Option, die Akte zuerst auf seinem Zimmer zu sichern? Also erst in den Raum mit der Nummer 273 – oder war es die 237 – zu gehen? Georg überlegte intensiv. Mist, die Zimmernummer war vielleicht auch die 217. Gut, also bei dem Versuch, in das falsche Zimmer zu schleichen, könnte er durch einen Aufschrei entdeckt werden und er könnte die Unterlagen abgenommen bekommen. Also war diese Idee schon einmal verworfen. Nicht weit von dem Aufenthaltsraum entfernt, auf derselben Seite, befand sich die Station für die Pflegekräfte. Die Nachtschicht war sicherlich nicht so stark besetzt wie die Tagschicht, aber wie zum Teufelsnamen sollte er die Wachen ... halt, stopp, nein, Pfleger, korrigierte er sich gedanklich ... nur weglocken. Auf leisen Sohlen wandelte er zurück in den Aufenthaltsraum. Nachdenklich lehnte er sich an die Wand. Er erinnerte sich an eine legendäre Filmszene, bei der die Protagonisten aus dem, was sie vorfanden, alle möglichen Gegenstände und Waffen bastelten. Dann kam ihm die Idee: Auch er müsste mit den Gegebenheiten spielen. Also, was gab es?

Direkt neben ihm war ein rotes Kästchen an der Wand montiert. Hinter einer kleinen, dünnen Scheibe war ein runder, schwarzer Knopf. Der Kommissar wusste sofort, was er zu tun hatte, und so holte er aus und schlug auf die dünne Scheibe ... Ach du heilige ... Er unterdrückte seinen schmerzverzerrten Aufschrei. Dieses kleine Scheibchen war doch stabiler als gedacht. Er erinnerte sich, normalerweise waren auch immer im Umfeld kleine rote Hämmerchen angebracht. Aber natürlich nicht in der Psychiatrie, wäre ja eine Waffe, und es hatte auch einen Grund, warum manche hier ihr Wurstbrot mit dem Löffel aßen. So einen Feueralarm konnte bestimmt nur das Personal auslösen.

Aber eine neue Erkenntnis hatte er immerhin erlangt. Der Schlag machte Lärm und niemand interessierte sich dafür. Also vielleicht war das Stationszimmer ja überhaupt nicht besetzt.

So schlich der bucklige Lockenkopf an der Wand entlang, bis er das Fenster der Stationspfleger erreichte. Blitzschnell hob er den Kopf, um für eine Millisekunde einen Blick zu erhaschen.

Verdammt, ein jüngerer Pfleger und eine Pflegerin schauten jeweils auf ihre aufgeklappten Laptopmonitore. Beim zweiten Blick erkannte er das charakteristische Flackern, das die Bildschirme machten, wenn sie Videos abspielten. Also, was sollte er tun, um die beiden aus dem Raum zu locken? Denn bei seinem dritten Blick erkannte er das, was er begehrte, nämlich ein Telefon.

Georg schlich die wenigen Meter zum Aufenthaltsraum zurück. Er setzte sich, schaute auf den abgeschalteten Fernseher und dachte nach. Dann fiel ihm eine Geschichte aus der WG vor wenigen Tagen ein. Eine Diskussion, die er mit seinem Kollegen geführt hatte. Matthis erklärte ihm, dass er nicht ständig die Fernbedienung auf den Fernseher ausrichten müsste, da das Signal über Funk übertragen werde. Georg hatte sich noch tierisch aufgeregt und gesagt: »Mei, wo soll i denn dann hi zielen. I schau doch direkt drauf, i müsst mi verrenken, um aus dem Fenster zu ballern.«

Das war also die Idee. Der große Fernseher war im Vergleich zu der anderen Klinikeinrichtung sehr modern. Zu ihm gehörte eine Funkfernbedienung, die sicherlich ein paar Meter schaffte. Dann lagen ein paar Kopfhörer auf einem Sideboard. Er schloss einen Kopfhörer an die Kopfhörerbuchse an und schaltete lautlos das Gerät ein. Dann drehte er die Lautstärke auf 100 und drückte den Knopf, um das Gerät stumm zu machen. Mit einem verwegenen Lächeln zwischen den Backen suchte er einen dieser Sender, die gerade schmuddelige Werbespots spielten. Er zog den Kopfhörer aus der Buchse und schlich vorsichtig geduckt am Stationszimmer vorbei und direkt in den Lagerraum daneben. Hier drückte er wieder die Stummtaste auf der Fernbedienung und es passierte – nichts.

Verdammt, dachte er. So viel also zum Zielen. Vorsichtig schwenkte er seinen Arm aus dem Lagerraum heraus auf den Flur und drückte erneut den Knopf. Diesmal funktionierte es und das Gerät machte ordentlich Krach. Georg hörte sofort Stimmen von nebenan. »Na hoppla«, sagte die männliche Stimme. »Ich kümmere mich sofort darum.« Seine Kollegin machte keine hörbaren Anzeichen, dass sie ebenfalls gewillt war, den Raum zu verlassen. So eine Scheiße, dachte sich Georg. Jetzt hatte er eine Person fortgelockt und trotzdem reichte es nicht, um an das verfluchte Telefon heranzukommen. Doch dann hörte er den Kollegen zurückkommen. »Du, Renate«, sagte er. »Der verfluchte Knopf hängt wieder und deshalb ist der Fernseher wohl auch angesprungen und ich kann diese blöde Fernbedienung nicht finden. Kannst du mir helfen? Vier Augen sehen mehr.«

Die Pflegerin willigte ein und die beiden verließen gemeinsam den Raum. Es konnte nicht besser laufen. Georg nutzte die Gunst seiner Tat aus und schwang herum in das Stationszimmer, um endlich Matthis zu alarmieren.

Kapitel 40

Kurz vor Mitternacht torkelte Matthis geschafft und hundemüde aus dem Hafenpub. Der Hafenpub, die kleine Kneipe, die praktischerweise zwischen der Wache und der WG lag, galt von Anfang an als Anlaufpunkt für die beiden Polizisten, um sich auf der Insel besser einzuleben. Besonders der Wirt Hermann mit seiner direkten norddeutschen Art hatte es den Neulingen angetan.

Für Matthis und Georg ging es an diesem Ort nie um den Alkohol oder einen kurzen sauberen Rausch, sondern vielmehr um die Kontakte zu den Inselbewohnern. Zumal Georg, der Exilbayer, ohnehin niemals Alkohol trank. Nach wie vor hatte die neue Inselwache noch nicht das beste Image auf der Insel. Das meiste war auf die schlechten Schlagzeilen der Lokalzeitungen zurückzuführen.

Als Matthis im hellen Licht des Vollmondes die Eingangstür des Pubs öffnete, freute er sich schon auf sein Bett. Der Tag hatte ihn ganz schön beschäftigt und ohne den Ausgleich an der Bar und die ablenkenden Gespräche hätte er in dieser Nacht wohl keine Ruhe gefunden. So bewegte sich der müde Revierleiter schnurstracks durch die dunklen Gassen und Straßen der Insel. Sein Weg führte ihn zur WG, dann ging es für ihn ohne Umwege auf sein Zimmer und Sekunden später lag er auch schon im Bett und seine Atemzüge klangen ruhig und gleichmäßig. Das Vibrieren seines Handys und das klingelnde Telefon aus dem gemeinsamen Wohnzimmer hörte der Polizist in seinem tiefen Schlaf nicht.

Am nächsten Morgen bemerkte Matthis die verpassten Anrufe auf allen Geräten. Die Nummer war ihm unbekannt, doch die Rückwärtssuche bei der Onlineauskunft ordnete die Nummer der forensischen Psychiatrie Lippestrand zu. Ein schlechtes Gewissen machte sich in ihm breit. Das gestern war alles andere als seriös gelaufen und Matthis sah ein, dass es andere Mittel und Wege gegeben hätte, um an weiterführende Informationen zu kommen. Was sollte Georg außerdem auf die Schnelle schon Bahnbrechendes unter den Mitarbeitern belauschen. Das ganze Unterfangen war überhastet und schlecht durchdacht. Noch vor der ersten Tasse Kaffee entschied Matthis, diese Undercover-Ermittlung abzubrechen. Er zog sich fertig an, holte den Caddy und machte sich auf den Weg zur Psychiatrie.

Nicht weit entfernt von dem Haupteingang der Psychiatrie kniete eine zierliche Gestalt in einem Busch. Die Gestalt mit dem Feldstecher vor den Augen wirkte wie ein lauernder Exhibitionist. War es vielleicht der Fahrer des tschechischen Kleinbusses, der gerade vorfuhr, auf den die Gestalt ein Auge geworfen hatte, oder war es das Surren des elektronischen Golfcaddys, das seiner Aufmerksamkeit galt.

»Was soll das heißen, Besuch sei nicht möglich?«, fragte Matthis erschrocken am Eingangsbereich der

Klinik. Der Mitarbeiter kam natürlich nur seinen Anweisungen nach und gab jenes wieder, was auf dem Monitor stand.

»Sie wissen schon, dass es sich hierbei um meinen Kollegen handelt?«, fragte Matthis mit deutlich mehr Schärfe in seinem Tonfall.

»Und wenn es der Papst persönlich wäre«, sagte der Mitarbeiter. »Hier steht medizinische Notwendigkeit einer Isolationstherapie ...«

»Was soll das heißen?«, fragte Matthis. Er hatte deutlich Zug in seiner Stimme und sein Auftreten wirkte nicht so, als würde er sich mit diesen Angaben zufriedengeben.

»Das ist nichts Schlimmes, Herr Jüllich«, sagte der Angestellte. Er versuchte, mit einem leichten Lächeln die Spannung aus der Unterhaltung zu nehmen. »Das bedeutet eigentlich nur, dass er von den Medikamenten noch nicht richtig eingestellt ist und er, bis es so weit ist, unter besonderer Aufsicht der Oberärzte steht. Gerade bei schweren Psychopharmaka bilden sich mögliche Nebenwirkungen aus und hier wird eben geschaut, ob eine Dosis neu berechnet oder ein einzelner Wirkstoff ausgetauscht oder reduziert werden muss. Manche werden depressiver, manche aggressiver, andere vertragen die Dosis überhaupt nicht, also, bis das alles eingestellt ist, ist kein Besuch möglich. Wir können uns gerne in ein paar Tagen bei Ihnen telefonisch melden, wenn das bei Ihrem Kollegen der Fall ist.«

»Ach so. Wollen Sie mich eigentlich auf den Arm nehmen? Wo ist mein Kollege und wo befindet sich Prof. Neermann? Denn hier liegt offensichtlich eine Riesenpanne vor. Mein Kollege sollte sich bezüglich des

Mordes an Diana Thiel verdeckt umhören und nicht von den Medikamenten eingestellt werden. Das war alles ein Plan, der von der Klinikleitung abgesegnet wurde. Also, auf welcher Station befindet sich mein Kollege?«

Der Mitarbeiter wurde stutzig. Er widmete sich seinem Monitor. Ein paar Mausklicks später schnaubte er um eine Erkenntnis reicher auf. »Ahh, ich habe hier die Patientenakte Ihres Kollegen. Er wurde auf Anraten von Prof. Neermann nach einem Ausraster im Inselmarkt eingewiesen. Herr Pampelhuber fiel durch den psychologischen Einstiegstest durch, den jeder zwecks der Einstufung machen muss. Das Gutachten ist von Oberarzt Dr. Meißner erstellt worden. Ihr Kollege wurde deshalb für die geschlossene Abteilung mit der mittleren Sicherheitsstufe eingestuft ...«

»Diese wäre wo?«, fragte Matthis, ohne das Satzende seines Gegenübers abzuwarten.

»Für Sie schon einmal gar nicht«, erklärte der Mitarbeiter. »Wir haben hier bestimmte Ordnungen und Richtlinien zu verfolgen, da kann nicht jeder einfach so in die geschlossenen Abteilungen spazieren.«

»Was machen wir dann? Also ich geh nicht ohne meinen Kollegen weg. Egal, was ihr meint diagnostiziert zu haben. Es gibt keinen echten Befund und sicherlich auch keinen Ausraster. Das hatte Prof. Neermann alles frisiert und inszeniert, damit wir freien Zugang für die Ermittlungen bekommen.« Matthis war kurz davor, seine Fäuste auf den Tresen zu schlagen. Seine Gesichtsfarbe hatte sich schon in eine rötlichere Richtung begeben.

»Dann kommen wir hier nicht weiter. Ich verständige Prof. Neermann. Der kann Ihnen bestimmt mehr berichten.«

Der Mitarbeiter griff zum Telefonhörer und telefonierte. Das Gespräch dauerte einen Moment und Matthis nutzte die Zeit, um sich in dem Eingangsbereich genauer umzusehen.

»Also, Herr Jüllich, der Professor hat gerade einen Notfall wegen schwerer Nebenwirkungen und Wechselwirkungen eines Patienten, selbst eine Fachkraft aus unserer tschechischen Partnerklinik sei bereits vor Ort. Das sagte mir seine Sekretärin und sie sagte auch, dass sie nicht wisse, wie zeitintensiv dieser Fall sein wird.«

»Dann holen Sie mir sofort diesen Dr. Meißner«, sagte der Revierleiter in einem fordernden Tonfall.

Dr. Meißner saß über einer Patientenakte in seinem Besprechungsraum, als der ungehaltene Revierleiter in sein Sprechzimmer platzte.

»Das ist die ungewöhnlichste Geschichte, die mir bis jetzt hier aufgetischt wurde«, sagte Dr. Meißner, nachdem Matthis sich erklärt hatte. »Wenn ich ihn nicht selbst behandelt und ihm nicht selbst in die Augen geschaut hätte, dann könnte ich Ihnen an sich glauben. Aber es gibt in Ihren Ausführungen zu viele Fakten, die unberücksichtigt bleiben. Auch wenn ich ähnliche Schreie von Ihrem Kollegen heute Morgen vernahm, als er in die Isolationszelle zur Zwangsmedikation geführt wurde ...«

»Halt, stopp«, sagte Matthis zu dem Doktor. »Eine Zwangsmedikation? Wer hat diese verordnet? Diese kann nur gerichtlich angeordnet werden.«

»Laut Prof. Neermann liegt diese Verordnung vor.«

»Auf welcher Grundlage?«

»Nun ja, es kam wegen eines unkontrollierten Ausrasters ein kleines Mädchen zu Schaden.«

»Ich garantiere Ihnen, mein Kollege hatte bestimmt keinen Ausraster, eher ist er über ein Kleinkind gestolpert, weil er nicht richtig schaut, wohin er geht, und bestimmt plärrte er dann erschrocken die Eltern zusammen. Das reicht garantiert nicht für das, was ihr ihm aktuell antut.« Matthis konnte allmählich nicht mehr an sich halten.

Auch Dr. Meißner hatte nun eine deutliche Schärfe in seiner Stimme.

»Sie vergessen den Einstiegstest, Herr Jüllich. Sie wissen doch, Zahlen lügen nicht, und die Punkte, die er geholt hat, sind mehr als besorgniserregend. Sie können es vergessen. Wir können nichts für Sie tun. Ihr Kollege ist krank, das hat er sich gestern selbst eingestanden. Er ist gefährlich, auch das hat er im Vollbesitz seines Geistes erkannt und mehrfach bestätigt, und deshalb gibt es anhand der Gesetzeslage keinen Weg, Sie zu ihm zu führen. Also lassen Sie es gut sein und verlassen Sie unser Haus!«

Matthis hatte einen Riesenfehler gemacht. Niemals hätte er Georg ohne eine fundierte Einweisung in diese Einrichtung schicken dürfen. Niemals hätte er das ohne entsprechende Dokumente und Nachweise veranlassen dürfen. Und vor allem durfte er sich niemals wieder von der Staatsanwaltschaft bei seiner Arbeit so unter Zeitdruck setzen lassen. Was sollte er nun tun?, dachte er, während er sich von Dr. Meißner aus dem Behandlungszimmer führen ließ. Georg war immerhin sein einziger Mitarbeiter und er trug die Verantwortung für ihn. Was sollte er seiner Familie in Bayern berichten? Etwa, dass er Georg unwissentlich zur Undercoverermittlung in die Psychiatrie schickte, sie etwas fanden und er jetzt schwer krank war und auf immer in der Klinik bleiben musste? So weit kam es noch. Matthis drehte ab und lief den Gang zurück. Dr. Meißner folgte ihm und schrie erzürnt: »Was haben Sie vor? Das ist die falsche Richtung, Herr Jüllich.«

»Ich sagte Ihnen bereits, ich gehe nicht ohne meinen Kollegen, und jetzt ist Schluss hier mit diesem Spiel.«

Die Worte wurden hektischer und Matthis eilte bis zum Eingang der geschlossenen Abteilung. Hinter der Plexiglasscheibe fiel dem Revierleiter etwas Ungewöhnliches ins Auge.

»Herr Dr. Meißner, Sie sagten, grundsätzlich sei Fremden der Zutritt in die Abteilungen untersagt.«

»Eben, also verschwinden Sie von hier!«

»Was macht dann mein Kollege von der Spurensicherung da hinten?«, fragte Matthis im überhitzten Tonfall.

»Das bilden Sie sich sicher nur ein«, sagte der Oberarzt, der niemanden in dem Gang hinter der Plexiglasscheibe sah, da Herr Ahrens bereits in einem Raum verschwunden war.

Hinter der schweren Stationstür waren deutliche Schreie zu hören. »Naa, naa, naa.«

Matthis erkannte die Stimme sofort, er sah rot, zog seine Waffe und richtete sie auf den Oberarzt.

Dr. Meißner hatte seine Schlüsselkarte am Gürtelbund und öffnete die Tür. Matthis riss ihm mit einem festen Griff die Karte vom Gürtel, eilte in das Zimmer, aus dem die Schreie kamen, und richtete die Waffe auf zwei Pfleger, die versuchten, den bayrischen Kommissar ruhigzustellen. Sie ließen von ihm ab und Matthis stellte sich schützend vor seinen Kollegen. Matthis war überrascht, dass nicht Marco Ahrens und Prof. Dr. Neermann vor ihm standen. »Wo ist der Professor?«, fragte er die Pfleger mit den erhobenen Händen. Der Pfleger zu Matthis' Linken zeigte wortlos auf das Büro, das hinter einer Glasscheibe auf die Isolationszelle ausgerichtet war. Matthis schaute sofort hinein und sah niemanden in diesem Raum sitzen, stattdessen brach ein ohrenbetäubender Alarm aus. Matthis nickte seinem Kollegen zu und beide rannten raus auf den Flur. Die schwere Sicherungstür der Abteilung schloss sich bereits. Sie mussten also die Hufe schwingen. Matthis erreichte die Tür und huschte hindurch. Georg war eine Millisekunde zu langsam, ging aber volles Risiko und donnerte mit voller Wucht gegen die verschlossene Tür.

Matthis sah den Kommissar durch die Plexiglasscheibe und auch das Gesicht, wie der Kommissar zu Boden ging. Es gab einen Schlag, den man bestimmt noch auf der Nachbarinsel hörte, das zärtliche Piep ... Piep, das umgehend folgte, da Matthis ja die Schlüsselkarte hatte, klang hingegen wie ein schlechter Scherz. »Sorry, hätte ich sagen können, ich habe den Zugang zur Station, weiß aber nicht, wo sich der Kartenscanner auf der anderen Seite befindet.«

»Sauber, mia egal. Hauptsache, raus hier«, grummelte der Kommissar, ehe er beim Öffnen der Tür sagte: »Moment, i muas noch mal kurz zurück.«

»Bist du verrückt? Also pieseln kannst du auch danach in Freiheit gehen.«

»Naa, aber i hab den Fall gelöst und brauch die Akte
aus meinem Zimmer.«

Matthis war diese kleine Verzögerung zwar nicht so
ganz recht, da er nicht wusste, was dieser Alarm ausgelöst hatte. War es die Küstenwache, die Feuerwehr oder
sogar etwas ganz anderes? Aber immerhin dauerte es
keine zwei Minuten und Georg war wieder bei ihm. In
seiner Hand hielt er eine dicke Akte. Noch im Sprint
fing Matthis an, sich zu entschuldigen.

Für Georg waren die Worte wie Musik in seinen Ohren und er bestätigte seinen Vorgesetzten: »Oh ja, da
muast du dir schon was Gescheides einfallen lassen,
um das wiedergutzumachen.«

»Und ich hab schon eine Idee, mit was ich beginne«,
sagte Matthis im Laufen und beide verschwanden
durch die letzte Tür, raus aus dem lärmenden Gebäude.

Kapitel 41

»Ich denke, ich habe einen riesigen Fehler gemacht«, sagte Matthis, während sie zu Georgs neuem Lieblingsitaliener in der Nähe des Kurplatzes gingen. »Außerdem denke ich, ich darf mich nie wieder von der Staatsanwaltschaft so unter Zeitdruck setzen lassen.«

»Mei, i bin froh, dass alles gut gelaufen ist und i endlich da raus bin. I bin a froh, dass du dich nicht hast abwimmeln lassen und net so auf den Paragrafen herumgeritten bist wie sonst.«

»Was soll das denn heißen?«, fragte Matthis erstaunt.

Georg schwieg ein paar Meter und ließ für den melodramatischen Effekt seinen Blick über den schönen Platz vor dem Conversationshaus schweifen. Dabei fiel ihm auf dem Areal die richtige Metapher ein. Noch einmal atmete er tief durch, sein Blick fiel auf die gut besuchten Gartenwirtschaften um sie herum. Rund um den schönen Park reihten sich wie auf einem Marktplatz Cafés, Restaurants, Biergärten und sogar Kulturstätten. Georg liebte diesen Ort. Auf der einen Seite war es das kulinarische Angebot, das ihn reizte, auf der anderen Seite war es dieser schöne Ort inmitten der Stadt, der ihn ab und zu an seine bayrische Heimat erinnerte. Manchmal stellte er sich vor, diese Grünanlage könnte auch in Landshut, Passau oder Pocking liegen.

Der Kommissar hatte Matthis genug im Dunkeln tappen lassen. »I mein«, sagte er, stoppte kurz und begann mit seinen Ausführungen. »Durch diesen Vorfall und die außergewöhnliche Vorgehensweise kann i unseren Fall lösen.«

»Ja, aber das Risiko, das ich eingegangen bin, war einfach viel zu groß.«

»Aber doch net für mi. Weißt du, Matthis, du muast immer das große Ganze sehen. Du darfst net immer alles nur klein-klein betrachten und so argumentieren wie: Ja, das seh i so net. Sondern mach es wie i, wirf deinen Blick immer auf alle Seiten und so verrückt es a sein soll, schau immer a in die Ferne ... Woahhh«, es rumpelte furchtbar und alle Leute um ihn herum schreckten auf, als der Kommissar schwungvoll über die Werbetafel mit der Tageskarte vor dem italienischen Restaurant flog.

Trotz des guten Wetters entschieden sich die beiden für einen Tisch drinnen im Lokal. So konnten sie wenigstens den neugierigen Blicken entkommen. Nachdem sie ihre Bestellung aufgegeben hatten, war es an der Zeit, über den Fall zu reden.

»I find es schön, dass du mi erst zum Mittagstisch einlädst, bevor wir die drei Kasper einfangen.«

Matthis saß ihm gegenüber und stützte sein Kinn auf den Händen ab. »Ja, ich dachte mir, das bin ich dir schuldig und außerdem hab ich ja schon Kontrollen am Hafen angeordnet. Da darf sich gerne die Küstenwache darum kümmern. Aber jetzt kläre mich mal auf. Ich weiß einiges, aber noch nicht alles.«

Der Kommissar tupfte mit einer Serviette sein aufgeschürftes Knie ab. Es blutete kaum mehr und er lächelte seinem Kollegen entgegen. »Also gut. Hab i mia heut doch wirklich das Knie aufgeschlagen. Aber egal,

zurück zu unserem Fall ... Im Grunde gab es a Clique im
Feriencamp. In der waren Marco Ahrens, Malte Gramberg, Diana Thiel, Kerstin Radkowski und die Dings.
Die ... Na, wer war des. A genau, a Nina Wieser. Die Nina
ist aufgrund eines allergischen Schocks im Camp gestorben. So heißt es offiziell. Ein Junge soll die Ret-
tungsmaßnahmen behindert haben. Angeblich stellte
er dem Mädchen nach und er soll sie mit ihrer Allergie
gequält und versucht haben, sie so gefügig zu machen.
Die einzige Ungereimtheit: Der Kleine war noch viel zu
jung. Der war garantiert noch nicht geschlechtsreif.
Wenn das rauskommt, dann haben wir grobe Ermitt-
lungsfehler, wegen denen ein junger Kerl knapp vierzig
Jahre in der geschlossenen Psychiatrie war. Also heißt
das, unser Rapunzel mit der Schuhgröße 42 trägt den
Namen Eugen von Seggern.«

»Aschenputtel!«, sagte Matthis, ohne mit einer Wimper zu zucken.

»Woas?«

»Die mit den Schuhen, das war Aschenputtel, deine
Rapunzel war die mit den langen Haaren.«

»Is a wurscht!«, sagte der Kommissar und begutach-
tete seine Ellenbogen. Erst rechts, dann links. Matthis
ging gedanklich wieder zurück zu Georgs Worten, ehe
er sich an das Verhör mit Dianas Tochter erinnerte. »Ja,
klar, das mit den geklauten Handys ergibt jetzt einen
Sinn. Hier hatte ich den Spruch gehört, das sei, wie
wenn einem jemand die Lebenszeit klaut.«

Der Kommissar, der gerade seine Handgelenke krei-
sen ließ, schaute auf. »Genau das hat die Clique gemacht. Sie haben dem Jungen für etwas die Schuld ge-

geben, was er nie getan hat, und sie haben sich sein Interesse an dem Mädchen zunutze gemacht. Und wie schnell man durch so Psychotests rasselt, haben mia ja a gemerkt.«

»Aber was könnten die anderen Hinweise bedeuten?«, fragte Matthis, der wieder eine normale Haltung am Tisch angenommen hatte.

»Sie haben seine erste große Liebe getötet, das wäre der Stich ins Herz. Und die Mikadostäbchen san ja vom Punktwert aufsteigend gewesen.«

»Du meinst ...«

»Klar, er holt sich alle Beteiligte in der Reihenfolge, wie sie an der Tat beteiligt waren.«

Matthis zückte sein Handy und googelte nach einer Spielanleitung eines Mikadospiels. Als er was gefunden hatte, schaute er zu Georg auf.

»Also das Stäbchen, das die Frau Radkowski hatte, steht für das chinesische Wort Kuli, was so viel wie Arbeiter bedeutet.«

»Freilich, sie war nur Mitläufer. Diana Thiel hatte laut Akte den Campleiter verständigt.«

»Ihr Stäbchen hat den Namen, der für Samurai steht.«

»Freilich, sie war die ausführende Konstante, indem sie sozusagen alles im Namen des Kaisers einleitete.«

»Aber wer war dann unser Oberster, also der Kaiser?«

»Mach mal langsam, Matthis. Laut der Akte waren Marco und Malte vor Ort. I hatte belauscht, dass Herr Gramberg unserem Kollegen Marco die Schuld an allem gab.«

Matthis zog seine Augenbrauen nach unten. »Dann wäre Malte der Bonze laut dem Mikadoranking und Marco der ...«

»Naa, Marco war der Mandarin. I hatte belauscht, dass Steffen Neermann, der ein wenig älter ist als die anderen, seine Studienzeit nutzte, um mit seinem chemischen Wissen gewisse Substanzen zu produzieren und zu verkaufen.«

»Das ergibt Sinn. Dann würde sein Tod wohl mit dem Mikadostäbchen des Kaisers gekennzeichnet werden.«

»So is es und weil die gemerkt haben, dass i mit meinem gefährlichen Halbwissen aus den Ermittlungen und der Mappe das ganze Gebilde zerreißen könnte, wollten die mi von der Bildfläche verschwinden lassen.«

»Also im Großen und Ganzen muss man schon wirklich weit ausholen, um das zu erkennen«, sagte Matthis. »Also nach dem Essen kümmern wir uns um die Fahndung nach Marco Ahrens, Malte Gramberg, Prof. Dr. Neermann und Eugen von Seggern.«

»Warum den Gramberg? Ist der net in seinem Laden?«

»Nein, der ist, kurz nachdem du da warst, getürmt.«

Georg konnte ein aufsteigendes Lächeln nicht verbergen. »Ah, da schau an!«

Matthis nickte ihm ernst zu. »Schon verdächtig ...«

»Naa, i mein die Pizza«, sagte Georg und nahm sein Essen freudig entgegen. Nach zwei Mahlzeiten in der forensischen Psychiatrie hatte sich der Kollege das auch verdient.

Die Pizza war ein Traum. Viele Pizzabäcker geizen mit Käse, obwohl gerade das für den Kommissar die wichtigste Zutat war. In seinem Lieblingsrestaurant war das nicht der Fall. Hier war eine schöne dicke Käseschicht über dem allgemeinen Belag. So blieb die

Pizza auch länger heiß. Der Kommissar schlemmte und genoss Bissen für Bissen.

Oh, was hatte sich denn da am Messer verfangen?, fragte sich der stämmige Polizist. War das etwa Teig oder Mozzarella? Er musste es versuchen. Es wäre doch schade, wenn ein Stückchen Käse verloren ginge. Es war ja jetzt nicht so, dass er befürchten musste, dass es ein Stückchen von der Tischdecke war. Georg streifte sein scharfes Messer gekonnt über die Gabel. Das Kügelchen war also entweder Teig oder Käse, alles andere konnte der weitsichtige Kommissar mit dem aufgeschürften Knie ausschließen.

Mist, es war ein Stückchen Serviette, aber hey, selbst diese schmeckte, nach all dem, was hinter ihm lag, fantastisch. So ließ sich Georg nichts anmerken und schluckte den Bissen einfach runter.

Matthis, der sich für ein leichtes Pastagericht entschieden hatte, sah zu Georg auf. »Wie waren denn eigentlich die Leute in deiner Station so drauf?«

»Also generell das Personal, Hut ab, das ist ein Job, dem gebührt allem Respekt.«

»Das kann ich mir vorstellen. Ich meine aber eher die anderen Patienten.«

»I sag mal so, Matthis. I dacht, vieles sei depperte Spinnerei. Aber wenn du dann mal selbst in der Situation bist, dir a eigenes Bild zu machen, dann erkennt man, dass es sich um ernsthafte Erkrankungen handelt, und jeder kann in die Situation kommen, dass er Hilfe braucht … I war ja jetzt net auf der höchsten Sicherheitsstufe und kann über die harten Fälle überhaupt nix sagen. Aber auf meiner Station, da waren ein paar echt liebe Personen. Aber ohne Hilfe geht einfach nichts mehr weiter. Wie bei der Lotte und der Karla …«, sagte Georg zum Abschluss, ehe er energisch ein neues Stück Pizza herausschnitt.

»Wieso? Was war?«, fragte Matthis mit vollem Mund. Er bemerkte es aber rechtzeitig und hielt sich eine Hand davor.

»Die hatten sehr kindliche Züge an sich und spielten im Aufenthaltsraum Verstecken, obwohl sie Mitte fünfzig sind. Erst versteckt sich die Lotte, dann die Karla und in Runde drei beide. Da is dann a gute Stund ruh. Woaßt du, die können dafür nichts. Es gibt Gründe, weshalb sie so wurden.«

»Das kann ich mir vorstellen.«

Georg brauchte einen großen Schluck von seiner Limonade. Der Teller war mittlerweile leer und er hatte mal wieder alle Spuren der Pizza vertilgt. »I hat einen netten Zimmerkollegen, den Martin. Da kannst du nichts sagen. Der ist total normal, denkt aber, der Bundesnachrichtendienst beobachtet ihn. I hab nur einen blöden Spruch gelassen und scho schreit er vor Panik, wenn i die Schuh ausziehen will, weil er denkt, die kommen gleich und mia müssen fluchtbereit sein. I dacht immer, mit einer Aussage, wie spinn net und einer Erklärung sei so was geklärt, aber naa, das ist alles viel ernster und komplexer. Das kannst du so jemanden nicht absprechen.«

»Ja, das ist nicht auf die leichte Schulter zu nehmen … Bist du auch fertig? Dann würde ich zahlen.«

»Joahhh … Sorry.«

»Was war jetzt das?«

»Ja, nach was klang's denn, mongolischer Kehlkopfgesang …«

»Und du wunderst dich, dass ich dich ohne geladene Waffe nicht mehr aus der Psychiatrie rausbekomme.«

»Mei, eine Art Schluckauf war es halt«, sagte der Kommissar ungeniert.

Nachdem Matthis die Rechnung beglichen hatte, blieben die beiden noch kurz am Tisch sitzen.

»Weißt du, was wir noch nicht herausgefunden haben, Georg?«

»Ja, die Bedeutung des Liedes. Aber i denk, das bekommen wir a noch raus.«

»Und was ich mich noch frage, ist, warum wurde der Fall von Seggern nicht von seiner Verwandtschaft ordentlich aufgeklärt. Also wenn seine Eltern die Akte kennen würden, könnten sie ja ebenfalls erkennen, dass ihr Sohn noch zu jung für ein ausgeprägtes sexuelles Interesse war.«

»Mei, von den Eltern stand überhaupt nichts in der Akte. Das is a merkwürdig, oder?«

»Auf jeden Fall ... Packen wir es? Achtung, Georg. HALT. NEIN«, schrie Matthis noch, aber es war zu spät und Georg hatte den kompletten Tisch beim Aufstehen abgeräumt. Geschockt starrte er auf den Scherbenhaufen. Ein Stück der Tischdecke hatte sich beim Essen in seine Bauchfalte verirrt und so nahm das Übel seinen Lauf und der Kommissar zog beim Aufstehen die Tischdecke wie ein Röckchen mit.

Auf diesen Schock musste sich der Kommissar noch mal setzen. Er ließ sich auf seinen engen Platz auf der Bank hinter dem kleinen quadratischen Tisch für zwei Personen nieder. Der Kellner kam sofort angerauscht, um den Schaden zu beheben. Als Georg sah, dass der Kellner mit Besen und Handfeger ausgestattet war, wollte er sich nützlich machen und stand zügig auf. Das war der Moment, an dem der Kommissar mit den Oberschenkeln versehentlich den Tisch umwarf. Matthis, der gerade im Blickfang der anderen Gäste war, rief verzweifelt: »Er ist wieder da!«

Kapitel 42

Bei dem ganzen Lärm und Trubel waren die beiden Polizisten der Blickfang für alle Restaurantgäste. Egal ob drin oder draußen im Biergarten. Alle schauten auf die Putzkolonne, die nach dem Mittagsmahl der Inselcops notwendig war. Wenn Matthis und Georg nicht im Zentrum der ganzen Putzaktion gestanden hätten, wäre ihnen vielleicht ein besonderes Augenpaar aufgefallen. Es gehörte zu einem schmächtigen Mann, der seit einer Weile gegenüber auf einer Parkbank saß. Er hielt die beiden fest im Blick. Sein Ziel hatte er, auch wenn er einen Umweg nehmen musste, nicht aus den Augen verloren.

Seine Hände hatte der Mann tief in seiner Manteltasche vergraben. Die Mikadostäbchen streichelte er sanft mit seinen Fingerkuppen. Ein großes Messer hatte er griffbereit und ein kleiner Bluetooth-Lautsprecher war allzeit bereit, sein Lied zu spielen. Er wartete eigentlich nur noch auf den richtigen Ort und auf die richtige Zeit. Und wer über vierzig Jahre warten musste, der hatte eines nur zur Genüge. Geduld.

Schade, dass Matthis und Georg sich beim Verlassen des Lokals zankten. Den gesuchten Geländewagen hätten sie in einer Seitenstraße sehen können. Auch dass jener die Verfolgung aufnahm und ihnen in gebührendem Abstand folgte. Aber so hatte das Schicksal wohl andere Pläne für alle Beteiligten.

Kapitel 43

»Lass uns noch mal kurz ranfahren«, sagte Matthis, der den Caddy steuerte und ihn gekonnt seitlich in einer Parkbucht versank. »Ist dir eigentlich irgendwas noch nie passiert?«

»Ja, gut, Matthis, also das mit der Tischdecke in der Bauchfalte, das ist mir zu Hause in Bayern a schon mal passiert, aber der umgeworfene Tisch war für mi Neuland.« Sein Kollege nickte.

»Ne, ne, ne.« Matthis schüttelte den Kopf. »Weißt du, man denkt halt, dass man irgendwann weiß, was kommt, und ich dachte, das kann man mit der richtigen Organisation mindern. Aber dir passiert ja so vieles, das macht mich sprachlos ... Aber gut, ich bin rangefahren wegen der Adresse unseres Mörders. Haben wir diese in der Akte oder soll ich schnell zur Wache fahren oder telefonisch bei unseren Kollegen am Festland die Abfrage machen?«

»Naa, steht doch alles drin. Wir müssen, glaub i, außerorts Richtung Ostende.«

»Zeig her«, sagte der Revierleiter forsch. Georg blätterte ein paar Augenblicke wie wild in der Akte, als er die richtige Seite fand, zeigte er sie Matthis. »Okay, das kenne ich, dann lass uns mal zu diesem Anwesen fahren.«

Anwesen war vielleicht etwas untertrieben für das, was sie in der Einöde rund um die weißen Dünen fanden. Das Gelände war riesig und die Villa ein Prachtbau. Nicht weit entfernt neben dem großen Gebäude stand ein Häuschen. Licht schimmerte aus der Wohnung. Das Häuschen, das an anderer Stelle als gut gepflegtes Einfamilienhaus stehen könnte, wirkte neben dem Luxustempel wie ein Puppenhaus.

Die Inselcops klingelten an der Tür des mehrstöckigen Haupthauses. Nichts geschah. Keine Geräusche oder lebende Schatten waren durch die zahlreichen Fenster zu vernehmen.

»Lass uns nebenan klingeln«, sagte Matthis zu seinem Kollegen und beide gingen zu dem kleinen Haus, das auf demselben Grundstück weilte.

Hier öffnete sofort ein schmächtiger Herr, den man gut und gerne auf ein Rentenalter schätzen könnte. Leicht bucklig stand er vor ihnen. Matthis schaute der Gestalt mit der krummen Nase instinktiv auf die Füße. Sie steckten in festen Gartenstiefeln.

Nachdem sie sich vorgestellt hatten, erfuhren sie, dass es sich bei der Person vor ihnen um den Haushälter und Gärtner des Anwesens handelte. Der Mann, auch wenn er sehr unfreundlich schaute, überraschte beide mit seiner gesprächigen Art. »Den Eugen sucht ihr also. Ich dachte, den sehe ich hier nie wieder. Auch wenn ich von seiner unfreiwilligen Entlassung hörte.«

»Sie scheinen mehr zu wissen«, sagte Matthis. »Können Sie uns denn sagen, wie es nach der Einlieferung von Eugen weiterging?«

»Natürlich. Sie müssen wissen, die Familie von Seggern hat sich über Generationen diesen Reichtum aufgebaut und bewahrt. Ein schlechter Ruf war etwas, was das Familienimperium niemals gebrauchen konnte. Eugen war schon von klein auf ein Querulant und seine Eltern versuchten, seine Existenz geheim zu halten. Sie attestierten ihm Züge, die den Namen von Seggern in den Schmutz ziehen könnten. Nach dem Vorfall im Feriencamp distanzierte sich seine Familie weitestgehend von ihm. Mithilfe ihrer Anwälte und geschickter Unterlassungen konnten sie den aufkommenden Skandal unterdrücken. Auch wenn sie vorsichtshalber ihren Firmensitz nach Dublin verlegten und auch ihre geschäftlichen Aktivitäten aus Deutschland zurücknahmen und sich mehr auf den englischsprachigen Raum konzentrierten. Die Villa hier ist nur noch eine Ferienresidenz für die Familie. Zu dieser Jahreszeit, wenn wieder die großen Messen anstehen, sind die von Seggern in London zu finden, falls ihr das für eure Ermittlungen braucht.« Der Herr stockte und bat die beiden herein, um nicht alles an der Tür zu besprechen. Drinnen, als alle einen Platz am Küchentisch gefunden hatten, meldete sich Matthis zu Wort. Zuvor musste der Gastgeber noch die aufgeschlagene Tageszeitung zur Seite legen, da ansonsten an dem kleinen Tisch zu wenig Platz war. »Das klingt sehr interessant, aber uns interessiert viel mehr, wo wir Eugen finden können.«

»Das kann ich Ihnen nicht sagen«, sagte der Herr. »Was ich Ihnen aber sagen kann, ist, dass Eugen nach dem Feriencamp direkt in der forensischen Psychiatrie Lippestrand landete. Er war da einige Jahre und ver-

brachte eigentlich seine gesamte Jugend in dieser An-
stalt. Irgendwann, als die Klinik einen neuen Leiter bekam, gab es die Meldung, dass die Medikamente, die
Eugen dringend benötigt, in der EU die Zulassung verloren hätten und er auf die neuen Medikamente ziemlich schwierige Unverträglichkeiten hätte.«

Der Kommissar wusste sofort Bescheid und schaltete
sich mit in das Gespräch ein. »Mei, lass mi raten ... Den
haben sie nach Tschechien gebracht?«

»Richtig, woher wissen Sie das?«, fragte der Haushälter den bayerischen Tischdeckendieb.

»War nur so a Vermutung.« Er lächelte Matthis an.
Der Herr tischte ihnen weiter auf. »Also in Tschechien
war Eugen einige Jahre. Aber hier verliert sich seine
Spur. Ich weiß von Beatrice, seiner Mutter, dass sie Eugen vor ein paar Jahren einmal besuchen wollte. Aber
die tschechische Klinik hatte nicht einmal mehr Akten
über den Patienten. Er war wie von der Bildfläche verschwunden. Niemand wusste, wo er gelandet war oder
sich aktuell aufhält.«

»Warum haben seine Eltern ihn nicht gesucht?«

»Sie taten alles, um seine Identität geheim zu halten.
Ihnen war es verwehrt, weitere Kinder in die Welt zu
setzen, deshalb nutzten sie die Gunst der Stunde und
adoptierten zwei Kinder nach Eugens Verschwinden.
Diese leiten mittlerweile die Geschäfte im Beisein ihrer
Pflegeeltern. Also warum sollten sie für medialen
Zündstoff sorgen und nach Eugen suchen lassen?«

Matthis nickte. »Verstehe. Haben Sie eine Ahnung,
wo sich Eugen auf der Insel aufhalten könnte?«

»Nein. Ich kann Ihnen nur versichern, dass er sich
hier nicht aufhält«, flunkerte der Haushälter. »Ganz

vergessen, möchten Sie vielleicht einen Kaffee trinken?« Dem Hausherrn wich allmählich jegliche Spannung aus den Gesichtszügen. Er schaute schlagartig freundlich. Es fehlte nur noch, dass er der heiteren Gesprächsrunde einen frisch gebackenen Kuchen anbot.

Georg wog ab. Er hatte es eigentlich nicht so mit Kaffee, aber nach dem, was man ihm heute Morgen in der Psychiatrie als Kaffee präsentiert hatte, verspürte er doch schon eine gesteigerte Lust auf ein schönes heißes Tässchen.

»Nein, danke!«, antwortete Matthis, während der Kommissar seine Gedanken zu dieser Frage ordnete. Georg schaute, als ob er sich übergangen fühlte, zu seinem Kollegen. Dieser schüttelte leicht den Kopf und zog für einen Augenblick seine Augenbrauen nach unten. »Wir haben heute schon genug Zeit verloren und sollten dringend los.« Der Revierleiter fixierte nun wieder den Hausherrn. »Aber vorher, Sie sagten etwas über eine unfreiwillige Entlassung von Eugen. Können Sie das konkretisieren?«

»Nun ja, eigentlich galt seine Diagnose als unheilbar und damit hätte er niemals auf rechtem Weg aus der Klinik entlassen werden können. Aber wie es endgültig zu seiner Entlassung kam, kann ich Ihnen nicht sagen.«

Georg verstand den in Matthis aufsteigenden Zeitdruck überhaupt nicht. Er lehnte aber ebenfalls das Angebot ab, trotzdem bremste er den gerade aufgestandenen Kollegen. »Aber bevor wir weiterziehen, müsst i noch dringend pieseln«, sagte der Kommissar. Der Haushälter lächelte sanft. »Das ist natürlich überhaupt kein Problem. Einfach die zweite links«, sagte er und versuchte anschließend, den Revierleiter zu einem längeren Verweilen zu überzeugen. »Ich hätte auch Tee oder ein Bier im Haus. Sie können ruhig noch einen Augenblick bei mir bleiben. Ich hatte schon lange keinen Besuch mehr und freue mich über Ihre Anwesenheit.«

Georg ruckelte an der Tür. »Komisch, die Tür is zu«, rief er vom Flur.

Der Hausherr beugte sich von seinem Platz zur Seite und schaute zum Kommissar. Als er ihn sah, überschlug sich sein Herz und er fasste sich instinktiv an die Brust. »Um Gottes willen, links, sagte ich, zweite links, nicht rechts, da geht's in den Keller.«

»Mei, zum Glück war die zu, bevor i runterrumpel.«

Matthis schaute den Herrn an. »Wenn er einmal einen Lauf hat, und glauben Sie mir, den hat er gerade, dann hat er einen Lauf, das kann ich Ihnen garantieren. Haben Sie sich auch schon mal an dieser Tür geirrt oder warum sperren Sie diese ab?«

Der Herr zögerte. »Ja, nur, dass es nicht so kalt raufkommt.«

»Klar, das hat natürlich Sinn ...« Matthis schaute ein wenig hin und her. Pustete kurz auf und stemmte seine Arme gegen seine Hüfte. »Sie wohnen ziemlich weit hier draußen von der Stadt weg ...«

»Ja, und Besuch habe ich so selten. Wissen Sie was? Ich mache Ihnen doch einen schönen Kräutertee. Ich habe hier einen großen Garten und baue alle Kräuter selbst an. Ich garantiere Ihnen, so einen intensiven Kräutergeschmack werden Sie Ihr Leben lang nicht mehr auf der Zunge haben.«

Endlich war es so weit und Matthis hörte das Geräusch einer Klospülung, gefolgt von einem sich öffnenden Riegel. Georg kam aus dem Badezimmer zurück, ihr Gastgeber war in der Küche verschwunden und kruschtelte. Matthis rief dem Haushälter zu. »Mein Kollege ist fertig. Wir müssen dann doch los.«

Der Gastgeber streckte seinen Kopf am Türrahmen vorbei aus der Küche. »Warten Sie, ich mache Ihnen den Kräutertee in eine Thermoskanne, dann können Sie ihn gemütlich unterwegs trinken und an mich denken.« Schon verschwand er wieder vollständig in seiner kleinen Kräuterküche.

»Ja, das klingt doch freundlich. Machen mia«, sagte der Bayer, ehe ihm der Revierleiter etwas ins Ohr flüsterte.

Der Haushälter kam mit einer Thermoskanne in der Hand auf die beiden Polizisten zu.

»Vielen Dank«, sagte Matthis und nahm die Kanne entgegen.

»Möchten Sie nicht gleich einen Schluck nehmen? Mich würde es interessieren, wie er Ihnen schmeckt.«

»Oh, ich hab grad ein bisschen Sodbrennen«, sagte der Revierleiter. Der Blick fiel auf Georg.

»Naa, und i war erst pieseln, aber mia schicke a WhatsApp«, sagte der Kommissar.

»Aber eine Sache hätte ich da noch«, sagte Matthis. »Hier draußen braucht man schon ein gutes Fahrzeug, oder?«

»Ja, ja, durch den sandigen Boden, den es oft von den Dünen anweht ...«

»Ja, siehst, Matthis. I sag doch, unser E-Caddy is a Gelumpes. Der hat es doch kaum hierhergeschafft. Meinst du, der schafft den ganzen Weg zurück ohne a Steckdose?«

»Hast recht, Georg, vielleicht sollten wir uns einen anderen fahrbaren Untersatz beantragen.« Matthis spielte den Ball zum Haushälter. »Was fahren Sie denn für ein Auto?«

»Ich habe einen Geländewagen mit Allradantrieb. Mit diesem hatte ich noch nie Probleme hier draußen und er ist auch erst zwei Jahre alt ...«

»Wow, können wir den mal sehen?«, fragte der Revierleiter mit einem gesteigerten Interesse.

»Nein, der ist grad unterwegs.«

Matthis riss seine Augen weit auf, die Neugier war geweckt. »Können die neuen Modelle das etwa vollständig automatisiert? Sie sagten doch, Sie leben hier alleine.«

»Ja, tue ich auch ... Ähm ... Der ist aktuell ... äh ... in der Werkstatt.«

»Der ist doch fast neu, haben Sie gerade gesagt, taugt ein Neuwagen heutzutage etwa a nichts mehr?«

»D... D... Doch, der hat ... ähh ... Service, nein, Wartung.« Es fehlte nur noch, dass dem Herrn die Knie schlotterten.

»Ah ja!«, sagte Matthis.

»Aber nicht zufällig in der Werkstatt in der Hafenstraße?«

»Doch, doch, die ist gut«, sagte der Herr und suchte den Blickkontakt zu Georg. Dieser spielte jedoch mit und sagte:

»Ja, und die vermietet ja auch Autos. Da könnt ma uns heut noch einen mieten, Matthis.«

»Ja, und vorher können wir uns Ihren Geländewagen als Referenz anschauen.«

Jegliche Farbe entwich dem Herrn. »Ahh, aber der ist in der ... in der Zweigstelle auf dem Festland. Da haben die eine größere Wartungshalle.«

»Ah, schade«, sagte Matthis und schaute etwas enttäuscht zu Georg.

Dieser drehte noch einmal auf. »A naa, dann fahr ma da hin, wir müssen doch eh mal von der Insel runter wegen dem Dings.«

»Wegen wem?«, fragte Matthis.

»A der Dings do, der wie heißt er ...«

»Ach so, die aktuelle Fahndung meinst du. Die habe ich ganz vergessen, schau mal auf die Uhr.«

»Dann aber nix wie los. Die Kollegen warten sicher schon.«

Es ging alles sehr schnell und für den Haushälter sehr überraschend, da saßen die beiden Polizisten in ihrem Caddy und rauschten vom Gelände. Die rote Thermoskanne hielt Georg auf dem Beifahrersitz fest in seinen Händen.

Kapitel 44

»Jetzt denk sogar i, du übertreibst«, sagte Georg in einem Tonfall, den er sich von Pflegekräften der Psychiatrie abgeschaut hatte, als Matthis in der Nähe der Thalasso-Plattform vor einer Strandbar den Wagen anhielt. »Also, dass der Haushälter den Tee vergiftet hat, glaub i net«, moserte Georg, der gegen das Lachen der kreisenden Möwen ankämpfte.

»Sagt der Herr mit dem Weitblick, als er über die Werbetafel flog.« Durch das Lachen der Vögel um sie herum klang es fast wie in einer Sitcom.

»Mei, wie oft hör i das jetzt noch?«, fragte der Bayer.

Matthis schnaufte tief durch und setzte seine Füße auf den sandigen Boden. »Wir haben hier einen Toprechtsmediziner auf der Insel. Der kann uns das Gebräu ohne Mühe analysieren und ich habe da einen Verdacht, den ich damit bestätigen könnte.«

»I bin ganz Ohr.«

»Nein, Georg, noch nicht. Lass uns abwarten. Das Ergebnis bekommen wir innerhalb von zwei Stunden. Also lass uns jetzt erst einmal die Lage zusammenfassen und einen Plan aushecken, wie wir alle Beteiligten an einen Ort bekommen. Und was hilft besser beim Nachdenken als dieser unfassbar schöne Blick von der Strandbar.«

»Da hast du recht. Ist viel besser als im Wagen vor der Rechtsmedizin zu sitzen und zu warten. Weißt du, was a immer hilft? A Kugel Eis. Zu deinem Grundgedanken, i glaub, das wird nicht einfach.«

»Einfach ist doch überhaupt nicht unser Stil.« Matthis lachte auf, als ihm ein paar Erinnerungen vor dem geistigen Auge erschienen.

Bewaffnet mit einer kühlen Brause und einem Eis schleckenden Kommissar im Schlepptau steuerte Matthis auf einen freien Platz auf der Terrasse zu. Die See war ruhig und am Horizont erstreckte sich ein großes Segelschiff.

Matthis' Handy klingelte. Sofort hatte er das Gerät am Ohr und freute sich über Svens Anruf aus der Küstenwache. Seine Fahndung hatte Erfolg. Die Behörden vom Festland konnten Malte Gramberg in der Nähe von Emden ausfindig machen. Der Herr verweigerte zwar jegliche Aussage, aber eine gewisse Angst war in seinen Augen zu erkennen. Matthis ließ ihn nach Norderney bringen, denn er wollte diesen Spielball gedanklich für ihren Plan griffbereit haben.

Nun galt es für Matthis und Georg, einen Plan auf die Beine zu stellen. Die grauen Zellen rauchten. Die Sonne wanderte unermüdlich dem Meer entgegen und die Diskussionsrunde war weiterhin in vollem Gang. Der Nachmittag verstrich und immer mehr Ideen flochten sich zu einem detaillierten Plan zusammen. Als sie die Nachricht aus der Rechtsmedizin erreichte und das Ergebnis ihnen offenbarte, dass der Tee hochgiftig war, stand ihr kompletter Plan fest und sie waren bereit, alles für den nächsten Tag in die Wege zu leiten.

Kapitel 45

Man konnte so einiges über die Inselcops sagen, auch einiges denken, aber eines konnte man ihnen nicht abstreiten: Wenn sie gebraucht wurden, dann waren sie auch fleißig bei der Arbeit. Zwar auf ihre ganz besondere Art, aber meistens erfolgreich.

Am nächsten Morgen titelte die Tageszeitung auf Norderney mit folgender Schlagzeile.

Der Junge, der die Wahrheit kennt, ist wieder aussagefähig!

Neben einem großen Bild von Konrad folgte ein aussagekräftiger Artikel.

Das Rätsel um den Küchenhilfenmörder scheint gelöst zu sein. Dank eines aufmerksamen Zeugen, der die Tat des Mörders beobachtet hatte und sich außerdem das Kennzeichen des Fluchtfahrzeuges einprägte, kann die Polizei den Fall in wenigen Stunden zu den Akten legen. Aber alles der Reihe nach. Es war der Poolwart von Familie Thiel, der Zeuge des zweiten grausamen Mordes wurde. Der völlig unter Schock stehende junge Mann war von Anfang an eine geplante Geheimwaffe der hiesigen Polizei. Doch so völlig verängstigt war es nicht möglich, auch nur einen vernünftigen Satz aus dem Zeugen herauszubekommen. Nach einer erfolgreichen Überführung in eine geeignete psychologische Einrichtung war es den Pflegern und Spezialisten endlich möglich, die schweren traumatischen Zustände zu beheben, und der Zeuge erinnert sich wieder an jede noch so unbedeutende Kleinigkeit. Zudem ergaben Aussagen, die er in der Einrichtung zufällig belauschte, einen Sinn und sogar eine Akte konnte der Junge entwenden. Der genaue Inhalt ist der Tageszeitung Norderney noch nicht übermittelt worden. Sie liegt jedoch den ermittelnden Beamten in der Inselwache vor. Für heute Mittag um 12 Uhr haben die Beamten der Inselwache eine Pressekonferenz mit dem Jungen samt der Akte in der neuen Inselwache angesetzt. Die beiden Beamten waren seit gestern Nachmittag für eine Stellungnahme nicht zu erreichen. Somit muss die endgültige Klärung der Mordfälle wohl bis heute Mittag warten.

Der Vormittag verging wie im Flug und alles war bereit für die große Show. Ein Taxi fuhr gegen halb zwölf auf die Wache zu. Der schmächtige Junge hatte wohl bei seiner Auszeit einen kleinen Wachstumsschub gemacht, aber aus der Entfernung konnte man der Person mit dunklem Hoodie, aufgesetzter Kapuze und Baseballkappe darunter, wie sie die Jugend gerne trägt, die Illusion glauben.

Die Person ging auf die Wache zu und rüttelte an der verschlossenen Tür. Die Pforte hielt dem stand und durch das kräftige Rütteln fiel dem Jungen die besagte Akte aus der Bauchtasche des Hoodies. Ein kleiner Lautsprecher in seiner Hosentasche spielte im richtigen Moment »Boaahh ey«, der Ausruf klang zweifelsfrei nach ihrem Kronzeugen.

Dieser einstudierte Kniff änderte alles rund um die Inselwache. Es ging furchtbar schnell und zu seiner Rechten und Linken stürmten Marco Ahrens und

Prof. Dr. Neermann im Eilschritt auf die am Boden liegende Akte zu. Die beiden mussten sich ums Gelände positioniert haben, um den Jungen rechtzeitig vor Betreten der Wache einzukesseln. Die Abwesenheit der Inselcops verlieh ihnen Mut und sie kamen immer weiter auf den Zeugen zu. Doch bevor sie ihn erreichten und die Falle erkennen konnten, stockte ihnen der Atem und sie erstarrten zu einer Salzsäule, als eine elitäre Melodie zu spielen begann.

»W... Was? Das ist doch die Hymne des beknackten Camps von damals ... Was soll das denn jetzt hier?«, schrie Marco Ahrens entsetzt auf. Matthis, der unter der Verkleidung steckte, gefror das Blut in den Adern. Die Melodie war so laut und mächtig, als läutete sie ein letztes Mal für das große Finale. Das Lied des Todes zog durch das gesamte Hafenviertel. Jeder Lautsprecher, ob nah oder fern, wurde wie von Geisterhand angesteuert und spielte Ton für Ton.

Noch bevor der letzte Takt verklungen war, rollte der gesuchte Jeep auf das Gelände. Am Steuer der Haushälter der Familie von Seggern. Die Beifahrertür schwang auf und ein schmächtiger Mann mit der gleichen Statur wie der Fahrer stieg zügig aus. In seinen Händen hielt er eine mächtige Machete. Sein Gesicht war von Narben gezeichnet und trotzdem überwog ein Lächeln.

Das wäre jetzt eigentlich der Moment, in dem der Kollege Pampelhuber die Party crashen sollte. Aber wo zum Teufel steckte der feine Herr schon wieder? Matthis ärgerte sich. Warum nur hatte er nicht weiter nachgefragt, als Georg ihm stolz erklärte, er wüsste da das perfekte Versteck. Ja genau. Jetzt stand er gebeugt mit dem Rücken zur Tür, unbewaffnet zwischen zwei

Herren und einem kaltblütigen Killer, der seinen Auftritt mit jeder Faser seines Körpers zelebrierte. Eugen marschierte langsam auf sie zu. Erhaben verkündete er folgende Worte: »Dank meines leiblichen Vaters kann ich euch versichern, dass die Inselcops nie wieder einen Fall lösen werden. Und ich kann heute zur Feier des Tages zwei weitere Mikadostäbchen in die richtigen Hände stecken. Denn wäre dieses Spiel nicht gewesen, hätten meine Gruppenkameraden eure Flucht aus dem Camp bemerkt und ich hätte nie in den Bootsschuppen gemusst. Es ist dieses Spiel und die Unkonzentriertheit meiner Kameraden, die ihr ausgenutzt habt. Was das Spiel begann, werde ich beenden. Denn so soll es sein.« Eugen von Seggern nahm eine Hand vom Griff seiner Machete und holte zwei dünne Holzstäbchen aus seinem Trenchcoat. Es waren die beiden wertvollsten des Mikadospiels, das Mandarinstäbchen und das Kaiserstäbchen. Er hielt sie beide in das Licht der Sonne. Ein Moment verging. Matthis hörte ein leises Rumpeln von der Veranda und ahnte Schlimmes. War es nun an der Zeit, dass sich eine Geschichte wiederholte? Der Killer sprach weiter. »Schade nur, dass ich das Stäbchen des Bonzen nicht auch gleich heute zustellen kann. Aber wer um vierzig Jahre betrogen und beraubt wurde, der sieht einiges mit anderen Augen. Und ich habe euch allen etwas voraus. Nämlich einen viel längeren Atem. Muahhaha.« Er lachte langsam. »Schade nur um den kleinen Konrad, der geht heute leer aus, also nur als Kollateralschaden in die Annalen der Menschheitsgeschichte ...«

»Ich bin nicht Konrad und das Spiel ist aus!«, schrie Matthis auf und drehte sich zu dem Killer um. Seine

Hände hatte er geschickt in der Bauchtasche des Hoodies, den Zeige- und Mittelfinger streckte er dem Killer entgegen. Doch dieser lachte nur über die fingierte Schusswaffe. Das etwas lautere Rumpeln von der Veranda ignorierte der arrogante Killer und sagte: »Es wäre doch schade um den Pullover. Es reicht doch, wenn ich nur ein dünnes längliches Loch in Brusthöhe setze. Denn allen meinen Opfern soll so das Herz aus der Brust gerissen werden, wie sie es mir aus der Brust gerissen haben. Also, dann zeig doch mal deine Pistole oder schieß, wenn du dich traust.« Matthis verzog seine Miene und tat so, als ob er den Abzug drückte.

Ein lauter Knall folgte. Ein Schuss war gefallen. Alle schauten erschrocken zur Veranda und sahen den Kommissar, der das Schloss des Dixi-Klos aufgeschossen hatte und nun seine Waffe auf den Killer richtete. Dabei plärrte er voller Zorn: »Mei, was a Gelumpes. Kann ma net ma mehr in Ruhe pieseln gehen, bevor man sich im Busch verstecken will. So a Gelumpes. Naa, so a Gelumpes. Hauptsache, billig produziert. So a Gelumpes ...«

Eugen hatte keine Chance zu fliehen, denn Georg hatte per WhatsApp aus dem Klo heraus schon Sven von der Küstenwache kontaktiert. Der Strahlemann stand bereits mit Pistole im Anschlag an dem Geländewagen. Vorsichtig ging er um die Motorhaube herum auf die Wiese. Zwei seiner Kolleginnen kümmerten sich derweil um das Fahrzeug. Beherzt hatten sie Eugens leiblichen Vater aus dem Auto gezogen und ihn in Handschellen gesetzt. Zwei weitere stämmige Kollegen der Küstenwache kamen aus einer engen Gasse hinter dem Hafenkaffee angerannt und halfen mit ihren gezogenen Waffen aus. Gemeinsam setzten sie nun Eugen von Seggern, Marco Ahrens und Prof. Dr. Steffen Neermann von allen Seiten fest.

»Ich habe da noch eine gute Nachricht für dich«, sagte Matthis, seinen Blick fest auf Eugen von Seggern gerichtet. »Wenn du die Machete fallen lässt, siehst du deinen Bonzen heute auch noch. Denn Malte Gramberg ist aktuell in einer Verwahrungszelle in der Küstenwache und wenn du dich nicht ergibst, schau dir nur meinen nervösen Kollegen mit der geladenen Waffe an. Ich war gestern mit ihm nur beim Italiener und die müssen den Laden nun von Grund auf sanieren. Du willst doch nicht, dass es nach einem Unfall aussieht, oder?«

»Naa, es wär ein Unfall!«, sagte Georg zu all dem und machte zwei Schritte nach vorne und spielte dabei einen leichten Stolperer auf der unebenen Wiese vor.

Keiner weiß, ob es ein Reflex war oder ob Eugen von Seggern sich erschreckt hatte oder es einfach nur eine kleine Unachtsamkeit war. Fakt war jedoch, mit dem angedeuteten Stolperer des Kommissars fiel dem Killer zeitgleich die Machete aus der Hand. Sven machte einen Satz nach vorne und riss ihn um. Die Handschellen klickten und alle Beteiligten wurden noch am selben Tag den Behörden vom Festland übergeben.

Kapitel 46

So sollte alles seine Ordnung finden. Der Zeitungstrick hatte also funktioniert. Weil sie aufmerksame Polizisten waren, wussten sie, dass Eugens leiblicher Vater und Prof. Dr. Neermann interessierte Abonnenten und Leser waren. Matthis und Georg konnten die Frist der Staatsanwaltschaft einhalten und ohne aufwendige Sonderkommission den Fall lösen. Der ermittelnde Staatsanwalt zeigte sich beeindruckt und lobte sie in höchsten Tönen und verschickte einen Präsentkorb per Post.

Die forensische Psychiatrie Lippestrand bekam einen neuen Klinikleiter. Prof. Dr. Neermann konnte eine Rolle an dem Todesfall von Nina Wieser nachgewiesen werden. Zudem musste er sich für die Entführung des Patienten Eugen von Seggern und mehrere Verstöße gegen das Betäubungsmittelgesetz verantworten. Zusätzlich gestand Prof. Dr. Neermann ein, seine Mitarbeiterinnen Kerstin Radkowski und Diana Thiel gemobbt zu haben, weil sie sich damals im Camp geschworen hatten, sich niemals wieder über den Weg zu laufen. Der arrogante Klinikleiter wollte natürlich seine neue hochrangige Stelle nicht opfern und versuchte immer wieder, Kerstin Radkowski aus der Klinik zu ekeln. Als dann Diana Thiel als Aushilfe in der

Klinik anfing, war es Kerstin Radkowski zu dumm geworden, und sie entschied sich für einen leichteren Job und wechselte freiwillig.

Diana Thiel hatte nicht vor, sich aus der Klinik ekeln zu lassen, und wollte Prof. Dr. Steffen Neermann Paroli bieten. Ihr Sohn Jonas Thiel bekam bei einem Auswärtspokalspiel des Fußballverbandes vom Stürmer der eigenen Mannschaft einen satten verzogenen Schuss ins Gesicht und verlor einen Schneidezahn.

Malte Gramberg sagte gegen Marco Ahrens aus, dass dieser Nina Wieser die chemische Substanz gewaltsam verabreicht habe, die zu ihrem Tod geführt hatte. Er wurde aus dem Dienst der Spurensicherung entlassen und zu einer lebenslänglichen Freiheitsstrafe verurteilt. Die Bilder am Pool vom wieder auftauchenden Kommissar hatte er mit der Spiegelreflexkamera der Spurensicherung geschossen und diese nebst sämtlichen vertraulichen Daten aus der laufenden Ermittlung an die Presse weitergeleitet, um die Fähigkeit der Inselcops infrage zu stellen. Außerdem ergaben die Proben am Tatort, dass der Poolbereich mit einer Seifenlösung präpariert war, um den tollpatschigen Inselkommissar in ein schlechtes Licht zu rücken und die Bevölkerung abzulenken. Es konnte ja niemand ahnen, dass Matthis in diese Falle trat und den selbst ernannten Inselkommissar mit einem Beinfeger in den Pool grätschte.

Eugen von Seggern verstarb wenige Tage nach seiner Festnahme in der Untersuchungshaft. Der kaltblütige Killer hatte für den Fall einer erneuten Inhaftierung beziehungsweise Einweisung in die forensische Psychiatrie vorgesorgt. Bei der Obduktion fanden die Rechtsmediziner Reste einer Zyankalitablette an einer zerdrückten Zahnkrone. Das Geheimnis, wer ihm diese verpasste, nahm er mit ins Grab. Seinen leiblichen Vater hatte er erst kennengelernt, nachdem er aus dem Versuchslabor entkommen war. Der Flüchtige wollte sein Elternhaus als Unterschlupf nutzen. Als er sich an der Eingangstür zu schaffen machte, entdeckte ihn der Haushälter, der ihn all die Jahre nie aus den Augen gelassen hatte und erst, als sein Sohn nach Tschechien abgeschoben wurde, endgültig aus dem Blickfeld verlor. Eugen verstand endlich, warum seine Kindheit schon immer schwierig war. Als er mit seinem ausgemergelten Gesicht an jenem Abend neben dem Haushälter stand, erkannte er sofort, dass er dem Herrn wie aus dem Gesicht geschnitten war. Dadurch konnte er endlich begreifen, warum sein offizieller Vater ihn so missachtete und ihn in ein Internat abschieben wollte. Der Haushälter bot seinem Sohn den Keller als Versteck und Basis für die Planung seines kranken Rachefeldzuges. Seinen Geländewagen konnte sein Sohn nach Belieben benutzen. Dem Haushälter konnte somit eine Teilschuld an den Morden von Kerstin Radkowski und Diana Thiel nachgewiesen werden. Er wurde von seinem leiblichen Sohn, der aus einer Affäre mit Beatrice von Seggern stammte, getrennt. Die Nachricht des Selbstmordes seines einzigen Sohnes traf ihn trotz alledem sehr.

Aber wie sagte es der Kommissar so schön im Vorbeigehen zum Kühlschrank: »Wenn jetzt der Vater net durchdreht, haben mia wenigstens unsere Ruh.«

Malte Gramberg packte wegen einer versprochenen Strafmilderung aus. Ihm konnte seine entsprechende Rolle im Todesfall Nina Wieser nachgewiesen werden und alle anderen Rollen endgültig zugeordnet werden. Er durfte wenigstens einer kürzeren Haftstrafe entgegenblicken. Sein Laden im neuen Industriegebiet wurde geschlossen. Konrad verlor dadurch seinen Job und befindet sich aktuell hoch motiviert auf der Suche nach einer neuen Arbeitsstelle. Seine angebliche Heldenrolle wurde weder von der Tageszeitung noch von den Inselcops dementiert und somit sollte der Junge, der die Wahrheit kennt, anhand seiner atemberaubenden Courage es auch nicht allzu schwer haben, eine neue Stelle zu finden. Man munkelt, in der Autovermietung auf Norderney könnte eine Stelle frei werden, da hier ein kleiner Versicherungsbetrug von Gutachtern festgestellt wurde. Wer die falschen Daten gemeldet hatte, soll noch ermittelt werden.

Der Sommer auf Norderney war vorbei. Der Wind hatte gedreht und die ersten Blätter fielen von den Bäumen. Für Norderney war es nun an der Zeit für einen politischen Neuanfang. In Kürze sollten im Rathaus die neuen Kandidaten für Fiete Jensens Nachfolge geladenen Gästen vorgestellt werden. Mit auf der Gästeliste natürlich Matthis und Georg.

Die von Georg aufgeschossene Dixiklotür müsste ausgetauscht werden. Sie ist bestellt, war aber noch nicht lieferbar, so lange musste eben das Klebeband herhalten.

Wie das Lied des Todes über alle Lautsprecher im Hafenviertel zur selben Zeit laufen konnte, wurde bis heute nicht abschließend geklärt. Keiner weiß, ob es noch einen weiteren Komplizen gab oder ob Eugen von Seggern fundierte Kenntnisse im Hacken erlangt hatte.

Barbara Winterfelds Rolle im Todesfall von Nina Wieser konnte nicht vollständig aufgeklärt werden. Sie verschwand nach der Pressemeldung und war wie vom Erdboden verschluckt.

Georgs Lieblingsitaliener ließ ihn die zerstörte Werbetafel ersetzen, zudem stellten sie dem Kommissar das zerbrochene Geschirr und die Tischlerei in Rechnung, da die Tischplatte, nachdem er den Tisch umgeworfen hatte, beschädigt war und wackelte.

Dadurch erhöhte sich Georgs monatlicher Haftpflicht-Beitrag auf 298,52 €, eine Anpassung der gestiegenen Inflationsraten inbegriffen.

Auf ein Hausverbot für seinen Stammkunden verzichtete der Wirt, stattdessen ließ er vorsichtshalber alle Tische um ein paar Zentimeter nach vorne schieben und kaufte kürzere Tischdecken ein.

Georg zeigte sich von dem eingetroffenen Präsentkorb des Staatsanwalts sehr enttäuscht, da alle Produkte entweder Alkohol enthielten, den er nie zu sich nahm, oder Zutaten aufwiesen, auf die der Kommissar allergisch reagierte. Matthis hatte stattdessen mit dem Korb seine Freude.

So schloss sich der Kreis und alles fand seine Ordnung.

Ende

Die Inselcops kehren zurück mit ihrem dritten Fall auf Norderney!

Danksagung

Am Ende gibt es nur noch eines zu sagen: DANKE!
Als ich während der Pandemie als gestrandeter Musiker im Leben festsaß und irgendwann nach ein paar durchgezockten Videospielen entschied, dass es so nicht weitergehen kann und ich die Zeit auch sinnvoller nutzen könnte, wie z. B. mit der Verwirklichung eines Kindheitstraums, nämlich eine Krimikomödie zu schreiben. Dadurch kam für mich wieder ein Sinn in dieses eintönige Lockdownleben. Wenn man da so alleine in seinem Büro sitzt, schreibt und sich bei den ganzen witzigen Szenen selbst vor Lachen auf dem Stuhl krümmt, da kommt man schon so ein bisschen ins Träumen. Mit der Zeit merkt man dann, wie unrealistisch solche Träume sind. Denn wie um alles in der Welt soll das denn funktionieren? Also ich erfinde eine Geschichte und nur weil ich das tue, versammeln sich ein Haufen Leute hinter mir und helfen mir, diese Geschichten zu verbessern und hinaus in die Welt zu tragen? Was wirklich nach Kitsch oder einer realitätsfernen Seifenoper klingt, ist mir dann doch passiert. Auch wenn ich es immer noch nicht so richtig glauben kann, finde ich es einfach wunderschön, wie viele helfende Hände meine Geschichten in die Welt hinaustragen. Es gibt so viele mehr, die mir hierbei geholfen haben, sei es medizinische Tipps, Einblicke in den Tagesablauf einer forensischen Psychiatrie, regionale Veranstalter

von Buchmessen und viel mehr, aber nicht jeder möchte hier genannt werden, da die Inselcops mittlerweile doch schon von einigen gelesen werden.

Bevor ich jetzt mit den Namen loslege, möchte ich einer Person noch einen ganz großen Dank aussprechen: meiner Projektmanagerin Anne Peisler. Danke, dass du an die Inselcops glaubst und mir als Buchautor eine Chance gegeben hast. Ohne deine Unterstützung wäre wahrscheinlich nie ein Buch von mir in den Handel gekommen und ich hätte dieses ganze Abenteuer verpasst.

Als Nächstes möchte ich dem Team des dp Verlags für die grandiose Zusammenarbeit danken. Besonders möchte ich mich bei Elena Würtz, Elisabeth Schell, Bettina Beck und Francesca Hintz bedanken.

Ein ganz besonderer Dank geht natürlich an meinen Verleger Marc Hiller. Vielen Dank, dass ich dabei sein darf.

Als Nächstes möchte ich mich bei meiner neuen Lektorin Katrin Gönnewig von Dat Lektorhuus bedanken. Danke für deine zahlreichen Fragen und Vorschläge, um diesen starken zweiten Band noch besser zu gestalten und natürlich ein Riesendank für die Korrektur der Hunderten falschen oder fehlenden Kommas ... Tippfehler, Rechtschreibfehler oder was ich sonst noch so mit meinem Zweifingerkampfsystem verdaddelt habe. Vielen Dank für das unglaublich schöne Coverbild und den Buchumschlag von Christin Peulecke von *ArtC.ore-Design*. Ich bin ein Fan deiner Coverbilder.

Vielen Dank an meine liebe Kollegin U. T. Bareiss und meinen Kollegen Jürgen Seibold für die Promistimmen auf dem Bucheinband.

Vielen Dank an die Autorenvereinigung *Syndikat e. V.*. Ohne den fachlichen Austausch mit meinen Kollegen und die zahlreichen angebotenen Workshops wäre ich sicherlich nicht auf dem Niveau, das ich nun bieten kann.

Ein großer Dank für die reibungslose Zusammenarbeit geht an meinen Publisher *Open Publishing* aus München. Natürlich bedanke ich mich bei der Druckerei *BOD* aus Norderstedt und muss mich auch bei unserem Postboten bedanken, der hier draußen bei uns auf dem Land schon bestimmt um die tausend Taschenbücher für Messen und Lesungen die Treppe zur Haustür hochgeschleppt hat.

Ein großer Dank geht an Eva Pfitzner und Shirin Emam von meiner Agentur dem *Leserattenservice* aus Dieblich. Anfragen für Lesungen, Hörspiellesungen und Signierstunden gehen bitte direkt an sie.

Ich glaube, ich habe nicht zu viel versprochen, da kommt einiges zusammen. Aber ich habe noch jemanden ganz Besonderes. Dich! Vielen Dank, dass du dir mein Buch als E-Book oder Taschenbuch besorgt hast und meine Inselcops in deinem Kopfkino die richtige Bühne gegeben hast. Vielen Dank, dass sie dich zum Lachen und vielleicht auch zum Nachdenken bringen durften. Es gibt so viele Bücher auf dem Markt, danke, dass du meine Geschichte ausgewählt hast.

Unsere Reise ist noch lange nicht zu Ende und ich würde mich freuen, wenn du mich und meine Geschichten auf Instagram (christianhofbauer_autor) oder Facebook (Christian Hofbauer Autor) verfolgen

würdest. Vielleicht sehen wir uns ja mal bei einer Lesung oder bei einer Signierstunde. Wir sind regelmäßig
auf Streife.

Bis bald!

Christian Hofbauer